殺人事件，背後真正的可怕

歌野晶午
Shogo Utano

目次

椅子？活人！

【活人椅子】（原文《人間椅子》）

美麗的女作家收到了某位椅子工匠寄來的自白手稿。他改造了自己做的椅子，迷戀上躲在椅子裡的感覺。描寫男人偏執的愛情。萩原朔太郎讚譽有加的作品。

1

習慣熬夜的原口涼花，每天早上躺在床上目送丈夫上班之後，會像屍體般繼續躺兩小時，然後爬出床鋪，沖澡醒神，灌下在睡前做好的一大壺綠色蔬果泥，這時她才會感覺自己又活過來了。接下來就是晨間家事，說是晨間，其實常常已經過了中午，而且所謂的家事其實只是打開洗碗機、洗衣烘乾機、掃地機器人的開關，所以完畢的鈴聲響起之前，她都窩在書房裡，坐在沙發上，把筆記型電腦放在腿上操作。

比起原口涼花，小雛子萌音這個稱謂更廣為人知。她是以《謊八百八十學園》和《你是鈴木我是山田》系列而大紅大紫的才女作家，不過她家門牌上面寫的不是筆名，所以她在鄰居的眼中只是個懶惰的悠閒貴婦。

涼花一向在家裡的書房工作，但她會在夕陽西沉之後才開始寫作，剛起床的這段時間是用來寫E-mai聯絡編輯，還有看社群網站。以前她一有留言就會去看，然後立即回覆或轉發，但是常去的網站增加到三、四個之後，工作漸漸受到影響，因此她關閉了留言通知，規定自己只能早晚各看一次社群網站。

這天早上，涼花又在書房裡操作筆記型電腦。現在交際媒介的主流是智慧型手機和平板電腦，不過她因職業的緣故習慣用實體鍵盤打字，還是覺得筆記型電腦比較好用。

當她正在看從社群網站連結過去的購物網站時，手機響了起來。涼花目前使用的手機不是智慧型，而是功能型。

她收到的不是來電，而是郵件。社群網站普及之後，大家都在社群網站上聯絡或交流，很少再收到手機郵件。

〈妳最近好像越來越活躍了（笑）〉

只有這麼一句話，沒有標題，也沒有寄件者名字，她對信箱地址那排英文數字沒有印象，那用的還是垃圾郵件常用的免費信箱。

但是當涼花瞥見這十來字的句子時，腦海裡立刻浮現某人的臉，幾年間的不悅回憶隨之飛馳而過。直到夜裡，這件事都大大影響了她的寫作心情。

隔天上午，她上網看留言時，手機又收到了同一個信箱發來的郵件。

〈《謊八百八十學園》累積超過七百萬本？啪啪啪啪啪啪！一定是因為角色太有個性了（認真）〉

涼花背上的寒毛都豎起來了。她確信寄郵件的人就是他。不安的情緒濃厚得有如夏天的烏雲，讓她根本沒心情工作。

第三天，不安變成了恐懼。

〈竟然不理我？我是真心來祝賀的，妳那是什麼態度？真是狗眼看人低！〉

烘乾完畢的鈴聲響起，但涼花沒有走向洗衣間，繼續無力地癱在沙發上，過一陣子她才開始用手機按鍵打字，然後刪除文字，就這麼寫寫刪刪將近一個小時，最後只回了短短的一句話。

〈請問您是渡邊明日路先生嗎？〉

不到一分鐘便收到了回覆。

〈這還要問嗎？妳是在跟我裝傻吧？〉

涼花這次立刻回覆。

〈是渡邊明日路先生吧？〉

〈妳是在開玩笑吧？還是在耍我？〉

〈我的通訊錄裡沒有這個信箱，所以我不知道您是哪位。〉

〈妳以為是誰害我不能用原來的信箱啊！還不都是妳封鎖了我！〉

當年的回憶頓時湧出，涼花嚇的全身僵硬，但是對方仍不放鬆。

〈看到情況不利就不講話啦？〉

涼花感到過度換氣快要發作了，但仍強撐著回覆。

〈您忘了答應過的事嗎？〉

〈答應過什麼？〉

〈您答應過不會再聯絡我。〉

〈是啊，我是那樣說過，所以才會消失五年，連賀年卡和暑間問候信都沒有寄。〉

〈我們可沒規定期限五年。〉

〈對啊，既然沒有規定期限，半年左右就差不多了，但我還乖乖遵守了五年，這是十倍的誠意。〉

〈沒有期限的意思就是永遠，這不是常識嗎？〉

〈少蠢了，就算是殺人，過了五年也該出獄了，這不是常識嗎？而我呢，別說是殺人，我連妳的一根指頭都沒碰，妳竟然判我無期徒刑。簡直是惡魔！〉

〈連我的一根指頭都沒碰？別胡扯了。〉

〈是啊，住在一起的時候，妳的十根指頭我都碰過了，加上腳趾就是二十根。但是妳走了以後，我連妳的腳尖都沒碰過，就算我想碰也沒辦法，妳根本躲著不見我，連要跟我談判都叫別人代替。〉

〈即使不見面，您的存在還是對我造成壓力，讓我受到很大的心理創傷。〉

〈「心理創傷」這個詞還真好用。〉

〈請您正經一點。〉

〈男女感情的問題本來就是互相的，我還不是好幾次被妳任性耍賴的一句話搞得心中淌血，不要以為只有妳是受害者。再說，這種男人不是妳自己選的嗎？對了，一開始明明是妳先煞到（好老套）我的。還說什麼受傷，就算我退一百步承認我是壞人，妳自己沒眼光選擇這種男人難道一點責任都沒有嗎？〉

涼花按著胸口彎起身子，喉嚨每次喘氣都像笛子一樣發出咻咻聲，她連滾帶爬地離開沙發，一邊咳嗽一邊趴在書桌上摸索抽屜，好不容易才找到噴氣式吸入器。

那一晚，涼花本來和丈夫約好要出去吃飯，但因不停喘氣只能取消。

雖然她身心俱疲，對方卻還是不肯放過她。隔天一大早涼花就去了醫院，回家之後，她坐在沙發上休息，手機又收到了郵件。她已經把手機切換成靜音模式，不過還是看得到來信顯示的ＬＥＤ燈在閃爍。涼花本來不想理會，不過每次看到燈光亮起，她的心臟都會隨著閃爍的節奏狂跳，最後只好拿起手機。

〈妳還是老樣子，看到情況不利就裝死。〉

涼花瞄了一眼，就關掉訊息，但是沒過十分鐘又再打開，拇指按起手機按鍵。

〈請不要再發郵件給我了。〉

回覆立刻來了。

〈妳還沒回答我的問題。都是我不對嗎？妳完全沒錯嗎？〉

〈或許我也有些不夠周全的地方。〉

〈講得真好聽，不愧是作家。（笑）〉

〈我們不要再聊下去了，我身體不舒服需要休息，拜託您了。〉

〈妳昨晚沒有去旬華秀稻耶，那間餐廳要提前三個月才預約得到吧？好不容易才等到的，真可惜。要保重啊。〉

涼花頓時全身冰涼，氣管出現了收縮的徵兆，她趕緊去找噴氣式吸入器，不等到發作就先把吸入器拿在手上。

〈您怎麼會知道旬華秀稻的事？〉

之前都是在一分鐘之內就會收到回覆，但這次等了五分鐘還是沒有下文。她去了廁所，煮開水泡好紅茶，還是沒看到回信，她開始考慮「是不是該再傳一次郵件」，不斷地打開手機又關上，彷彿是在調侃她的心焦似的，電子鈴聲終於響起。

〈妳不是說不要再聊了嗎？〉

涼花把剛才寫的內容稍作修改，送了出去。

〈請回答我的問題，您怎麼會知道昨晚的事？〉

〈因為愛的力量。〉

〈請正經地回答我。〉

〈我說真的啊，只要發揮愛的力量，就算相隔千里，我也看得到心愛的人。〉

〈你別再跟我開玩笑了！〉

〈妳終於恢復正常了，太客套會讓我不舒服。〉

涼花本想故作冷淡保持距離，結果還是被對方牽著鼻子走。

〈你老實說，為什麼你會知道我要去旬華秀稻？〉

〈妳想知道嗎？〉

〈真噁心，快告訴我。〉
〈我不告訴妳，因為妳說我噁心。〉
〈你闖進了我家嗎？〉
〈我想闖也沒辦法啊，妳家有保全系統耶，不愧是上流階級。〉
〈為什麼你連我家有保全系統都知道？〉
〈喂喂，這種事連小學生也知道，妳家門口和車庫都貼著保全公司的貼紙嘛。〉
〈你在竊聽我的電話嗎？〉
〈現在的通訊機器都數位化了，我要怎麼竊聽啊？〉
〈你在我家裡裝了竊聽器嗎？〉
〈冷靜一點，我怎麼可能溜進那樣戒備森嚴的住宅嘛。〉
「你叫我怎麼冷靜得下來啊！」
涼花忍不住大吼。
〈用什麼方法都好，重要的是我對妳的心意啊。〉
〈用什麼方法都不好。〉
〈妳外出的時候，我偷偷跟在後面，聽到妳向朋友炫耀排到了旬華秀稻的預約。〉
什麼時候？在哪裡？跟誰見面？她正在搜尋記憶時，郵件又來了。
〈可能是這樣，也可能是從妳用來占位的包包裡摸走了行事曆。〉

〈到底是哪一種？〉

〈或是把惡意程式傳到了妳的電腦。〉

〈電腦病毒？〉

〈只要有心，這點小事當然查得出來，如果不在乎錢，也可以請偵探。〉

〈不用講解了，快告訴我真話。〉

〈妳也太不機靈了，我說這點小事當然查得出來，意思就是說這些不重要。我剛才也說過，重要的是我對妳的心意啊。〉

〈別說了，我們之間早就沒有關係了。〉

〈只要有過關係，永遠都有關係。〉

〈別開玩笑，我們已經分手了，我們的關係早就結束了。〉

〈妳是說柏林圍牆倒塌以後，柏林圍牆曾經存在的歷史也消失了嗎？〉

〈不要狡辯，如果你還把我放在心上，就不要做這種事惹我討厭，也不要再糾纏我。我們早就講好了，還有白紙黑字為證。〉

〈妳要告我違反約定嗎？〉

〈如果你再糾纏我，我就不得不這樣做了。〉

〈那妳去告啊。〉

〈我可不是在威脅你。〉

〈別這麼衝動嘛。〉

〈那你就別再纏著我。〉

〈我的意思是，如果打起官司，傷腦筋的可是妳喔。〉

涼花皺起眉頭。

〈打官司就代表會把事情鬧大喔，我沒有地位名聲，也沒有財產家人或工作，就算有了前科、被人指指點點，也沒啥大不了的。可是妳有太多的東西要保護了，就算妳是受害者，小雛子萌音的名聲也會變差，先生的工作也會受到影響吧。如果不希望事情變成這樣，我勸妳還是不要輕舉妄動，因為我很珍惜妳嘛（愛心）〉

涼花再也支撐不下去，她倒在床上，直到丈夫下班的時間都站不起來，只好傳郵件給丈夫說氣喘的情況沒有好轉，請他自己在外面吃飯。她並沒有說謊，但是瞞著丈夫的罪惡感卻更沉重。

天亮之後又收到了郵件，涼花的身體狀況還很不好，但她實在無法不去看。

〈妳好啊，今天工作辛苦了，最近在寫的是《謊八百八十學園》嗎？〉

她自欺欺人地想著只要不回覆就等於漠視，其實她只要讀了郵件就中了對方的計。

〈就算妳不回答，我也知道妳已經讀了。〉

涼花明知對方只是想要引誘她答話，但她在開啟郵件時已經輸了。

〈妳嘴上說得一副好像很討厭我的樣子，其實妳不是真的這樣想。妳只是希望自己可

以討厭我，其實心底很想念我。〉

「開什麼玩笑！」

涼花怒吼一聲，像甩巴掌似地闔上手機。但是郵件再傳來時，她還是沒辦法不看。

〈妳叫我不要再傳郵件給妳，但妳如果真的不想收，關機不就好了嗎？難道妳是怕收不到其他人的訊息嗎？那妳只要封鎖我的信箱就好了，就像妳以前所做的一樣。沒錯，妳五年前就是這麼果斷地拒絕我的，但妳現在的拒絕只是嘴上講講，因為在妳的心底其實是很想我的。〉

涼花發出粗重得喘息，她很想把手機摔在地上，但還是勉強壓下脾氣，走進浴室沖澡。她梳好頭髮，重新化妝，打算出去喝個茶散散心，正要把手機放進包包時，又看到來訊通知的燈光開始閃爍。

〈那麼，妳為什麼想我呢？因為妳對自己的婚姻生活很不滿意。這也是應該的，因為丈夫的年紀比自己大了一輪嘛，談起小時候愛看的節目對不上話題，床上的體力也不能配合，正在對丈夫抱怨連連時，剛好收到前男友的郵件，妳一定覺得很懷念，還會埋怨自己為什麼要嫁給那個矮小的禿驢。〉

〈你說夠了沒有！〉

涼花的拇指終於按上按鍵。

〈我就知道，妳沒有關電源，也沒有封鎖我。（笑）〉

〈如果我不回應，結果你直接跑來了，我會更困擾的。〉

〈妳是在暗示我去找妳嗎？〉

〈別開玩笑了！麻煩你不要再打擾我工作。〉

〈對對，說到工作，我有很重要的事要跟妳談。其實我聯絡妳本來就是為了這件事，可是妳一直嘮嘮叨叨，害我一直沒辦法進入正題。〉

〈你再怎麼裝模作樣我也不會被騙的。〉

〈恭喜妳《謊八百八十學園》系列銷售量突破七百萬本。〉

〈我接受你的祝賀。我現在要專心寫作，所以要關機了。〉

但她在鞋櫃前挑鞋子時又收到郵件，而她還是看了。

〈說是這樣說，但我實在高興不起來，因為最近兩集的品質爛到讓人看不下去。〉

涼花心頭一緊，接下來的郵件更讓她放棄了出門。

〈虹野彼方和蓮沼深海這兩個新角色真是無聊死了，還不如把路人角色的平均水準拉高到四天王的地位。內藤騎士的言行舉止和第一集差太多了，簡直像是變了一個人。這個系列原本最大的賣點是複雜而立體的故事主線，如今卻只是在賣人物設定。走這種路線的人確實不少，但是妳既然要走這路線，不是應該更用心地塑造角色嗎？最近剛開始的新系列《記憶之森的帕斯卦》也有一樣的問題，可見這是妳一直都有的老毛病。妳的文筆本來就很好，當上職業作家，累積更多經驗之後，也漸漸練出了自己的風格，但是妳的情節安排和人物設定一點都沒有進步，這是為什麼呢？很明顯，妳沒有這方面的天份，既然沒有天份，再怎麼努力也是白費。這些話很殘酷，但我說的是事實，如果妳再寫出這種作品，妳的書迷很快就會跑光了，最好趁著銷售量還沒開始下滑時想辦法補救。這種時候最好的辦法就是重新回到原點，也就是說，妳應該再一次跟我搭檔。〉

2

福石涼花和渡邊明日路是在藏王滑雪場認識的，她本來不打算繼續跟這人往來，也就是說，她對他並沒有多少好感，但是回到東京後，兩人的朋友圈又相約喝酒，他在席間透露上次只是陪朋友去玩滑雪板，其實他不喜歡戶外活動，涼花也一樣，所以開始覺得跟他很談得來，後來兩人便交往了。

兩人都是不愛戶外活動的窮學生，約會時頂多就是在公寓裡吃吃外送比薩、玩玩遊戲機、看看租來的錄影帶。

明日路的想像力很豐富，他們看完電影之後討論感想，他經常即興改編電影的劇情，如果涼花表現得很感興趣，他會把人物和情節編得更豐富，有時一講就講到天亮。

涼花說過，如果他能畫漫畫或寫小說來發表這些故事不知該有多好。這不是場面話，是真心這麼想，然而，只出現在兩人對話中的鑽石原石始終只能像普通的石頭躺在路邊，因為明日路既不會畫圖也不擅長寫文章，無論涼花再怎麼鼓勵，他都沒有去做。

因此涼花開始提筆，明日路的設定連細節都很具體，她只要在腦中排列組合，再以華美的文采去鋪陳就行了，後來拿去應徵娛樂小說的新人獎，順利地通過三次預賽，獲得了出版的機會。這次投稿只得到佳作，所以沒有獎金，得獎作品《戀愛的預感，就降》也沒有引起熱烈迴響，但是第三部作品《謊八百八十學園》被改編成動畫，讓小雛子萌音登上了暢銷作家的行列。

在作品改編動畫的會議上，涼花認識了原口喜芳。原口是地方政府官員，為推廣日本娛樂作品到國外的民間業者提供協助，他做的是協調交流的工作，口才非常好，第一次開會結束後，涼花自然而然地就和他相偕吃晚餐了。

而當時的明日路在大學畢業後找的工作做得很不順利，一開口就是抱怨和謾罵，上床時也粗暴得像是在洩憤，讓涼花壓力倍增。

此時這位政府官員出現在她面前，他身上穿的是倫敦裁縫師製作的西裝，瀟灑地開著進口車，他還有著不像公務員的世故，臨時決定去餐廳也會先打電話預約，他翻譯法語菜單一邊加入解說的樣子也很可靠，而且他不只是能言善道，還會以巧妙的談話技巧引導對方侃侃而談，涼花和他在一起就覺得心中鬱悶一掃而空，所以他在約會幾次之後提出求婚，涼花完全沒有理由拒絕。

涼花突然提出分手，明日路先是一笑置之，接著開始發狂。涼花知道再怎麼說服他也沒用，於是就消失在他面前，從此斷絕聯絡，他試著找她也都被她置之不理。即便如此，明日路還是死纏爛打，所以涼花求助於熟悉法令的未婚夫，要他簽下切結書保證不再糾纏，和他就此一刀兩斷。

或許是害怕惹上警察，或許是因為拿了分手費，明日路真的沒再出現在涼花面前。涼花後來和原口結婚，作家事業一帆風順，和前男友的回憶也從腦中抹去了。

她正沉浸在幸福之中，這美好的時光卻突然被打碎。

涼花一點都不懷念前男友，只覺得背脊發涼，卻又無法封鎖他的信箱。這不是因為她對婚姻生活有所不滿，當了五年的夫妻，摩擦和口角在所難免，但夫妻倆的感情並沒有因此變質。

那是因為愧疚感。她沒有勇氣自己去和明日路談分手，一直避不見面，還叫別人幫她解決，即使過了五年，她依然覺得自己所作所為很惡劣，因此狠不下心拒絕明日路。

沒想到在這樣藕斷絲連的文字往來之中，她竟被刺中要害。

明日路對涼花近年作品的批評，她自己也隱約感覺得到。這系列的早期作品都是建立在明日路的構想之上，她只要一坐在桌前，手就會自己動起來，彷彿被這些角色們附身似的，她甚至可以不吃不睡地一直寫，幾乎得了肌腱炎。

最近這一年，那種下筆如有神的情況漸漸消失了，她發現自己打鍵盤時總是得絞盡腦汁，不過寫出來的作品還是賣得跟從前一樣好，所以她也不以為意，覺得沒什麼大不了的。她聽人說過，情況平穩的時候最好「不要改變」，本來還可以的東西改了以後可能更糟糕，這種例子在小說之外的領域同樣是不勝枚舉。她做出結論，一定是因為太沉迷社群網站才沒辦法像從前一樣集中精神，所以她開始限制自己上網的時間，還很陶醉地想著「我真是嚴以律己啊」。

涼花拚命漠視事實，明日路卻令她不得不正視事實，都是因為人物和故事還沒構想完整就開始動筆，才會寫得那麼不順。

她把出門的計畫拋諸腦後，抱膝坐在玄關地板上，這時又來了一封郵件。

〈黃金搭檔重組，再次邁向高峰。（提議）〉

涼花死不認輸地回覆。

〈胡說八道，我的作品哪裡不好了？銷售量和評論都好得很。〉

〈就算得了癌症也不會馬上臥病在床吧。〉

〈太過分了！〉

〈等到症狀都出現之後就太遲了，既然能夠早期發現，就讓渡邊醫生來治療吧。〉

〈既然你這麼堅持，就更詳細地診斷看看啊，渡邊醫生。〉

〈我不是說了嗎？人物和情節都太爛了。〉

〈你這樣說病人怎麼會聽得懂呢？知情同意可是臨床治療的常識喔。〉

〈只要妳承認我是主治醫生就好了。〉

〈條件是今後要跟你合作嗎？〉
〈不需要掛出渡邊明日路的名字，我們兩人加在一起才是小噺子萌音，打從一開始就是這樣。〉
〈我們又沒有合作過。〉
〈啊？妳明明一直偷我的構想去寫書。〉
〈別說得這麼難聽，我才沒有偷你的構想，只是受到啟發。〉
〈妳在開玩笑吧？〉
〈內藤騎士和針井久咲都是我原創的人物。〉
〈只有名字是妳原創的，性格分明跟我構想的少年A和少女E一模一樣。〉
〈少女E的興趣是拉單槓，喜歡吃日式糕點。針井久咲喜歡的是跳舞和章魚燒。〉
〈只是換了幾個名詞嘛。〉
〈那是被你的一句話而激發出來的構想，如果這樣叫作偷，每個特立獨行的名偵探都是在剽竊夏洛克福爾摩斯了。〉
一旦認錯就會被逮住把柄，所以涼花決定嘴硬到底。
〈還真敢說，什麼一句話，少說也有一億句吧。妳以為小噺子萌音（Kobayashi Mone）這個名字是誰取的？〉
〈你提議的名字明明是古林萌寧（Kobayashi Mone）。〉

〈哇塞，妳還好意思說？〉

〈簡單說，你認為你提供了很多創作的構想，要我分給你一些好處，對吧？〉

〈妳真的什麼都不懂。只要結合我們兩人的優點，就能達到更高的境界，絕對錯不了。我是在提議未來的事，只要妳答應，妳過去虧待我的事就一筆勾銷，我也不會斤斤計較地向妳討構想費用。〉

聽到「虧待」一詞，涼花頓時火冒三丈。

〈不用了，我對現況十分滿意。〉

〈危機都近在眼前了耶？〉

〈您的意見我會納為參考的。〉

〈搞什麼鬼，幹麼又開始跟我客套？〉

〈一百個人看書就會有一百種評論，如果一百種意見都要採納，寫出來的東西才真的會支離破碎。〉

〈意思就是妳不管怎樣都不會和我搭檔嗎？〉

〈我不是說今後絕不採納別人的意見，但我敢說這個「別人」絕對不是你。我們的關係已經結束了，你講了一大堆，說我的婚姻怎樣創作怎樣，但是內容根本不重要，你東扯西扯的根本只是想要繼續糾纏我。我受夠了，如果你再纏著我不放，我也有我的打算，我絕對不會跟你復合的。〉

涼花寄出郵件之後便關掉手機電源。

手指在顫抖。一方面是因為爆發的情緒尚未撫平，另一方面也是因為害怕明日路會反擊。

她這次真的是以最後通牒的決心發出郵件，無論對方有什麼反應，她都抱定主意不再回覆。一旦有反應就會被纏住，不管她罵得再難聽，只要繼續回覆就會稱了對方的心意，所以任憑他說什麼，她都要堅定地漠視，一定要讓他明白這個女人不會再理會他了。

但是，就算讓他明白了再寄郵件也沒用，她還是無法安心，因為他說不定會改變招式，到處宣揚小囃子萌音偷了他的構想……

涼花最擔心的就是這件事。她不敢斷絕和明日路的郵件往來，多半也是怕他把怒氣向外宣洩吧。

3

即使是為了阻擋跟蹤狂，也不能一直不開手機電源，否則連朋友和工作夥伴的聯絡都收不到了。

涼花下了最後通牒之後，三天都沒再收到明日路的郵件，她總算放下了心頭大石。

要判定有沒有偷竊構想，最重要的是證據。明日路有把講給情人聽的故事記錄下來嗎？涼花回想當時的情景，認為以他的性格應該不會留下記錄，不，絕對不會。她像是自我安慰地做出這個結論。

如果他沒有可信的證據，她就贏定了。沒有證據的話要怎麼判斷孰是孰非呢？當然是社會地位較高的一方占優勢。前幾天的郵件都還在，總之先備份起來吧，如果明日路採取了進一步的行動，這些就能當作他威脅她的證據。

過了一個星期，過了兩個星期，還是沒有收到郵件，網路上也沒有出現關於小雛子萌音的負面傳聞，涼花的日常生活看似恢復了平靜。

一個月以後，她才知道事情還沒有結束。

〈我給了妳最後的機會，妳卻把它踩在腳底下，我絕不原諒妳，我要讓妳失去一切。〉

起初的郵件看起來只是無力的恐嚇，說不定還能反過來威脅他，說要拿這郵件去給警察看，不過，涼花一想到這反應可能會讓對方更高興，就默默地闔上手機。

〈妳以為我想要跟妳復合嗎？妳搞錯了，不過從某個角度來看，和復合是挺像的。〉

涼花視若無睹。

〈正確答案是復仇，和復合只差一個字。（笑）〉

涼花心驚膽跳，但她認為對方又在故意刺激她，深呼吸幾次鎮定下來，忍著不回覆，之後他就沒再說什麼了，所以她更確信不理睬才是最好的方法。

但是，隔天傍晚涼花又收到了郵件，而且篇幅之長前所未見。

〈妳以為我在這五年裡都做了些什麼？每天哭著大喊涼花涼花這樣嗎？答對了，不過妳可別太自戀，我不是對妳念念不忘，而是因為罵得太激動才流淚的。

五年前，妳突然消失，然後一個穿西裝的凶惡男人出現在我面前。我不夠聰明，膽子又小，聽到他凶巴巴地說些深奧的詞彙就失去了判斷力，被迫在文件上簽名蓋章。

我失去了一切，情人不在了，原本應該和她共享的小雌子萌音的光榮也沒了。後來我每天過得失魂落魄，連工作都丟了。

前後左右都是徹底的黑暗，這是多麼地可怕、可悲、可恨，我剩下的只有絕望。不過，絕望就是希望，一直站在聚光燈下的妳一定不會懂的。

絕望在我的心中點燃了火焰。為什麼我要遭到這種對待？有這麼不講理的事嗎？這把火在黑暗中熊熊燃燒。我要讓剝奪我的一切又捨棄我的那個女人也見識到這片黑暗。我發誓要復仇，這就是讓我繼續活下去的希望。

妳以為我是因為這樣才來糾纏妳？太天真了，哪有這麼軟弱的復仇？

事情已經過了五年喔，妳覺得五年可以做什麼呢？就算被丟到語言不通的國家，五年後都已經學會對話正常生活了。如果進研究所，五年都已經拿到博士了。那我在這五年中做了什麼呢？

首先是探查敵情。我查到了那個女人已經把名字從福石涼花改成原口涼花，在山王的高地住宅區開始過新生活，之後我每天都仔細地觀察她。
妳從來不去超級市場買菜吧？妳都是叫天然食品的宅配業者在每週一上午把食材送到家裡，日用品也都用網路購物。是因為工作太忙，沒時間購物嗎？
但是妳要買衣服首飾或麵包甜點一定會去實體店鋪，妳每個月有兩三次會坐計程車去銀座或青山，有時也會去二子玉川。妳本來都叫M車隊，一年前卻換成了S公司，是和M車隊的司機發生過不愉快的事嗎？
就算截稿日快到了，妳還是會每週二去六本木的美容中心，花兩小時護膚，接著去Hills或Midtown吃稍晚的午餐，最後包包裡插著一條上千元的法國麵包坐計程車回家。
除了開會或參加派對以外，妳多半是一個人出門，我若想要和妳接觸非常簡單，不過，在路上叫住妳大罵一頓又能怎樣？頂多只是讓妳大吃一驚或嚇得要命，如果妳以後提高警戒，我就沒有機會進行下一步計畫了。
直接走過去拿刀捅妳也很簡單，可是就算把妳殺了也不算復仇，我可是失去了一切呢，如果沒有讓妳體會到同樣的絕望，不是太不公平了嗎？所以我按捺著迫不及待的心情，繼續觀察了一、兩年。
第二年的年底，妳照例去了美容中心，然後去新宿的百貨公司，逛完首飾店之後，妳到五樓的男裝部買了名牌錢包，還請店家包裝，大概是要送給先生的禮物吧。接下來妳搭手扶梯上樓去逛餐具和寢具，之後坐在家具賣場的沙發上。

那是單人用的沙發。妳一開始坐在沙發邊緣，好像只是走累了要借個地方休息，後來移得更裡面，身體靠著椅背，手放在把手上，雙腳抬到腳凳上，眼睛閉了起來，似乎全身都放鬆了。

這時店員走過來，蹲在沙發邊，小聲地提醒妳不要睡著了。妳立刻睜開眼睛，站了起來，不好意思地笑著說這沙發坐起來太舒服了。店員開始介紹商品，說這沙發會越坐越貼身，妳問東問西的，和店員聊了三、五分鐘。我還以為妳只是因為過意不去才跟店員講這麼久，沒想到十分鐘後妳就把信用卡交給店員，買八十萬元的東西就像是買T恤一樣，都不用先回家跟丈夫商量，原來有錢人是這樣的啊，真是嚇到我了。

妳把新買的沙發放在書房裡。以前妳工作不順時會去躺在客廳的長椅上，但是買了沙發之後，那裡就成了妳的休息場所，無論是午睡、看書、上網，或是打電話聊天，妳都會坐在那張沙發上。

我一開始只想到：看來妳很喜歡那張沙發嘛，一定是因為價格很貴，坐久一點才能回本。但是不久之後，有個念頭像閃電一樣穿過我的腦髓。我終於想到復仇的方法了。

我去了新宿的那間百貨公司，蹲在妳買的那一款沙發旁邊摸來摸去，趴在地上看沙發底部，還抬起來確認重量，店員看到了就走過來請我試坐，我也不客氣地坐上去。

我一坐下，椅面就柔軟地凹陷下去，但又不會軟到讓人晃來晃去，它的彈性適中，皮革像人皮一樣滑膩，我把身體靠在椅背，雙腳放上腳凳，就覺得整個人都被沙發吸住，感覺不到身體，彷彿只剩下靈魂，舒服到不可思議，飄浮在太空中大概就像這種感覺吧？原來如此，難怪妳會對那張沙發這麼沉迷。

我用銀行存款買了一張沙發，但它的體積太大，進不了我那間便宜公寓的大門，還得拆掉陽臺的窗子才搬得進去。那沙發的尺寸就是這麼大，椅身也很厚，做得很結實，似乎可以塞進一個成年人。

那已經是三年前的事了。三年的時間可以做些什麼呢？三年可以讓桃子的種子發芽結果，也可以讓國中生變成高中生。

我改造了那張沙發，弄出一個人進得去的空間。我拆下底板，大膽地挖去椅身裡面的襯墊，再用特殊材料補強，以免人坐上去會把沙發壓垮，還在把手內側不顯眼的地方挖一個流通空氣的縫隙。我不是家具工匠，也沒有當假日木匠的興趣，一切都要從頭學起，我遭遇過無數次幾乎修補不了的失敗，沒有一天不是在沮喪中度過，但我還是克服了這一切，這都是多虧了一直在我胸中燃燒的黑色火焰，這火焰不停地大喊：「我要成為愛德蒙唐泰斯！（註1）」

正所謂滴水能穿石，活人椅子終於做好了。我把沙發運到位於山王的原口家，和小囃子萌音工作室的沙發對調。

---

1 《基督山恩仇記》的主角。

我是怎麼進去的呢？答案是走大門進去。那為什麼會有鑰匙？要怎麼躲過保全系統？我早就說過了，這場復仇不是最近幾天才想出來的，從我決定復仇開始，花了足足兩年想出改造沙發的計畫。既然我觀察妳這麼久，就算沒有刻意調查，也會發現很多事。

大概在我觀察了妳一整年之後，某一天是工作日，妳先生卻在家，下午妳們夫妻兩人一起出門。出去時是先生開ＢＭＷ載妳，到了傍晚妳自己一個人坐計程車回來，從大門走到家門口，把雙手提著的紙袋放在腳邊，打開包包，這時發生了異狀，妳起初用手指在包包裡摸索，然後開始翻找，最後又把包包裡的東西全倒出來，很明顯是找不到鑰匙。下午鎖門的是妳先生，所以妳才沒發現自己沒帶鑰匙吧。

妳蹲在地上，一樣一樣地檢查倒在腳邊的東西，還是沒找到鑰匙，然後妳走到屋後，把手伸進熱水器後面，那裡藏了一支備用鑰匙。太好了，這樣就不用站在寒風中等丈夫回家了呢。

這真是老天賞給我的好運。我早就想到，不管要用什麼方法復仇，都一定要先找到辦法自由進出妳家，這樣才能安裝東西，或是偷取祕密。我得先拿到大門鑰匙才進得了妳家，還要有解除保全系統的鑰匙，否則就算我進得去，也會被保全公司的人逮到，而這件事一次解決了我所有的問題。

也就是說，我等這個機會已經等很久了，好不容易等到你們全家出門，我才去拜訪。藏備用鑰匙的地方通常不會換，所以我順利找到熱水器後面的鑰匙，進去妳家換掉沙發。那沙發真的很重，一個人搬起來很吃力，但我穿著連身工作服假裝是家具公司的人，鄰居都沒有起疑。

換掉沙發之後，我又按兵不動一段時間，那沙發雖是和妳同時買的同樣款式，但我們使用方式完全不同，磨損情形也不同。我事前早就去過妳的書房檢查沙發的髒汙和磨損狀況，把改造中的沙發也弄出相同模樣，外表可以偽裝，坐起來的感覺才是大問題。

結果妳沒有發現沙發被換掉了，因為妳被前男友的事搞得焦頭爛額，感覺也變遲鈍了，而且妳後來常常去床上躺，比較少坐沙發了。沒錯，我一直發郵件給妳，就是為了讓妳覺得被跟蹤狂騷擾而分散了注意力。

掉包沙發的計畫進行得很順利，所以我決定更進一步，趁著妳去美容中心的時候躲進沙發裡。這個工作很辛苦喔，我把出入口設在沙發底部，這樣比較不容易被發現，所以我得先翻起沉重的沙發才能鑽進去，事前練習的時候，我的脖子和肩膀都扭傷了，還差點閃到腰。

沙發裡面的空間很小，幾乎不能動彈，但還不至於無法忍受。我在屁股下面墊了彈性較差的坐墊，包上高分子吸收體的尿布，利用吸管水袋補充水分和營養，無聊的時候就用手機聽音樂或廣播，甚至可以玩手機遊戲，姿勢不太舒服就是了。正宗《活人椅子》的主角還要帶水壺、乾糧、大小便用的橡皮袋，所以他得在椅子裡安裝小架子，我的裝備比他輕便多了，這真是個便利的時代。

妳從美容中心回來以後，還沒開始工作，就先坐在愛用的沙發上休息一下。椅墊無聲地下沉，當內墊碰到我的鼻尖時，我真是興奮到了極點。

那不是性衝動喔，雖然妳的肉體就在我上方幾公分，但內墊還沒有薄到讓我有感覺，如果把沙發弄得那麼薄，妳一定會發現下面有人。

怨恨已久的人好不容易來到我的射程範圍內，而且這個女人還是被吹捧為才女的名人，能夠掌握這個人的生殺大權，讓我的興奮增加了兩三倍。我可以趁妳在床上睡覺時用枕頭悶死妳，可以趁妳在廚房切洋蔥時從妳的背後潑油點火，甚至可以從沙發裡用刀刺死妳，不管我想怎麼樣都做得到。除此之外，擔心妳會發覺我躲在這裡的緊張感和不安也讓我更加興奮。我這樣是不是很變態？

我在沙發裡待了半天，等妳結束一天的寫作，回到臥室之後，我才爬出來離開妳家。測試很成功。

那是一個星期前的事。

現在要出題了。今天是星期幾呢？

妳下午依照慣例去了六本木的美容中心，我又用備用鑰匙來妳家叨擾了。如今我也感覺得到妳的體溫。

好啦，接下來該怎麼料理呢？〉

4

涼花劇烈地咳嗽，不是因為氣喘發作，而是因為閱讀郵件時屏息太久，肺已經撐到了極限。這裡是哪裡？我在做什麼？她喘吁吁地吸著氧氣，神智逐漸清醒過來。

〈開這種玩笑太惡劣了！〉

涼花再也無法忍耐。

回覆立刻傳來。

〈如果我只是編故事嚇嚇妳，這算哪門子的復仇？〉

〈是啊，你是想嚇得我答應跟你搭檔吧？你還好意思把我的作品批評得一文不值，結果自己只想得出這種爛劇情。〉

涼花還在逞強。

〈如果妳覺得我只是在編故事，就把沙發翻過來看看吧。（提議）〉

但是對方一這麼說……

〈我的力氣又沒有那麼大。〉

她的氣勢立刻減弱。

〈叫妳親愛的先生幫忙啊。〉

〈他還在工作。〉

〈那我們就聊到他回家為止吧，我既不逃也不躲。其實我想逃也逃不掉，因為妳就坐在上面，要說躲也算是躲起來了吧。（爆）〉

涼花心想，什麼活人椅子嘛，怎麼可能。但若一個人發起神經，拋開一切花了三年工夫去做，或許真的做得出來，事實上，這沙發的確大到可以躲進一個人。

不管是不是真的，她光是用想的就不舒服，還是離這張沙發遠一點吧。但是涼花沒有起身，她的背後到大腿彷彿都沾上了黏膠，想站也站不起來。

〈我確定沙發裡面沒有人，因為沒有人的觸感，也感覺不到體溫。〉

涼花打著訊息。確實沒有人的觸感，但她為什麼覺得腰部發麻？

〈我已經說過了，椅面沒有挖得很薄。〉

〈你明明說感覺到我的體溫。〉

〈妳連修辭技巧都不懂嗎？還說是才女作家咧。（白眼）〉

〈沒錯，五年真的會讓一個人成長，你比以前更能言善道了。〉

她嘴上不承認，但按著手機的指頭卻微微顫抖。

〈妳想要更有力的證據嗎？那就豎起耳朵聽聽看吧。〉

〈你想說我可以聽到你的呼吸聲嗎？〉

〈我呼吸才沒有那麼大聲。〉

〈你看吧，結果還不是在唬人。〉

〈好啦，妳聽就是了嘛。〉
涼花把精神集中在耳朵。她什麼都沒聽見。
〈真無聊。〉
〈所以我叫妳仔細聽啊。〉
〈你鬧夠了沒有？〉
〈一傳出郵件立刻仔細聽。〉
〈不要命令我。〉
她生氣地按下發送鍵。
然後隱約聽到一個聲響。
〈什麼？〉
涼花又傳了一次郵件，更專注地凝神靜聽。
一個小小的聲音從下方傳來。
當涼花意識到那是來訊通知的震動，立刻尖叫著站起來。
「你在嗎？你在裡面嗎？」
涼花縮著身子，指著剛才坐著的沙發。
〈是啊，我不是早就告訴妳了嗎？〉
「別這樣！噁心死了！」

〈哪裡噁心了，妳之前不是一直平心靜氣地坐在上面嗎？我現在的姿勢就像從背後抱著妳，以前我們打得火熱的時候也經常這樣做吧，我緊緊地抱著妳，下巴靠在妳的肩膀上，和妳臉頰相貼。真是青春啊。（遙望）〉

「別再說了！」

涼花冒出雞皮疙瘩，雙手抱胸。

〈那段青春只是一場夢，因為有人變心，什麼都沒說就消失了。別人或許會接受不了現實，企圖找回失去的東西，但我可不是對過去念念不忘的跟蹤狂，我就是為了徹底消除回憶而來的。〉

「你犯了恐嚇罪，還有擅闖民宅罪，我要叫警察了！」

〈沒用的。〉

「我真的會報警。」

涼花把手機朝向沙發，像是展示給明日路看。

〈就算妳打一一〇報警，警察最快也要十五分鐘以後才會來，這些時間就足夠我達到目的了。〉

「你想做什麼？」

涼花縮回手臂。

〈如果我只是要殺人的話早就殺了，我可以趁妳坐在沙發上從背後刺穿妳的心臟。〉

「那你究竟想做什麼？」

涼花慢慢後退。

沙發輕輕地顫動著。

「不要動！你想幹麼？」

沙發慢慢爬過來。

「不要動！你說話啊！」

沙發不肯聽話。

「不要過來！我叫你不要過來！別過來！」

5

涼花僵立不動，雙手下垂，右手的指尖到手肘都染成了深紅色。

她喜愛的沙發就在面前，象牙色的墊子如今變成了深紅色。

涼花望向自己垂下的右手，握在手中的菜刀帶有鮮豔的深紅色光澤，那是她家廚房裡的牛刀。

視線移向沙發。枕部、椅背、椅面，全被割得七零八落。

涼花的腦中還隱約殘留著自己發出不成聲的喊叫揮刀猛刺的畫面，但她不記得自己是什麼時候拿來了菜刀。

「呀！」的一聲慘叫，涼花的右手用力一甩，菜刀在地上彈起，掉到沙發腳邊，然後靜止不動，就像被浪潮沖上岸的魚。

「喂！」

涼花對著沙發叫道。

沙發沒有回答，也沒有像剛才那樣震動。

「拜託不要鬧了。」

沒有反應。

涼花撿起掉在腳邊的手機，發出郵件。

〈你出來啊！〉

沙發裡發出細微的震動聲。原先都是一分鐘之內就會收到回覆，但她等了三分鐘還是沒有反應。

握著手機的右手，手背是深紅色，手心卻是白的，涼花望著這曬痕般的對比，突然聞到某種味道。這個獨特的、苦澀的、濃重的味道從她的手背傳出，充滿整間屋子。

是血。她的身上，菜刀，還有沙發，全都沾滿了鮮血。

「為什麼！怎麼會這樣！」

涼花用力踏腳，然後再也支撐不住，倒在地上。

我殺人了。我的作家生涯毀了。我的私生活也毀了。我整個人生都毀了。丈夫的人生也毀了。我年老的雙親不能再過安穩的日子，兄弟姊妹也會被社會排擠。

絕望的未來在腦海中一幕幕地浮現又消失。涼花至此才真正理解到「復仇」的意義。

明日路想要死。情人離開了，創作構想被搶走，再加上無心工作，他對將來不抱任何希望。

但他想到若是自殺就真的一敗塗地了。他何止不打算自殺，反而很高興沒了後顧之憂，可以對那個可恨的女人為所欲為。

然後，他決定要拖她下水。不是自殺，而是讓她殺死他，讓她變成殺人犯，讓她失去過去的光榮和未來的舞臺，把她推下活地獄。他偏執地製作了活人椅子，接近她，一再挑釁，逼她舉刀相向。

這是虛擬殉情，不，是自殺式恐怖攻擊。涼花終於領悟自己中了計，不禁悲嘆自己為何蠢到沒有提防他。

法官或許會酌情減刑，但是就算她被判無罪，奪走一條人命的事實還是會一生糾纏著她。審判的過程中還會被所有人發現她的小說構想不是她原創的，她的職業生涯一定會受到無法估計的重創。

涼花突然想到，是不是可以當作這一切都沒發生過?她可以把屍體偷偷處理掉，自己一個人大概做不來，或許應該把事情告訴丈夫，請他幫忙……

不行，這個男人如此偏執，一定會在家裡留下線索，去他家搜恐怕也沒用，他一定早就料到這點，預先藏了很多備份。

如果換一條路，選擇自首，會怎麼樣？刑罰或許會減輕，但社會的制裁可不會減輕，有些人就是樂於看到別人的失敗，對象越有名他們就越殘忍。

不管選擇哪一條路，下場都是毀滅。她現在能做的，頂多就是在警察出面之前先找律師，這也得找丈夫幫忙才行，在他回家之前再怎麼胡思亂想都無濟於事。

想到這裡，涼花虛脫地躺在地上，這時傳來了機械發出的旋律。

過了幾秒鐘，涼花才意識到那是門鈴。

涼花坐起身，打算去開門。

她只要冷靜想想就會知道，丈夫有家裡的鑰匙，不可能按門鈴，但她等丈夫回家等得望眼欲穿，堅信那一定是丈夫，沒有先看對講機螢幕，就直接衝到玄關開門。

她沒想到那可能是鄰居聽到怒吼和慘叫而跑來關切，也沒想到可能是警察接到通報，更沒想到……

「嚇到了嗎？嚇到了嗎？」

她一開門，就有個男人站在外面指著她說。涼花大吃一驚，一句話都說不出來。

「惡作劇成功！」

站在外面的是渡邊明日路。

「打擾了。」

穿著運動服的男人大剌剌地走進來，反手關上了門。渡邊明日路若是沒有雙胞胎兄弟，這一定是他本人。

「嚇呆囉嚇呆囉！」

這個人鐵定是明日路。他愉快地舉起手，在驚愕的涼花面前上下揮動。

「為什麼……」

涼花艱澀地擠出聲音。

「我還活著？」

涼花默默地點頭。

「當然是因為我不在沙發裡啊。」

「可是……」

涼花低頭望去，右手依然沾滿了紅色血汙。

「那是紅血球濃厚液。」

「紅血球濃厚液？」

「俗稱血袋。現在輸血用的都是成分血，就是經由離心程序把全血分離成紅血球濃厚液、血漿、血小板濃厚液，裝成一包一包。可不是隨便選哪一種都行喔，血漿和血小板濃厚液是黃色的，顏色和血液不同，如果要讓人以為是真血，一定要用紅色的紅血球濃厚液。」

「你把那東西放在沙發裡？」

「是啊，那是我從板橋區的醫院偷來的，我去那間醫院很多年了，知道那邊的藥劑管理很鬆懈。」

「可是……」

涼花還是覺得有些不對勁，忍不住發出異論。而她很快就發現哪裡不對勁了。

「沙發裡面明明有手機震動的聲音。」

「這只是個簡單的詭計。」

「詭計？」

「我可以進去吧？」

明日路指著屋內，沒等涼花回答就脫下鞋子，對她說「去書房吧」。

「妳現在傳一封郵件給我。內容嘛，對了，就寫〈我愛你〉。不要嗎？那就寫〈去死〉吧。」

涼花照他的話傳了郵件，血跡斑斑的沙發隨即發出震動聲。

「我在沙發裡面放了一支手機。妳用的是功能型手機，所以妳當然以為郵件只能傳到一支手機，其實郵件可以同時傳送到好幾支手機。」

明日路從口袋裡取出手機，按了幾個按鍵之後，把螢幕朝向涼花，畫面顯示了〈去死〉。

「妳每次寄出郵件，沙發裡的手機就會震動，但是裡面沒有人收訊，我是在屋外用另一支手機接收郵件。」

「原來是這樣……」

「順帶一提，手機放在沙發的底部，所以來訊的震動會傳到地板，讓沙發震動，看起來就像有人躲在裡面。」

「喔喔……」

「喂，這個時候妳應該要吐槽嘛，手機的震動怎麼推得動這麼大的沙發，那又不是按摩機。此外還有其他的吐槽點，在我們用郵件對話的過程中，妳有時激動到直接對沙發說話，我卻還是繼續用郵件回答。妳想想，我明明在屋外，怎麼聽得到妳說話呢？」

「……」

「看妳好像想不出來，我直接告訴妳吧。沙發裡的手機和我手上的手機保持著通話狀態，也就是說，我即使身在屋外也聽得到書房裡的聲音，就像竊聽器一樣。為了保持長時間通話，我還裝了行動電源。所以妳說話的時候我還是能繼續回應。」

「你這個人太陰險了！」

涼花揮動雙手。

「我的心臟差點嚇破了耶，我還以為會被警察抓走，被社會大眾鄙視，被關進監獄，出來還會被人砸石頭，整個人生都毀了。腦袋裡不停地想著怎麼辦怎麼辦怎麼辦，幾乎要發瘋了，我甚至還考慮要自殺耶！」

她越說越氣憤，沾血的拳頭連續捶打著明日路的胸口。

「妳太膽小了吧。」

明日路推開涼花。

「我當然會嚇到啊！你做得太過分了！」

「妳還不是對我做了很多過分的事。」

明日路一把抓住涼花高舉的手。

「你對我也沒有感情了，才會跟我協議分手，不是嗎？」

「什麼協議！妳還好意思這樣說！明明是妳找一個像流氓的人來逼我分手！」

「還不是因為你不肯好好跟我說話，不是罵人就是動手，我想起那時候的情形就全身發軟，好不容易才忘了那些事情，正在漸漸復原，被你這麼一嚇又開始難受了，一定忘不掉的。搞什麼嘛，竟然費了這麼大的工夫來整我，你到底有什麼毛病？」

「真是想不到。」

「你有病，真的有病。改造沙發、準備血袋，還刺激我拿出菜刀，你太不正常了，最不正常的就是你一點都不覺得自己不正常。放開我！」

涼花揮開明日路的手。

「不是啦，我是說我想不到妳以為我只會做到這種程度。我花了五年計畫復仇，還花了三年改造沙發，如果只是嚇嚇妳，報酬率未免太低了，妳不這麼覺得嗎？」

「不覺得。」

「那種程度的整人只不過是娛樂，跟遊樂園的鬼屋差不多，那樣的話妳反而還該向我道謝呢。」

「沒想到你卑鄙到這種程度……」

涼花雙手摀住眼睛。

「要哭等一下再哭吧。建議。」

「如果只是鬼屋該有多好啊。預言。」

「閉嘴！」

「我叫你閉嘴！」

涼花又揚起了手，明日路毫不抵抗任她捶打，但也沒有閉嘴。他摸摸臉頰，換了個正經的語氣。

「我提議跟妳重組搭檔，不是要惹妳不高興，也不是要分散妳的注意力、讓妳看不出來沙發被掉包，而是最後一次確認。

如果妳接受了我的提議，我就會取消復仇，妳畢竟是我愛過的女人，我還是希望對妳手下留情。但是妳丟掉了唯一的、最後的機會，所以我今天才決定要復仇。

妳今天從美容中心回來時，有先看過車庫嗎？」

這突如其來的問題令涼花皺起眉頭。

「現在車庫裡停著深藍色的ＢＭＷ。」

涼花疑惑地歪頭。

「妳先生是什麼時候下班的？」

涼花不明白對方想說什麼，但是一陣不祥的預感讓她突然心跳加速。

「我說我去過板橋區的醫院是真的，那裡藥劑管理很鬆懈也是真的，但我沒有偷紅血球濃厚液，我拿的是麻醉藥和安眠藥。

妳先生在上班的途中被人攔住車子，那個人扯些謊話坐上車，然後下藥迷昏他，把他載回自己家，搬到他老婆的書房，還綁住他的手腳以免他醒來之後逃走，又塞住他的嘴不讓他呼救，再把他塞進沙發裡，他老婆回到家後，那個人用郵件刺激她拿起事先從廚房移到書房桌上的菜刀，讓他被最愛的人殺死。妳覺得這種復仇怎麼樣？

這只是個過分的玩笑嗎？或許吧。妳只要確認沙發裡面就知道是真是假了。如果裡面有人，說不定現在還活著，所以妳最好快一點確認。需不需要我幫忙啊？」

明日路的聲音變得好遙遠，他的臉孔也變形了，沾滿血的沙發、書桌、天花板，所有東西都扭曲得不成樣子，在涼花的腦海中融成一片迷幻的圖案。

和智慧手機去旅行的男人

【和押繪一起旅行的男人】（原文《押絵と旅する男》）

我去魚津觀賞海市蜃樓，在回途的火車上，我注意到有個瀟灑挺拔的男人把精緻的押繪朝著外面掛在窗上，我詢問了理由，男人便開始述說發生在他哥哥身上的奇妙故事……幻想小說的不朽之作。

科幻小說家亞瑟克拉克說過「任何夠先進的技術看起來都像魔法」。那一天出現在我面前的奇妙男女，既不是魔法或妖術所製造的幻覺，也不是因長途跋涉的疲憊而作的白日夢，而是最尖端的科學技術所達成的現實嗎？或者，這個世界上真的存在科學絕對無法涉足的領域，而我竟無緣無故地誤闖了結界的另一邊嗎？

那是發生在某個夏末的事。酷暑已經延續了一週以上，甚至超過十天，這天太陽雖然躲進厚重的雲層背後，天氣卻還是異常悶熱，光是站著都會汗流浹背。那一天我正好要去長崎端島觀光，一般人對軍艦島這個俗稱可能更熟悉吧，這是佇立在長崎半島西方海域的人工島嶼，曾因海底煤礦而繁榮一時，但關閉礦場之後，整座島就成了廢墟。

我不是廢墟迷，對本國的產業史也沒有興趣，我只是對流行無法抗拒，一聽到最新的迪士尼動畫上映五天就吸引了上百萬人觀看，便衝進電影院和大家合唱劇中的歌曲，看到拉麵店門口大排長龍，我也忍不住要跟著排隊，所以看到媒體連日報導軍艦島被登記為世界文化遺產，我就心癢地想著非得親眼去看過一次不可。

最吸引我的，是為了紀念登記世界遺產而舉辦的光雕投影秀。從漁民在礁岩之間拾取露出煤礦的江戶時代、明治後期開始的大規模填海和採礦企業化、戰爭、人口密度誇稱世界第一的高度成長期，直到能源革命興起之後關閉礦場、撤離居民為止，全都用C

G重現，投射在軍艦島的斷壁殘垣上，以緬懷消逝的歷史。這不光是視覺娛樂，更是結合了藝術及學術的精彩活動。

因為是搭船觀賞，必須限制人數，入場券一票難求，最後我的深切渴望得到了應允，我在購票的競賽中成了那百分之一的幸運兒，意氣風發地往長崎出發。因為太過期待，我甚至提早五個小時到了長崎港。

結果船沒有出航。雖說颱風快來了，但颱風明明還在沖繩本島南方，雖說風有點大，但也算不上暴風。除了我之外還有不少人也跑去質問工作人員，但是對方一說「這可是性命攸關的事」，大夥兒都無法反駁。

這令我想起小時候不小心鬆開繩子，只能望著氣球飄上天空的心情。我在港邊的木棧道抱膝而坐，背靠著放在路邊當裝飾的巨大鐵錨。

深綠色的海面波濤起伏。如果海浪拍打棧橋濺起的浪花大到讓我渾身濕透，或許我就能死心了，但海浪只是潑滋潑滋地搖曳，看得我更加鬱悶。這次的活動連續舉行一週，如果我選的是昨天或前天就好了，都是因為我膚淺地想著最後一天可能有特別影像，才會遭到天譴吧。

「雲飛得好快好快。」

聽到這句話，我恍惚地抬起頭，看見一個男人站在棧橋邊緣。

「看來風速比我感覺到的更強，而且這裡是港內，防波堤外的波浪鐵定更大。」

天空覆蓋著灰色的雲，沒有像油漆那般厚重，某些部份像淡墨，某些部份接近全黑，一層疊著一層，立體的雲朵從水平線底下冒出，一下子就飛過我的頭頂，消失在山後。

「去不了軍艦島真是遺憾，不過這裡也有世界遺產，看看右邊，有一排像長頸鹿一樣的起重機，裡面只有一個比較短，對吧？就是那個有淺綠色腳架的東西，T字形，頂部漆成紅白兩色，那個就是世界遺產巨型懸臂式起重機。我可不是在唬人，那個起重機真的是從明治時代一直用到現在的。對，那不是裝飾品，現在還有在用。這種機器找不到第二臺了。」

男人朝著對岸的造船廠說話，他站的位置再往前一步就是海水，旁邊和後方都沒有其他人，稍遠的長椅上坐著一個老人，但看起來不像是跟他一起的。

「那座橋也很漂亮吧？又白又細，像白鷺鷥一樣。是世界遺產嗎？不，那是女神大橋，蓋好還不到十年。」

男人指著橫跨在出海口上方長長的斜張橋。他不是在對我解釋，難道是個在大庭廣眾之下自言自語的怪人嗎？我緩緩站起，思索著何時要離開。

「左邊那座公園的後面有一排窗戶。有七層樓？還是八層樓？蓋在海邊的住宅一定很貴吧，不是的，那個確實很貴，不過那不是大樓，而是船，仔細一看就能看見煙囪，上面還在冒煙。沒想到遊輪竟然那麼大，連公寓大樓都很少有那麼高的呢。那種東西竟然可以在海上行駛？太厲害了！這裡真不愧是從戰國時代就有的國際貿易港，所有東西的規模都跟其他地方不一樣。」

男人的手上握著一支智慧型手機，他把手機舉在臉前，朝著停靠在松枝碼頭的大型客船。我終於搞懂了，原來他是一邊錄影一邊解說。

「來都來了，一定要有一些收穫才行。」

男人突然回頭，大概是在對我說話。

「你不是本地人吧？」

他扶了一下鏡框，看看我的臉，又看看我身邊的行李袋，航空公司的標籤還貼在上面。

「我為了這天還特地請假耶，真傷腦筋。」

我抓著頭說。

「我們等一下要去市區逛逛，你想要一起來嗎？」

這個男人乍看大約三、四十歲，但是面對面一看，好像還更年輕。他在這種大熱天還穿著西裝領帶，髮型也不是最近流行的樣式，而是昭和時代的三七分，所以看起來比實際年齡老成。他皮膚光滑，看不到斑點或皺紋。

「要去哪裡？」

「我沒有詳細的計畫，總之先去搭路面電車，想下車的時候就下車。路面電車的路線應該會經過市區的重要設施和人潮聚集的地方，如果懂得運用，光是坐在車上就能觀光，這種旅行技巧在國外也很管用。」

「那麼在我有其他計畫之前就先一起走吧。」

我提著行李袋站起來。即使一開始沒有備案，這種偶遇也是一種旅行的樂趣。

「你是從東京來的吧？我們是從魚津。你知道魚津嗎？在富山縣，沒什麼特色的小地方。」

男人以自嘲的口吻笑著說，開始走向碼頭大廈。他的手上沒有行李，可能寄放在置物櫃了。

「我是從東京登機，但住家和工作的地方都在大和。神奈川縣大和市，你知道嗎？」

我指著托運標籤上的「HND」字樣笑著回答，但心裡總覺得怪怪的。

這個男人明明沒有旅伴，卻老是說「我們」。我心想，或許他確實有旅伴，只是那個人現在躲在有冷氣的地方休息吧，但是到了最有可能的相約地點——碼頭大廈，男人卻沒有進去，而是直接過橋離開港口。

我滿腹狐疑地跟著他走，又發現了另一件奇妙的事，男人在走路時也不曾放下手機一刻，但他又不是在看社群網站或逛網頁，他沒有按按鍵，只是一邊走一邊把手機拿在臉旁。

他在港口時也像這樣拿著手機，所以我還以為他是一邊逛街一邊錄影，仔細一看，卻發現手機螢幕朝向前方。手機正面也有鏡頭，但那個是用來自拍的副鏡頭，解析度很低，如果要錄影，一般都會用解析度高、能拍出漂亮畫質的背面鏡頭，但他卻把背面鏡頭朝向自己。難道這個人很自戀，所以一直拍自己走路的樣子嗎？

「是這個嗎？」

男人突然停下腳步，微笑地轉頭說。

「你很在意這個東西嗎？」

男人晃一晃手機。我明知他不可能看穿我的心思，卻還是不禁這樣想，心跳頓時加速。

「我很樂意向你介紹。在港口見到你時，我已經發現你很在意我的行動了。」

男人說出奇妙的發言，把手機正面轉向我。五點五吋的大螢幕上映出一個年輕女性的身影。

她有著日本娃娃般的黑髮、細而有型的眉毛、濃密的假睫毛、一雙大眼睛、圓圓的臉頰、微翹的上唇、豐滿的下唇、雞蛋般的下巴——像雜誌上的模特兒一樣漂亮，我還以為他是用了哪個偶像明星的照片當桌面。

「你好。」

手機喇叭發出聲音時，畫面上的女人也動了嘴唇。

這出奇不意的發展令我吃驚得說不出話。

「我的臉上有東西嗎？」

畫面上的女人皺起眉頭，左手摸著臉頰。

「啊？喔喔，是視訊電話。原來你在幫不能一起來的女友介紹長崎的風景啊。」

我拍了一下手掌。

「去過稻佐山了嗎？」

畫面上的女人說道。我想她大概是在問我，便回答「沒有」。

「你一定要去看看，而且要晚上去喔。那裡的風景漂亮得一塌糊塗，對吧。」

男人聽見就回答「很漂亮」。

「原來如此，就算兩人各在一方，也可以用這種方法在一起。只要用這一招，就算是沒有登山經驗的人也上得了珠穆朗瑪峰。科技真是日新月異。」

我都有些感動了。

「但我還是希望有一天能靠自己的腳爬上去。」

她眼簾低垂，露出寂寞的表情。我猜她或許是生了病。

「先分開一下吧，有好看的東西再叫我。」

男人按下電源鍵，把畫面變暗的手機放進上衣的口袋。

「這種高科技旅行雖然不用花交通費，但通話費一定不便宜吧？就算用吃到飽方案，很快就會超過規定的流量而被限制上網速度，想要解除還得付追加的費用。」

我不喜歡沉重的氣氛，所以開始扯些無關緊要的話題。

「免費Wi-fi熱點已經很普及了，不需要太擔心通話費。更麻煩的是電池，CPU負荷過高的問題也得改良才行。」

男人說起這些話就像是通話系統的設計者。

到了大波止車站沒多久，上半奶油色下半深綠色的路面電車就來了。那是鋪著木質地板，天花板掛著電風扇的舊式車輛。我上午從長崎車站搭車到港口時，車上擠滿了一看就知道是觀光客的人，車內還嘮嘮叨叨地廣播說請大家往車後移動，此時卻彷彿換了其他路線，整輛車都空蕩蕩的，觀光客大概都因為天氣變差而取消了行程吧。

男人和我並坐在長椅的尾端，他一坐下就從口袋拿出手機，把螢幕朝外靠在窗上。

「快到出島了，所以叫妳來看看。」

男人艱辛地扭著脖子對手機說話。

「相撲選手？」（註2）

女人的聲音傳來。

「妳在裝傻嗎？」

「從電車裡看得到嗎？」

2　指有名的相撲選手出島武春。

「可以，那個有屋頂的豪華大門就是入口。」

「根本不像島嘛。」

「開國後周邊就填平了。」

男人把手圍在嘴邊，大概是擔心吵到其他人，但車上乘客不多，他的聲音顯得特別響，我在旁邊聽得都有點不好意思了。為了消除這份尷尬，我主動向他搭話。

「有個這麼漂亮的女友真讓人羨慕。她的外表和說話的語氣都很像一個偶像，唔……是誰呢？」

男人一聽就把視線從手機移到我的臉上，不好意思地搔搔太陽穴。

「3Q！」

手機發出興奮的聲音。虧我故意壓低音量，結果還是被她聽見了。

「對了，有人說過妳像維納斯嗎？美奶滋小姐的維納斯。如果比喻得不好請妳見諒。」

「啊哈！」

女人簡短的笑聲震動了窗玻璃。

「哎呀，被發現了嗎？是的，她就是美奶滋小姐的維納斯。」

男人一臉困窘地縮著脖子。

「她果然常常被說長得很像維納斯啊。」

「哪有什麼像不像的，她就是維納斯本人。」

真是牛頭不對馬嘴，我只好用笑聲岔開話題。

電車行駛在出島的街道上，男人對著手機上的女人解釋那是用來辦理貿易事務的地方、那棟融合日洋風格的建築物是明治時代的社交俱樂部。到了築町的車站時，他調整眼鏡，望著我說：

「你覺得珍妮佛勞倫斯是天生的名媛嗎？」

「啊？」

「像維納斯這麼出名的女藝人不可能是這種平庸男人的女友——你是這麼想的吧？你覺得我只是在開無聊的玩笑吧？」

美奶滋小姐是時下當紅的偶像團體。她們原本只是美奶滋業者為了促銷而成立的逗趣團體，但是那首卡通風格的廣告歌在影片分享網站創下驚人的點閱率記錄，第二波、第三波廣告歌也非常暢銷，她們因此受邀上歌唱節目和綜藝節目，成了男女老少都喜歡的國民偶像，原本的三人團體如今已增加到五十人，還衍生出以番茄醬和芥末醬為主題的姊妹團體，而維納斯就是美奶滋小姐擴增團員的其中一位。

「珍妮佛勞倫斯不是一出生就成了名媛，以前她甚至連一個小演員都不是，她還在肯塔基州讀小學時，難道會覺得自己總有一天能成為知名女演員，不需要跟一般老百姓往來，一個人關在房間讀莎士比亞嗎？維納斯也一樣，她還只是魚津的箕下純子時，也只不過是個臉頰紅通通的鼻涕小鬼罷了。」

「什麼鼻涕小鬼！太過分了！」
女人鼓起了腮幫子，男人聽見便拿起靠在窗上的手機。
「太失禮了，是小丫頭吧。」
「竟然吐槽這個。」
「你們是青梅竹馬嗎？」
我問道。
「對呀。」
畫面中的女人笑著說，我點頭回答「原來是這樣」。
車內廣播說下一站是西濱町，之後男人對我說：
「我看你好像還不太能接受的樣子。你覺得就算我和她是青梅竹馬，我們也不可能親密地交往下去，畢竟電視臺裡多的是高收入的帥哥，對吧？」
令我不能接受的不是這一點，而是更基本的問題，我非常肯定，手機上的女人不可能是維納斯本人，但男人的眼中充滿確信，我若直言反駁搞不好會激怒他，到時事情就更麻煩了。
「沒關係，我們也算是有緣份，我就告訴你為什麼我們會用這種方式一起旅行吧。但是請你務必保密，絕對不能上網分享或是賣給周刊雜誌，你能答應我嗎？」
「呃，好的。」

我還在猶豫時，男人已經掌握了局面，他用泛黑的舌尖舔了舔裂痕明顯的嘴脣，開始述說兩人認識的經過。

「我和純子住在同一個鎮上，讀的是同一間小學，而且上下學都必須排路隊，所以我們沒有一天不見面的，即使相差兩個年級，我們的感情還是很好。不只是我和純子，路隊裡的所有孩子都一樣，大的疼愛小的，小的信賴大的，就像一個大家庭的兄弟姊妹。」

「疼愛？你明明一見面就欺負我。」

女人眨起一隻眼。她連生氣的表情都很可愛。

「我那有？」

「你老是叫我Afro（爆炸頭）。」

「只是個綽號嘛。」

「給一直在煩惱自然捲的女孩取這種綽號就是欺負。」

「我是愛妳才會逗妳啊。」

「真敢說。」

「妳不喜歡嗎？」

「那還用問。」

「妳也沒有叫我別再用這個綽號啊。」

「如果說得出來我就不用煩惱了。你還會故意抓亂我的頭髮，在我頭上灑紙屑和木屑說是鳥巢。這哪裡是愛了？」
「咦？我做過這種事嗎？」
「做過。」
「對不起，我現在鄭重向妳道歉。」
男人對著放在腿上的手機雙手合十，接著轉頭對我說「不好意思，又聊開了」。
「總之，我們從小學時代就很要好，但我上國中以後就開始和她疏遠了。我們兩人的上學路線不同，在路上遇到也很少互相打招呼，而且我升上高中沒多久她就搬家了，之後完全斷了音訊。」
「新潟。」
她說。
「是啊，她變得可有可無，我幾乎忘了這個人的存在，甚至沒有寄給她賀年卡，也不會在漫漫長夜突然想起她。」
「反正我只是個不重要的女人嘛。」
「就這麼過了九年。我高中畢業後進了工學系，大學畢業後在東京一間電腦軟體開發公司當工程師。自己誇自己有點不好意思，但我確實是個優秀的學生，教授獲得學會獎的研究就是用我的論文為基礎，我還去幫不太理會學生的教授當助手，所以教授極力勸我讀碩士和博士。我也希望能繼續做研究，但家裡實在負擔不起，他們光是供我上大阪的私立大學已經夠辛苦了，我怎麼好意思要他們再供我讀兩年或五年呢？」
「你在小學裡也是最聰明的，還會教我寫作業呢。」
「我在學校的表現很優秀，出社會後卻很悲慘……我喜歡研究，大部分的時間都用在研究，求職活動也沒有認真準備，最後我被一間軟體開發公司錄取，但他們只是大廠商的下游，那種地方的新進工程師根本是血汗勞工，老闆總是給我們出難題，規格怎樣期限多久，我們也不能反抗，只能像殭屍一樣不眠不休地工作。雖然我還年輕，但是半年一年這樣操勞下去，喝提神飲料、按摩風池穴中衝穴都沒用了，最後終於過勞病倒。身體搞壞之後，心靈也變得軟弱了，我只要想到還得回去那個地獄就會頭痛，甚至會嘔吐、氣喘。
我知道再這樣下去鐵定會沒命，於是辭掉工作回到魚津，在老家調養身心。有一天，母親從郵局下班之後興高采烈地對我說：
『以前住在轉角山崎家的那一戶人家是叫箕浦？還是箕面？他們家不是有一個女兒嗎？年紀比你小一點。她上電視了耶，而且很紅喔！』
我等她鎮定之後再問清楚，才知道我的青梅竹馬箕下純子變成了當紅的美奶滋小姐裡的維納斯，這是母親在郵局工作時聽客人說的。
我一時之間還不敢相信，因為維納斯的特徵是小臉、大眼睛、性感的嘴唇、柔順的頭髮，而純子有著大餅臉、發腫的眼睛，以及很嚴重的自然捲。我不是光憑模糊的記憶這麼說的，而是翻了舊相簿，箕下純子確實是個平庸的鄉下女孩，就算長大以後學了化妝，她也不可能變身成維納斯。」

「太過分了！」

「我那時只覺得母親一定是聽錯了，但有一件事讓我很在意，維納斯是羅馬神話中司掌愛與美的女神，在希臘神話裡對應的人物是阿普蘿黛蒂，阿普蘿黛蒂在日本經常被念成阿芙蘿黛蒂。阿芙蘿黛蒂，阿芙蘿，Afro……這不是箕下純子的綽號嗎？她是根據綽號而取了維納斯這個藝名嗎？」

「我說過了，我最討厭人家叫我Afro，而且高中之後我一直都把頭髮燙直。」

「或許就是為了克服不愉快的往事，刻意把綽號取成藝名吧。」

「才沒有，藝名是事務所取的。」

「我只是偶然地把維納斯聯想成Afro，這事卻激盪了我的心。這只是個偶然嗎？不！如果沒有這個徵兆，我不會把母親的話當一回事，更不可能像現在這樣和純子在一起，所以這絕對是神明給我的指引。」

這種車輛沒有冷氣，只有吊在天花板上的電風扇，但偶爾吹來的風也是熱的，因為下方有馬達，椅子也熱得像暖爐一樣。我一邊聽他說話，一邊拿著小毛巾擦拭額頭和脖子，但我發現再擦也擦不乾，就放著不管了。穿著濕透的內衣真不舒服。

而我身邊的男人繫著溫莎結領帶，穿著長袖外套，鼻頭上卻連一滴水珠都沒有。

「注意到Afro和維納斯的關聯後，我開始上網調查，想找出她們是同一個人的證據，我努力的搜尋維納斯的個人資料，但是除了她出身新潟之外什麼都查不到。美奶滋小姐的背景設定是『從沙拉星球來的妖精』，所以可能不只是維納斯，所有團員的個人資料都被事務所封鎖了。

文字資料找不到證據，我就開始搜尋照片，想從維納斯的照片中找出箕下純子的面容，可是這條路也行不通。笑臉、面無表情、睡臉、扮鬼臉、側臉、廣角變型鏡頭、眼部特寫……我看了幾百張照片，每一張看起來都不像純子。或許她做過整型手術，所以漂亮到好像變了個人，但我想要找到純子和維納斯是同一人的證據，我不能接受這種毫無根據的解釋。」

「太失禮了，說什麼『漂亮到好像變了個人』嘛，意思是我本來很醜嗎？」

「維納斯的美和街上看到的美女是不同等級的，她真的美得像神話裡的維納斯。」

「你是在轉移話題嗎？我要聲明，我沒有動過手術，也沒有打針，只是長大以後面貌改變了，都說女大十八變嘛，而且我的身邊還有專業的化妝師。」

「不過身體是誠實的。」

「啊？」

「證據不在臉上，而是在身上。我看到她在游泳池拍的照片，發現有一條細長的褐色痕跡從比基尼泳褲底下延伸到大腿上方。那是印刷過程的瑕疵嗎？不對，會不會是傷痕？我記得箕下純子在同樣部位也有燙傷的疤痕……」

「就是說啊！」

手機傳出的聲音打斷了男人的敘述，畫面中的女人猛然站起。

「所以我一向不拍泳裝照，拒絕不了的話就穿短褲式的泳衣，但是那次攝影的造型師拿錯衣服，我想用纏腰裙來遮，但造型師也沒有準備，行程排得很緊，攝影絕對不可能延期，也沒時間再去買泳裝，我只好穿上那件高衩泳裝。他們說『沒問題啦，修圖時會把疤痕修掉』，結果那個混帳編輯竟然忘了指示修圖！就算後來靠著事務所的力量把那傢伙踢到子公司去，我還是不能消氣。我燙傷的疤痕都被人看光了耶！他把女人當成什麼啦！更糟糕的是，外面開始謠傳維納斯的腿上有蛇的刺青，你嘛幫幫忙，我怎麼$%那#^嚕碰*@$嘶嘿&#@嗚咿咿咿咿……」

我還以為她情緒太激動以致口齒不清，但畫面上也充滿雜訊，接著影像和聲音都靜止了，最後畫面變得一片漆黑。

「大概是手機過熱，就當機了。夏天室溫過高時，電腦和數位電視都會當機，手機也一樣吧。不過這個時機還真剛好，有些話可不能讓她聽到。」

男人放下手機，轉頭看著我。他說的話很奇怪，但有其他事吸引了我的注意力，所以我沒有回應。

西濱町有兩個人下車，車內的乘客只剩我、這個男人、對面長椅上的老婆婆，還有司機座位後方的小男孩。雖說颱風快來了，但天色依然明亮，行駛市中心的電車怎麼會如此冷清呢？不，讓我心不在焉的理由並不是這個。

廣播說下一站是賑橋。這男人說了這麼久的話，電車為什麼只走了一兩站？也不是因為有車禍阻礙了交通，馬路上和這班電車一樣冷清，行駛起來非常順暢，可是車站之間的距離很遠，讓我感到電車上的時間過得特別慢。

男人重開話題，打斷了我的思考。

「一回想起往事，我還清楚記得發現維納斯就是箕下純子時有多麼興奮。這好比在跳蚤市場買了蓋滿灰塵的油畫，擦乾淨之後竟然出現了梵谷的簽名。不，找到證據的確很有成就感，但更令我震驚的是當年那個被叫作Afro的紅臉丫頭竟然變得美若天仙。

我很想見見純子，不是因為懷念，也不是想簽名拍照向人炫耀『這是我的青梅竹馬，很厲害吧』。

在調查維納斯時，我看了很多她的照片和影片，不知不覺成了她的粉絲。在此之前我只把美奶滋小姐視為一群偶像的統稱，根本不記得誰長得什麼樣子。過去我和箕下純子每天牽著手一起上學，也從來沒有過半點戀愛的心情，還經常叫她醜女、小矮人、爆炸頭，現在卻突然愛上了她。對一個人的感覺真的會因為一點契機而改變呢。後來，我從早到晚都在蒐尋她的新照片，一躺上床就開始幻想在經田港或片貝川的河岸和她戲劇性重逢的情節，簡直到了食不知味的地步。

要怎樣才能見到維納斯呢？去演藝事務所的櫃臺哭著說我是十年前和她生離死別的青梅竹馬，對方就會安排一場感人的重逢嗎？我也考慮過寄信，但我不認為她會把堆積如山的紙箱裡的粉絲信件一封一封看完。那麼，要去電視臺或演唱會的門口堵她嗎？我能突破凶悍警衛的防守嗎？

不，我不會放棄的，一定有既合法又肯定能接觸她的方法。你知道《沙拉慶典》嗎？」

「美奶滋小姐每次出新歌都會辦的活動。」

因為被他緊盯著，我只好順從地回答。

廣播說下一站是公會堂，男孩按了下車鈕，從椅子上跳起。

「是的，只要買了初回限定版單曲就能參加這個活動，其中有美奶滋小姐的新歌發表演唱會、全員的訪談秀，有時還會舉行運動會或猜拳大會，而最後就是握手會。客人在演唱會、運動會、訪談秀都只能坐在椅子上觀賞，但握手會可以和團員近距離接觸，不是只有抽選到的粉絲才有權利和團員握手，而是參加沙拉慶典的所有人都可以，握手的對象還不是主辦單位任意分配的，而是可以自己選擇想和哪一位團員握手。如果我選擇維納斯，就能和她相見了，剛好她們不久後就要發表新歌，這簡直是上天的安排啊。

但我不能太興奮，如果光是在唱片行買ＣＤ去參加沙拉慶典，只能握手三秒，這麼短促的時間根本來不及問她是不是還記得我。那麼，買一百張ＣＤ不就可以握手三百秒了嗎？事實上不可能讓粉絲持續握手三百秒，只能讓你握手三秒一百次。握完一次手就要重新排隊，然後重複一百次，這樣也沒辦法談話太久。

不過，還有一個很棒的規則，有一種高級商品叫作特別限定盤，價格是普通限定盤的十倍，但裡面放了VIP券，能讓人一次握手三十秒，而且買很多張還可以累積時間，不需要重複排隊，也就是說，如果我買了一百張，就能和維納斯一對一地共度五十分鐘。

後來我買了六張特別限定盤。為什麼只有六張？為什麼不一口氣買一百張？你可別以為我是捨不得花錢喔。特別限定盤的數量很少，還得抽籤抽中了才能買，即使賣得這麼貴還是非常搶手，一百人之中只有一兩個人買得到，我能買到這六張已經是費盡心血。這可不是隨便說說的，我真的很努力，因為就算被抽中了也只能買一張，我還充分發揮了工程師的實力，入侵購物網站做了一些手腳。

這麼一來就準備齊全了，我拿著六張VIP券鬥志昂揚地走進〈沙拉慶典23〉的大阪會場。某一次搖滾音樂祭也在這會場舉行過，但這次的盛況更勝當時，大概來了三萬人，場面這麼混亂，我拿到的號碼牌又很後面，害我很擔心最後不會輪到我去握手。

演唱會、訪談秀、料理對決之類的節目進行完畢，終於來到了我期待已久的重頭戲，也就是握手會。每個團員前面都是大排長龍，可能要等兩個小時以上，但是規矩是讓只能握手三秒的一般粉絲先來，要等很久正是身為VIP的證明，所以我並沒有不高興。而且我在排隊時還先做了演練，心想我要笑著向她打招呼，問她是否還記得我，要不要哪天一起吃個飯……心中幸福洋溢。

最後終於輪到我了。我先用噴霧式洗手液清潔雙手，穿過掛著布簾的門框，就看到一個黑髮女孩坐在桌子後。清純可愛的眼鼻和性感的嘴唇——那就是維納斯本人。坐在席位上觀賞時，她看起來只有綠豆般大小，此時等身比例的她就坐在那裡。

我幾乎是貼在桌緣，朝她伸出了手，她也伸出手來，稍微歪著頭對我微笑，我們兩人手指相觸、掌心相貼，我感覺到了她的溫暖。以前我們就是這樣手牽著手一起上學，但我當時只覺得她的手握起來乾乾瘦瘦的，現在感覺完全不同，她的手像布丁一樣光滑又有彈性，我的手比她大多了，我卻覺得自己的手被她的手包覆起來，光是握手就得到了療癒。

『你好。』

我正在陶醉時，她先開口向我打招呼。我頓時慌了手腳。

『今天天氣真好。』

結果我只說得出這種傻話。虧我還演練過那麼多次，真沒用。但是……

『今天的天氣很好嗎？我都不知道耶，因為從一大早就關在室內。』

她體貼的應對讓我開心得不得了。我終於鼓起勇氣。

『呃，妳知道我嗎？』

我重新鼓起勇氣，向她問道。

『謝謝你一直支持我。』

她的笑容更燦爛了。

『我是淺蔥。』

『嗯？』

『魚津的淺蔥。』

『魚津淺蔥先生？』

『不是啦，是從富山的魚津來的淺蔥，我叫淺蔥太造。』

『哇塞，從富山啊？謝謝你千里迢迢地來參加活動。』

『我說，我是魚津的淺蔥太造。』

『太造先生，謝謝你一直支持我。』

『我是淺蔥太造，淺蔥太造啊。』

『是的，太造先生。』

這段對話根本是鬼打牆，她的笑臉有點僵了。我沒料到會有這種情況，不知道該怎麼接下去，支支吾吾了很久之後，三分鐘過去了，工作人員跑過來把我推出握手區。

分離十年，箕下純子可能早就忘記我了。我也長大成人了，面容和身高都變了很多，她在新家和演藝圈認識了新朋友之後，或許連青梅竹馬的名字都給忘了。但是她連聽到故鄉魚津都沒有反應，這是怎麼回事？

我垂頭喪氣地回到魚津，但我不打算就此放棄，過了一個季節，我又買了美奶滋小姐的第二十四張單曲『Santa & Maria』的特別限定盤，去了〈沙拉慶典24〉的名古屋會場。這次我當然還是入侵了購物網站，得到九張VIP券。

迷你演唱會、訪談秀、真人升官圖等節目結束後，又到了握手會，等了三個小時，終於輪到我了。

『我是淺蔥太造。』

和維納斯握手時，我報上了名字。這次我非常鎮定。

『謝謝你一直支持我。』

她面帶微笑，但她說的只是照本宣科的臺詞。

『我是魚津的淺蔥太造。』

我又說了一次。

『是太造先生啊。謝謝你一直支持……』

她說到一半突然停下來，笑容也僵住了。

『妳想起我了嗎？』

『呃，你上次也來過吧？福岡？還是仙台？』

『是大阪。不是啦，我們更早以前就認識了，還在魚津的時候。』

『魚津？』

『妳讀的是第三小學吧？我們以前都是牽著手一起上學的。』

我的手握得更緊了，她疑惑地歪著頭。

『妳的本名是箕下純子吧？』

『咦？』

『綽號是Afro。』

『喂！快來處理一下！這個人好奇怪！真噁心！』

維納斯甩開我的手，猛然站起，幾乎把椅子掀倒。工作人員立刻跑來，揪著我的肩膀把我拉出去。

我抗議時間還沒用完，但對方不理會，說VIP券上清楚地寫了如果騷擾團員就得立即離場。我繼續爭取，工作人員一個個地圍過來，其中還有看起來很凶悍的警衛，所以我只好離開。

維納斯絕對是箕下純子，她對本名和綽號的反應如此敏感就是鐵證，但她為什麼假裝不知道呢？她心裡想的是『我和你已經是不同世界的人了，不要跟我裝熟』這樣嗎？

維納斯是偶像，是帶給大家幸福的女神，如果和某個粉絲太親近，就會讓其他粉絲不幸福。而且她以偶像身分活動時，不需要本名和過去，維納斯就是維納斯，曝露真面目可能會讓粉絲感到幻滅，像是『布偶裡面才沒有人！』這樣。

事情已經過去很久了，所以我才能說得這麼冷靜，但我當時真的因為被漠視的恥辱而血氣上衝。我心想，一定要讓她承認自己是箕下純子，一定要聽到她說出她很懷念我，否則我絕不善罷甘休。

我再次入侵購物網站，拿到VIP券，去了東京的沙拉慶典。

但是這次我進不了會場。購買特別限定盤時必須登記名字和地址，以免有人轉賣VIP券，進入會場時還要帶身分證明，確定是本人才會放行，但是淺蔥太造已經被列入黑名單了，這是在名古屋引發糾紛的處置。

我裝傻說他們弄錯人了，但是不管用，我正經八百地保證以後會謹慎行事、哭著說我是大老遠來的，全都沒用，那就換個作風吧，我裝出一副流氓樣，說老子可是花了大錢買CD的客人，敢對我怎麼樣我就告你們，對方卻說他們才要向警察投訴，我終於看清了自己沒有勝算。

即使如此，我還是不打算放棄。她對我說謊，把我當成壞人，不知道讓我受到了多少傷害。一個從鄉下來的鼻涕丫頭竟然這麼跩，若不好好教訓她一頓，我實在難以消氣。

不，這只是表面上的理由。我喜歡維納斯，在近距離看過她、跟她握手之後，這份心情變得更強烈了，但是我可能永遠都見不到她了，這叫我怎麼受得了？反正這本來就是不可能的奢望，乾脆放棄算了？如果對方只是一般的偶像，我或許可以放棄，但維納斯雖是雲端上的人，也曾經和我一起在地上生活，一伸手就摸得到的人叫我要怎麼放棄？

但是我們相隔太遙遠。我還能在電視或照片上看到她，不過我已經握過她的手、感受過她的呼吸，只是遠遠地看著再也不能滿足我了。

我無奈嘆氣、憤怒狂吼、傷心哭泣，在人群中突然失控喊叫。哭累躺下之後，腦海裡就會浮現她的面容，讓我又忍不住掉眼淚。

我仰慕的維納斯、深愛的維納斯，不管睡著或醒著，我心裡想的都是她，什麼事都做不了。我剛愛上維納斯的時候也一樣滿腦子都是她，但那時我的心中充滿希望，如今卻什麼都沒有。

這種絕望的日子過了不知多久，我因為食不下嚥，所以全身無力，視線失焦，聽力也衰退了，分不清楚白天夜晚，意識模糊，但這樣反而讓我消除了雜念，跟催眠狀態很像。

我仰慕的維納斯、深愛的維納斯，我想要立刻見到妳，想要每天和妳說話，想要整夜抱著妳，想要妳，想要妳，我想要妳，我仰慕的維納斯、深愛的維納斯，我的維納斯，只屬於我的維納斯……

啊啊，看你的表情，你一定猜到了。是的，我擄走了她，我殺了她。」

去年夏天，美奶滋小姐的維納斯在前往工作地點的途中失蹤了，一週後她的屍體被人發現，死因是窒息，脖子上有手指的痕跡，顯然是被掐死的。
維納斯失蹤的那一天，原本要去市內的某電視臺錄影，事務所安排了計程車去她目黑區的住宅接她。約定的時間過了一個小時，維納斯遲遲沒有出現，錄影時間都過了也沒去電視臺，問了她常去的地方也找不到人，事務所認為她可能發生意外，便報了警。
經過警方的調查，發現維納斯在自家公寓前搭上計程車，但是那輛計程車不是事務所安排的，而且比約定的時間早來了三分鐘，警察從監視器畫面找出車牌號碼，查到那是前陣子在荒川區失竊的個人計程車。一週後，車子在埼玉縣秩父市的山上被發現，維納斯躺在後座，屍體已經開始腐爛了。
計程車業者為了應付業務糾紛，車上都有安裝行車記錄器，但機器被兇手帶走了。從維納斯的家到山上的一路上有很多監視器拍到車子，也有拍到駕駛座上的人，但是那人把帽簷壓得很低，看不清楚長相。
因為假計程車比預約的計程車更早到，警方一開始認為兇手是清楚維納斯行程的瘋狂粉絲，但不只是維納斯或美奶滋小姐，所有偶像都經常和粉絲發生糾紛，所以從案發到現在已經過了一年，還是無法鎖定嫌犯的身分。
「是你？你殺了維納斯？」
我早就有這種預感，但我沒辦法若無其事地說「喔喔，果然是這樣」。
「是的，我查出她的住址，偷了計程車，把她載走。途中我說出自己的身分，她就又叫又罵的，我找了個安靜的地方停車，向她傾訴我深藏心中的感情，『妳看我對妳的愛強烈到要綁架妳，我們的重逢是神明的安排，我和妳是命中注定要在一起的』，但她聽都不聽，還拿出手機說要報警，我試圖搶走她的手機……後來的事我都不記得了。雖然想不起來，但是看到她躺著不動，車裡又只有我一人，一定是我殺的吧。」

男人看著自己的雙手，一副快哭出來的樣子，說到最後卻露出淡淡的微笑。

電車進了隧道，窗外變得一片漆黑。車聲轟轟迴盪，轟轟迴盪，轟轟轟沒完沒了地迴盪，我在噪音中努力地思考。

「不對啊，既然如此，剛才那個女人是誰？你講電話的對象是誰？維納斯已經不在世上了，電話另一端的女人不可能是維納斯，無論你再怎麼堅持她是維納斯，我也不會相信的。她只是剛好長得很像維納斯吧，因為她有一張明星臉，你就編這種故事來嚇人。看你們兩個配合得那麼好，可見不是第一次這麼做。竟然隨便玩弄路人，你們真是太惡劣了。」

「你誤會了。」

男人一臉苦澀地搖頭。我質問他「我誤會什麼了」。

「她不是在『電話的另一端』。」

男人從腿上拿起手機。我皺起眉頭。

「她是在『電話裡面』。」

男人戳了戳手機漆黑的螢幕。我越來越搞不懂了。

「我殺了她，但我並不覺得這有什麼大不了，也不擔心被警察抓到要坐牢。我確實很後悔，但我不是後悔奪走了一條寶貴的生命，而是因為失落感。啊啊，今後我再也見不到她的笑容，再也聽不到她的聲音了。我哭了一整晚，抱著屍體不放，並不是因為悲傷或懺悔，而是捨不得和她分開。

但是，不管我親吻維納斯多少次，她也不會像白雪公主一樣恢復體溫，她變得越來越冰冷僵硬，像個人偶一樣，我心想：算了吧，這種東西才不是維納斯。過了更久之後，她的身體漸漸變軟，但膚色越來越難看，表情扭曲，身上發出惡臭，我不知道該怎麼處置，就把她丟在山裡了。

我垂頭喪氣地走下山時，腦海中突然靈光閃現，迸出一道橘色的光芒，像是有一顆超新星在我的體內誕生了。維納斯的身體變成那樣，再高明的醫生也不可能讓她復原，但是她的心還可以復活，憑我的力量就能做到。

人工智慧。我在高中時開始對人工智慧產生興趣，會選擇那所大學也是為了向世界第一的專家學習，我畢業論文寫的就是『在聯誼性質聊天室扮演真人的AI，從純情少女到人妻』。我還在當血汗工程師的時候沒有閒工夫做研究，但回魚津閉關之後，我每天都在改良畢業論文提出的程式，我相信研發出來的成果一定能讓我進入矽谷的公司。

我當時研發的AI聊天程式，是在虛擬的人格加上適當的思考模式，如果我把維納斯的個人資料輸入人工智慧會怎麼樣呢？

我把網路上所有維納斯的照片、影片、訪問、興趣和嗜好等資料都輸入程式，再加上箕下純子小學時代的照片、她被登在校刊上的作文，還有我記憶中關於她的一切事情。人工智慧分析了這龐大的資料，便能運用維納斯的說話習慣和思考模式和人對話。輸出的資料不是文字而是語音，這也是用維納斯的聲音製作的，聽起來就像維納斯本人在說話。我又用維納斯的照片做了頭部3D模型，表面貼上皮膚的質感，再根據語音製作對嘴效果，不說話時還能視情況變換表情，一看就是活生生的維納斯。

也就是說，我做出了用維納斯複製的人工智慧——數位複製人，維納斯的複製品如今就在裡面。」

手機螢幕上又出現了剛才那個女人的上半身，她眨著眼睛，用手指捲著髮梢。

「正確來說，在手機裡的只是介面，AI程式和龐大的資料都放在伺服器裡，靠著網路連線來驅動。嗯？看你那個表情，好像還是不相信吧？」

男人盯著我看。他比手畫腳，說得滔滔不絕，但還是沒有流一滴汗。

「你只是沒有注意到，其實我們的生活裡充滿了AI，以廣義的角度來看，數位相機的人臉辨識功能、翻譯機、衛星導航系統的規劃路線功能，全都運用了AI的技術。」

「大概吧……」

「我畢業論文寫的聊天機器人也一樣，現在很多聊天網站和社群網站都有類似的東西，不只如此，有些亡者家屬希望感覺到已故親人還活在世上，所以現在有一種以相簿、信件、家庭影片為基礎而做的復活服務，他們用的技術跟我完全不同，但目的和我一樣。」

「嘿，你們剛才在聊什麼啊？」

手機裡的女人伸長脖子，嘴巴做出和聲音一致的動作。

「男人的私房話。」

男人用空著的那隻手遮住嘴巴。

「是色情的事嗎？」

「等一下再說。」

男人把手機切換成睡眠模式，然後抬頭看著我。

「她會在對話中吸收資訊，所得的知識還可以反饋到下一次對話，就像活人一樣，所以跟她說話時如果不小心，她的人格和思考可能會產生扭曲。這點也和活人一樣。」

「你沒有輸入你綁架她和殺死她的事？」

我開始相信他說的話了。

「如果讓她知道這些事，她的人格一定會崩潰，所以我讓她以為我們是在握手會上重逢而開始交往，被雜誌爆料之後，她決定為了愛情放棄工作，於是從美奶滋小姐的團體裡畢業。能像這樣改寫記憶的也只有數位複製人了，我最近甚至覺得和她在一起好過和真人交往，因為可以避開麻煩事，又能把她培養成自己喜歡的個性。」

「人工智慧難道不會自己從網路上得到情報、發現真相嗎？」

「程式和外界是隔絕的，網路只是用來聯繫伺服器和手機，她不會主動上網蒐集資訊，不過就技術上而言，她想做的話還是做得到。」

「剛才說的那件事發生之後，你就逃到……不，搬到其他地方去研發程式嗎？」

「我一直住在魚津，直到研發出Golden Master版（註3）之前都關在老家。」

「警察沒有上門調查嗎？你不是進了握手會的黑名單嗎？」

「警察的確來過，當時我緊張得要命，還做了被逮捕的心理準備，但警察只問一些問題就走了，之後都沒再來過，比我想得更簡單呢。」

「那你這次來長崎是為了什麼？」

「我想帶維納斯出來見見世面，因為她沒辦法自己出門。我們從魚津出發，沿著日本海往西南走，東尋坊、天橋立、城崎溫泉、鳥取沙丘、出雲、萩、關門海峽、博多、佐世保、然後到了長崎。之後要從島原搭船去天草，繞九州一圈之後，再沿著太平洋往東北走。如果說是新婚旅行，不知道她會不會生氣。」

男人把手機貼在胸前，心蕩神馳地閉上眼睛。

---

3 研發階段的完成版，再經過測試才能成為正式版。

此時傳來了像刮玻璃般的長長煞車聲，電車停住了。我見窗外一片漆黑，還以為是停在隧道裡，但是遠方可以看見一個亮著燈的廣場。

搭上這班電車之後一再出現的異樣感又湧上我的心頭。

明明還不到晚上，天色怎麼會這麼暗？是因為颱風快來了，所以雲層特別厚嗎？

更奇怪的是，廣場上方那片像翼龍展翅般的拱形頂棚看起來很眼熟。果然沒錯，頂棚底下的建築物掛著「長崎站」這三個立體大字。所以說，電車正停靠在長崎車站前的路面電車站，可是沒有人下車，也沒有人上車，站牌邊也不見人影。這是離JR終點站最近的路面電車站，而且有兩班路線會經過這站，現在也不是大清早或深夜，怎麼可能一個人都沒有？

長崎站？兩班路線？

我從褲子口袋裡掏出觀光地圖，攤開一看，角落印著路面電車的路線圖。我終於知道為什麼有異樣感了。

我在大波止站搭上這班電車，有到大波止站的是系統一的路線，電車經過出島、築町、西濱町，然後停在公會堂站，然而公會堂站並不在系統一的路線上，而是屬於系統三，但我肯定沒有在途中換車，也就是說，這班電車走的是不存在的路線。

鈴聲響起，前後車門關閉，司機廣播說要車子要開動了。馬達發出低鳴，扳手的棘輪發出金屬摩擦的嘎吱聲。

乘客只有我、男人、老婆婆這三個人。現在明明是暑假觀光旺季，雖然天色黑暗，但現在明明還不到黃昏。想到這裡，我看看手錶。兩點十五分？離開港口的時候已經三點了耶，難道現在是凌晨兩點十五分？怎麼可能？我哪有搭電車那麼久，再說電車也不會開到凌晨。

我感覺頭昏腦脹，眼中所見的東西都是模糊失色，好像暈車一樣，胃裡翻騰，酸水上湧。

每件事都很不對勁，無論是天氣、路人、時間、電車路線，或是這個男人說的話，全都不對勁。

「我就說天氣太熱嘛。如果不經常冷卻，處理器就會當掉，電池也會消耗得特別快。都是因為這電車沒有冷氣啦。」

男人一邊說著一邊握住手機。

「你嘴上這樣講，其實是想搞外遇吧？」

女人說道。手機螢幕映出黑髮女孩。

「胡說什麼，跟我在一起的是男人耶，妳不是看到了嗎？」

「誰知道你有沒有那方面的興趣。」

「喂喂。」

兩人像情侶一般地鬥嘴。

對面坐著一位抱著包袱的老婆婆，她的頭垂得很低，可能是在睡覺。老婆婆背後的玻璃像靈異照片似地映出一頭龐克亂髮。是我。對面窗戶映出了我的臉，可見外面有多暗。

乘客只有這幾個人，空蕩蕩的長椅和面漆剝落的木地板以透視的筆法延伸到最前方。駕駛座圍著隔板，我不禁開始擔心那裡其實沒有司機。

「你覺得這是夢嗎？」

男人突然轉頭看著我。

「我犯錯的時候也覺得那是在作夢。我心想自己一定是作了惡夢，但又醒不過來。就算思想進入了夢境，肉體也不可能跟著進去。」

「犯錯？」

手機裡傳出擔心的聲音。

「我把音樂教室的貝多芬肖像畫了墨鏡和鬍子。」

男人若無其事地回答。

「原來那是太造搞的啊。」

「莫札特臉上的傷不是我弄的，那是小林。」

「就算這樣，你的罪也不會減輕。」

兩人感情融洽地笑了。

「浦上站快到了，請注意車門開啟以及腳下。」

廣播說著。車上真的有司機。電車逐漸減速，停了下來。鈴聲響起，前後車門嘶的一聲打開。

「那我們先告辭了，今晚要去附近的朋友家叨擾。」

男人颼地起身。

「掰掰～」

手機裡的女人也對我揮揮手。

「等一下。」

我朝著男人的手臂伸出手。

抓空了。我還以為拉住他的手肘了，但手上什麼感覺都沒有。

我站了起來，把手伸向男人的背。

本來以為會摸到他的肩胛骨，但還是沒有觸感，我的手直接穿過了男人的胸口。我完全無法形容當時的驚恐。

那男人的身體沒有血肉，也沒有質量。他被我的手刺穿，卻沒有流出一滴血，繼續走向車門。

除了驚恐之外，我更想要搞清楚這詭異的現象是怎麼回事，於是衝到男人的前方。

「你是鬼嗎？」

這個問題很可笑，但我想不出還能怎麼說。男人嚴肅地回答：

「她以數位複製人的型態復活了，我們就像長跑十年才修成正果的情侶，忘我地過著幸福生活。我們別人一樣去電影院約會，也坐過摩天輪，但是這美好的時光沒有永遠持續下去。有一次我們在能登半島搭車遊覽，我和她聊得興高采烈，突然覺得她好可愛，有一種想要抱住她的衝動，但我不能抱她，連她的溫度都感覺不到。和她在一起是那麼地幸福，卻又不幸至極，因為我們活在不同的次元，我在現實的世界，而她處在程式中，兩個世界可以溝通，但是不能共享同一個空間，如同生死相隔，所以我絕望了。」

他絕望到自殺了嗎？一旦死了就能去到她的次元——涅槃的次元，所以他變成了鬼。可是他既然如願地去了另一個世界，為什麼還會出現在這個世界？難道他在那邊見到的維納斯對他惡言相向，所以他無法升天，又回到這裡來嗎？

「我很擔心年老的母親。她孤單一人一定很寂寞，所以就『把我留下來』了。就算我不能揹背，也不能陪她出去買東西，至少還可以聽她發發牢騷。這是不孝子唯一能做的彌補。」

男人說的話令我摸不著頭腦。我還在反覆思索，男人已經走出車門。

「你好。」

老婆婆打著招呼從我身邊經過，跟在男人的身後走下電車。她轉彎的那一瞬間，我看見她的包袱之中有一個光圈，光線一路延伸到男人的背上。

3D立體投影？

難道是這個男人跟著維納斯離世之前，先做了自己的3D立體投影，連結人工智慧，留給了母親？和死者一起旅行的其實不是他，而是他的母親？

我把臉貼在窗上，凝神注視男人的背影。他過了大馬路，爬上坡道，老婆婆像個黑衣的撿場跟在他身後。

我攤開手中的地圖，用手指劃出兩人行進的方向，不禁倒吸一口氣。

——今晚要去附近的朋友家叨擾。

我想起男人剛才說過的話，又驚訝地轉頭望向窗外，兩人的身影已經消失在坂本國際墓地的方向。

D殺人事件，背後真正的可怕

【D坂殺人事件】（原文《D坂の殺人事件》）

我在D坂大道的茶館結識了一個奇怪的男人——明智小五郎。某個悶熱夜晚，我在這間茶館和明智討論推理和犯罪時，發現對面的舊書店有些異樣，我們前去查看，竟然發現老闆娘的屍體……明智小五郎初次登場的珍藏之作。

1

綠燈亮起，一踩上斑馬線，就有一股蒸騰的熱氣爬上褲管。太陽悠然俯瞰林立的高樓大廈，把十字路口行人交錯縱橫的身影烙在柏油路上。影子變得極短，夏季已經來到。

我的額頭上掛著汗珠，外套早就脫掉了，濕濕的襯衫黏在身上，感覺很不舒服。

坡道延伸成平緩的弧形。前方有個身穿精緻西裝的男人講著手機闊步行進，馬路對面有一對情侶手牽著手走下坡道，狹窄的人行道上，往上或往下的行人都川流不息。現在明明是工作日的中午，為什麼會這麼熱鬧呢？不過，對我這個外行的跟蹤者來說倒是一件好事。

我跟蹤的目標在道玄坂走進岔路，那也是一條坡道，而且坡度更陡。這裡的行人少了很多，所以我跟得比較遠。

頭髮半白的男人和拿著ＬＶ名牌包的女人併肩爬上細細的坡道，他們既不看拉麵店和烤肉店，也沒理會脫衣舞劇場和成人用品店煽情的招牌，彷彿很熟悉這一帶，經過岔路時腳步也沒有顯出一絲猶豫。

我在跟蹤途中隨時找尋遮蔽物，以防對方突然回頭，左手舉著智慧手機，裝得像是在玩Line，不時用靜音拍照APP迅速偷拍那兩個人。我的背包上還掛著穿戴式相機，從忠犬八公像一路偷拍到這裡。

目標最後和同伴走進一間小旅館，我躲在附近窺視旅館門口一陣子，沒有看見他們出來，想必是進了房間，在他們辦完事出來之前，得先找個地方休息。照片和影片都拍了不少，但全都是背影，如果照片認不出是誰根本沒有意義。

我很想休息，卻找不到適當的場所。道玄坂是東京少數幾個情趣賓館密集地帶之一，到處都掛著「休息」的招牌，但是那種地方不適合一個人進去，再說我也沒有錢。餐飲店也不少，但這裡是名副其實的夜生活地區，大部分店家都關著門。好不容易看到一間咖啡廳，卻是一間會在黑白記錄片裡出現的古典樂咖啡廳，從某個角度來看，這跟賓館一樣讓人不敢踏進去。

回到大馬路應該比較好找吧？我正在考慮，突然看見建築物後方有一座公園。這公園看起來很普通，只是小了一點，公園內的雙人長椅只有一張，要是已經有人坐，我只能乖乖走人，幸好椅子還空著，所以我就在這裡休息。沒想到這麼小的地方還有飲料自動販賣機，真是太貼心了。

我一個人獨占了長椅，用碳酸飲料解渴，陶醉在菸草的香氣中，突然聽見一個細細的聲音。

「看不懂國字嗎？叔叔是外國人嗎？」

我張大了眼睛。令我吃驚的不是突然挨罵，而是因為指責我的是一個孩子。那少年穿著巴塞隆納足球俱樂部的制服，大概是小學五六年級。他背對著賓館，指著告示牌，上面的「禁菸」字樣彷彿在對著我張牙舞爪。我「喔」了一聲點點頭，把菸丟到腳邊踩熄。

「垃圾要帶走。」

我又被訓了一句，急忙撿起菸蒂。

「原來現在還有人抽菸啊。」

少年很做作地發出噗哧一聲。

「不過還是要感謝你們付了那麼多稅金，多虧了你們消費稅才沒有繼續漲。也好，死不了的話就儘管抽吧。」

他對我揮揮手，拿著小小的足球玩起挑球。真是個人小鬼大的小學生，但他的運動神經看來不如嘴巴那麼厲害，他的動作太僵硬了，一直把球弄掉。

「幹麼一直看我？這裡是小孩子來的地方耶。」

少年因練習不順利而遷怒，對我齜牙咧嘴。嘴裡還嵌著牙套。

「很遺憾，這個公園是蓋來給小孩子玩的。」

少年跳上熊貓外型的遊樂設施，熊貓下方裝著巨大的彈簧，他像是坐騎牛機一樣搖來晃去。

我還在找地方休息時已經發現了，道玄坂是得標上「限十八歲以上」的成人地帶，沒想到這裡也有民家，這座公園的旁邊就是一間情趣賓館，正對面有一棟大型不動產公司的大樓，旁邊則是附庭院的獨棟住宅。

「這裡禁止玩球喔。」

為報剛才的一箭之仇，我指著背後的告示牌說。

「禁止玩球是因為擔心公園裡有小嬰兒。難道叔叔看到一公里以內的直線道路都沒有車，還是會等到綠燈亮了才過馬路嗎？」

「這個公園很小，圍牆也很矮，說不定會打破鄰居的玻璃。」

「又不是明治時代的玻璃，怎麼會被這種球打破。」

「如果球飛到二樓或三樓的陽臺該怎麼辦？」

「挑球才不會飛得那麼高。你這個人是怎樣，幹麼跟一個小孩斤斤計較？真是小家子氣。」

真是個嘴上不輸人的孩子。他撥起長瀏海的手勢也很做作。

「你只玩挑球嗎？」

「難道你要我一個人去玩四對四的迷你球賽嗎？話說你要糾纏我多久啊？」

「你不是在等朋友嗎？」

「你想說我是沒有朋友的孤單小孩嗎？真是多管閒事。」

少年不悅地鼓起臉頰。

「我陪你玩傳球吧。」

我放下鋁罐站了起來。

「跟你傳球？」

少年睜大眼睛，又噗哧一聲笑出來。

「我高中之前都在踢足球喔。」

我走到少年面前，用腳尖勾住他腳下的足球，再用腳跟挑起，用腹部一頂，最後在胸部停球。少年發出「哇喔」的驚呼。球上用麥克筆寫了「日高聖也」。

「你真是個靈活的胖子。」

聖也的嘴還是這麼毒。

2

我畢業了很多年都沒有就業，還是靠父母養。

雖然我從國小開始踢了十年足球，但是連職業級的邊都沾不上，我很想說我考上東大的可能性還比較大，但是我的學力大概只有東大的百分之一，因為我太過沉迷社團活動，這也是沒辦法的事。在全國高中體育大賽的預賽輸掉而引退之後，我也沒有把精力用在應考，最後只能讀沒有入學考試的專門學校。

我會走上攝影這條路當然是因為興趣，但是我投入的程度遠遠比不上其他學生，越是感受到同學們的熱情，我越覺得自己不屬於這裡，能夠撐完三年順利畢業連我自己都覺得驚訝。畢業之後，我並不想去攝影工作室或照相館工作，我的技術也沒有好到可以當自由攝影家，只好利用父母寵愛獨生子的心態，在找到夢想之前一直賴在家裡。在這九年間，我沒有投過一次履歷表，但我擔心技術放久了會生鏽，每週總有一兩次背著器材到市區裡走走拍拍。

在這荒謬生活的某一天，有個老同學聯絡了我。他在學校裡的表現也很差，我們這兩個放牛學生以前常在居酒屋裡一起發牢騷。

他找我是要邀請我做攝影工作，我誠實地說自己還沒做好出社會的心理準備，對工作沒什麼自信，他說這只是簽約的短期工作，如果我覺得不適合，別再續約就好了，我就這樣半推半就地開始工作了。

說是攝影工作也沒錯，事實上只是抓姦偷拍，有必要找攝影學校出身的人嗎？名義上是徵信社的調查員，但是學習三年的成果竟然用來拿手機偷拍，這也太可恥了。如果用的是我自己的全幅單眼相機，至少會有從事媒體工作的感覺，但是那種相機的尺寸和快門的聲音都太惹人注目，怎麼可能拿來跟拍呢？

然而，我後來還續約了兩次，因為監視、跟蹤、偷拍比我想像的更有趣，酬勞也挺可觀的。不，更讓我高興的是能夠用工作換取酬勞，這讓我感覺自己終於可以抬頭挺胸做人，終於可以正常地過活。

我的第三件任務是幫一個上班族調查妻子的外遇。我從她離開川崎郊外的住家時就尾隨在後，等她在澀谷站大樓的咖啡廳和男人會合之後開始攝影，也拍到了他們在道玄坂走進情趣賓館的瞬間，等待他們出來時，就遇見了日高聖也。

接下來的情況實在很愚蠢，我踢足球踢到忘我，後來才想起還有任務，回到賓館等了兩個小時，卻始終不見那兩人的蹤影，等到天都黑了，我打電話到目標的家裡，接電話的是女人的聲音，我才確定那兩人早就走了。我回到徵信社，拿出照片交差，果不其然全被退件，還得再去跟蹤一次。這是我自己的過失，所以沒辦法追加酬勞。

一週後，我完成了工作，目標這次還是去了道玄坂，這次我終於拍到兩人走出賓館的正面照片。我在公園等待時又遇到了聖也，為了避免犯下同樣的錯誤，這次我沒有再陪他踢足球。

我又和徵信社續約了，這次的工作是調查訂婚對象的日常生活，目標的行動範圍從我孫子到北千住，再下一份工作是在橫須賀找尋離家出走的人，兩樁都跟澀谷沒有關係，但我在工作閒暇時還是經常去道玄坂。

這個地方勾動了我的心弦。道玄坂擁有鬧區的風貌，卻不像中央街或公園街那麼吵雜，隨處可見賓館和 live house 感覺很亂，但小巷裡都是民宅，公園裡還有小學生玩要，這令我有一種衝動想拿起相機拍下這個奇妙的街道，沒想到我畢業多年還會對攝影萌生出這種熱情。

整個夏天我一直跑來道玄坂，結果就碰上了大事件。

3

那一天，偷拍外遇情侶的工作提前結束，我在回途中又去了道玄坂。漫步在夕幕和人工照明交融的小路上，拍下日景轉變成夜景的珍貴畫面後，我走向常去的餐飲酒館。如今這一帶就像我家後院，即使走進迷宮般的巷弄，我也不會迷失方向。

我正要走進酒館，對面藥局走出一個中年婦女。

「上次多謝妳了。」

我打招呼的對象是本田雅子，她也笑容滿面地回答「晚上好」。

這種結合了藥局和化妝品店、順便賣些日常用品和報章雜誌的私人商店在從前很常見，後來因為藥妝店蓬勃興起，現在已經很少看到了，但本田商店今日依然在東京的中心持續著舊日的生意。用來開店的這棟三層樓建築是戰後復興時期的古董，充滿了懷舊風情，我前陣子跑來拜託店家讓我拍攝，還拍到了經濟高度發展期的營養飲料傳單，以及泡沫經濟時代前的化妝品宣傳海報，光是這些照片就足以讓我開攝影展了。

「照片已經洗好了，但我今天是出來工作，沒有帶照片來。十二寸照片也不方便隨身攜帶。」

我雙手合十抱歉地說，老闆娘輕輕搖手。

「什麼時候帶來都沒關係啦。希海，給妳關門喔。」

她朝著店裡大喊，聽到裡面傳來一聲「好」，她就關上藥局的玻璃門，飄著裙襬走了。那件藍染洋裝有著牽牛花般的圖案，看起來很涼爽。聽說她是和獨生女希海兩個人住在店舖後方的住家。

目送老闆娘的背影離開後，我打開了餐飲酒館的門。

附近的餐飲店我都去過，但我最喜歡來這裡，不是因為好吃或便宜，而是因為裝潢。這裡像咖啡廳一樣，有面對窗戶和牆壁的吧臺式座位，一個人來也不會覺得難堪，有免費 Wi-fi 更是大大加分。

這事發生在某個悶熱的夏末夜晚。我事後去看氣象局網站，才發現晚上八點的氣溫高達三十多度，但在店裡坐了一下子，汗濕的襯衫就乾了，甚至冷到上臂冒起雞皮疙瘩。就是因為家家戶戶都狂開冷氣，排出的熱氣讓室外溫度變得更高，大家又把冷氣開得更強，在惡性循環之下，熱島效應變得越來越嚴重。我憑著聽來的知識在心中默默批判，坐在窗邊的老位置喝起啤酒，一邊拿出今天拍的照片當下酒菜。

我不只是看看而已，還用 Wi-fi 傳送到手機，用APP調色或裁切。酒館的門又打開了，一個小小的身影走進來，那人朝著店員揮揮手，爬上我身邊的高腳椅，也不先問一聲就搶走我的手機。

「構圖好普通。」

聖也今天也一樣囂張，他用指尖輕敲著照片，肆無忌憚地批評。

「難得看到你穿棒球衣。」

我指著他T恤上的巨人棒球隊吉祥物說道，因為聖也每次都穿足球衣。

「這是報紙店送的，我才不喜歡咧，但又沒其他衣服可以穿。天氣這麼熱，一天要換好幾次衣服，根本來不及洗嘛。」

聖也像個家庭主婦似地抱怨著，朝剛送來的餐盤合起雙手。烤雞配蔬菜、毛豆馬鈴薯濃湯、大蒜麵包──這些就是聖也的晚餐。他每天晚上都拿著千元鈔來附近的餐飲店吃飯，但我從沒問過他家裡的事。

「還開著啊。」

一瞬間掃光食物的聖也拿紙餐巾擦嘴，一邊說道。他的視線朝向窗外，落在馬路對面的本田藥局，透過玻璃門可以看見店內還亮著燈光。

「八點就應該打烊了。」

聖也看著別人手機上的時間顯示，歪著頭說。現在的時刻接近九點。我也想起老闆娘交代過女兒要關門，覺得有些奇怪，但我完全沒想到會發生那樣的悲劇。

「那種店在這個時代怎麼撐得下去啊？」

我沒話找話地說道。

「就是撐得下去才會在這裡。」

聖也說得很有道理。

「那裡好像有在配藥，但是誰會來配藥呢？附近又沒有診所，住家也很少。」

「或許就是有人想去冷清的藥局吧，譬如要買性病的藥，一定不想去家附近的藥局。」

「難道是上賓館時發現了這間藥局，後來得了病才突然想起，跑來買藥？」

「賓館的客人也需要避孕用品和精力劑之類的東西吧。」

「那店裡是不是也要賣內褲和絲襪？」

我們說了一些不像是能和小學生聊的對話，這時有兩個人走進藥局，他們顯然是要去賓館的情侶，所以我們互望一眼，笑了出來，但聖也立刻收起笑容。

「阿姨不在嗎？」

藥局的玻璃門是開著的，所以我們稍微看得到店內。

「她出去了，只有女兒在家。」

「明明就不在。」

最底端的玻璃櫃就是櫃臺，但裡面沒站半個人。

我們兩人沉默不語，緊盯著藥局，懷著各自的心思緊張地吞口水。

情侶走到櫃臺前，女的手裡好像拿著什麼。兩人一直站在那裡不動，我們在這裡聽不見聲音，但也看得出來他們在叫店員。

「姊姊也不在嗎？」

聖也喃喃說道。

「去廁所了吧？」

「東西會被偷的。」

聖也跳下椅子跑出去。

我也急忙結帳，跟了上去。聖也已經走進藥局，但只是在店裡閒晃，大概覺得有人在店裡他們就不敢偷東西了。

「哎呀，你還在啊？」

我正要進去時，旁邊有人對我說話。本田雅子雙手提著紙袋回來了。

「有客人。」

我指著店內。

「真是的，怎麼還沒打烊呢？」

老闆娘驚慌地走進店裡，聖也同時走出來。

「解決了。」

聖也豎起拇指。

「要回家了嗎？」

我問道。

「要回家了。」

「要我送你嗎？」

「沒關係。」

「要小心喔。」

「叔叔才該小心咧，別被專找歐吉桑麻煩的小混混盯上了。」

「我又不是歐吉桑。」

「明明就是歐吉桑。咦？糟糕，我自己才是小偷。」

聖也從褲子口袋掏出千元鈔，又走進餐飲酒館。我站在外面等他結完帳。情侶走出藥局了，我嫉妒地看著那兩人消失在賓館街的方向，此時聖也走出餐飲酒館，我們說了些道別的客套話，然後一左一右各自離去。

我還走不到十步就停了下來，因為背後有奇怪的聲音。我又轉身走回去，發現聖也同樣折了回來。

「是不是有尖叫聲？」

我問道，聖也沒有回答，直接拉開藥局的玻璃門。感應器有了反應，屋內發出鈴聲。

「阿姨？」

聖也大叫，但是沒聽見回答。店裡沒有人，只有掛在牆上的液晶電視傳出空虛的笑聲。聖也繼續走進去，我也跟在他後面。

用來當櫃臺的玻璃櫃右邊有一扇門，裡面的走廊底端又是一扇門，那裡就是住家。門半掩著，走廊前的臺階旁放著一雙女鞋和一雙涼鞋。

「阿姨？」

聖也對著門裡叫道，還是沒有回應。他脫下涼鞋，爬上臺階。

「沒事，什麼事都沒有！」

女人的聲音傳來，她說得很快，聲音還有些顫抖，似乎非常驚慌。聖也進了走廊，打開底端的門，日光燈的光線射出來。我也脫了鞋子。

我在走廊上發現，除了前方以外，右邊也有光線照進來，但那裡沒有房間，只有對外的窗戶。

「不要過來！」

先進去的聖也又跑出來，擋在我的面前。

「為什麼？」

「不為什麼。」

「發生什麼事了？」

「不知道。」

「那我得去確認一下。」
「叔叔不能進去。」
「為什麼啊？」
「因為你是叔叔。」
「啊？有人受傷了嗎？」
在我們一問一答時，把掛在走廊牆上的衣服和衣架都擠掉了。最後我硬把聖也推開，走進房間。
一秒鐘之後，我又回到走廊。
「就叫你不要進去嘛。」
聖也朝我的小腿踢了一腳。
「阿姨，妳叫救護車了嗎？」
他朝著房間裡說。
「啊？不，還沒。」
「一一九，一一九……我來打也行啦，但是人家可能以為是小孩在惡作劇。」
我應聖也的要求拿出了手機。
我在房間裡只待了一秒，但我已經看清楚房裡的異狀。
一個女人倒在地毯上，上半身什麼都沒穿。

4

本田希海被救護車載走，母親雅子也跟過去了。

我不知道希海發生什麼事，很擔心她的安危，所以把手機號碼告訴聖也，叫他有消息要通知我，這一晚就這麼結束了。

隔天，我因徵信社的工作而去小田原出差，快到中午時，聖也傳來了簡訊。

〈聽說沒救了。〉

我大吃一驚，所以不是回傳簡訊，而是直接打電話問他。

「救護車來的時候，姊姊已經沒有呼吸心跳了，急救很久還是沒有活過來。」

聖也說話時帶著鼻音。

「是嗎……原因呢？」

「聽說是被勒死。」

「咦？不是生病嗎？」

「我不太清楚。因為可能是凶殺案，警察都來藥局了。」

「如果她被勒死就是凶殺案了。到底是誰做的？」

「就說了不知道嘛，所以警察才要調查啊，我等一下就要去給他們問話。叔叔也是發現者，應該也要問話吧。」

我向徵信社解釋原因，簡單收拾一下就急忙趕回東京，因為路途太遠，等我到道玄坂時太陽都下山了。

本田藥局的門外圍著封鎖線，一個穿制服的警察像門神一樣站在旁邊。雖然沒有圍觀的群眾，但路人經過時都會放慢腳步，回頭看看發生了什麼事，還有人用手機拍照。

建築物蓋在T字路口的轉角，藥局朝著T的直劃，住家朝著T的橫劃，住家的門外也圍了封鎖線，還有警察看守著室外樓梯，二樓三樓的住戶進出時都要盤查。

我不知道是不是該主動告知我是發現人之一，正在轉角徘徊時，暗處冒出一個小小的人影，拉住我的手，對藥局門口的警察說：

「這是和我一起發現狀況的叔叔。」

我進了封鎖線，在店內一角問話。和我說話的是澀谷警察署的刑警。

警察先問我姓名和職業，我的工作內容並沒有違法，大可直接回答，但我還是避重就輕地說自己是自由攝影師。

「媒體工作嗎？」

警察一聽就露出嚴峻的表情，可能擔心我會洩漏在這裡聽到的事，但我又不能現在才改口說自己是徵信社調查員。

「只是個吃不飽的風景攝影家，這一帶是澀谷僅存的昭和地帶，一定要多留一些記錄，這是攝影家的使命。不過我也很期待能靠這個換點錢啦，這些照片將來會很有價值。昨天我就是來這裡拍照的，前陣子我也來拍過這間藥局，見過老闆娘，所以聽到尖叫的時候我很擔心。」

我用少許的事實來包裝謊言，在這樣的大熱天裡還是緊張到冷汗直流，而且我不等對方要求，就主動拿出手機裡的照片。我知道自己是個徹頭徹尾的膽小鬼。

「你剛剛說的『老闆娘』，是指受害者的母親本田雅子嗎？」

「是啊。」

「你認識受害者本田希海嗎？」

「不認識。」

我來談攝影的事情時，店裡只有雅子在。

「你說聽見尖叫聲，是本田希海的聲音嗎？」

「不是，是老闆娘發現女兒時的叫聲。」

警察又問了那是幾點的事、當時住家和店鋪的情況、有沒有異狀、附近是否有其他人。

我因為一開始就說錯話而緊張到腦袋充血，為了展現出善良市民的形象，我主動報告了我當時坐在對面的酒館喝酒，以及發現意外的一小時前還聽到希海說話，警察表現出很重視的態度，又問我有沒有看到誰進出藥局。一連串的問題結束後，他又問了我事發當時的情況。

「本田希海的脖子是怎樣的情形？」

「怎樣的情形？」

「她的脖子上有沒有纏著什麼東西？」

當時我最先注意到的是她赤裸的上半身，但我覺得不該盯著她看，立刻就把視線轉開，完全沒有注意到她的脖子。

「她的身邊有沒有毛巾或褲襪之類的東西？」

這個問題我也無法回答，在我的記憶中除了上半身赤裸的希海以外，只有站在一旁的母親、翻倒的椅子，還有她前方的桌子和電腦。

「呃，希海小姐是被勒死的嗎？」

我想要確認一下，因為警察至此都沒有對我說明過屍體的狀況和死因。

「還不能確定。有可能是他殺，所以才要調查。」

真是模稜兩可的說詞。

「她是被毛巾或褲襪之類的東西勒死的？不是用手掐死的？」

「如果是他殺的話。」

「如果是他殺，她裸著上半身是因為被侵犯了嗎？她想要抵抗所以才被勒死？」

「你打算把消息賣給雜誌嗎？」

警察的語氣變了。

「我又不是記者。」

我急忙揮手。

「就算不是記者，也可以把消息賣給報章雜誌小賺一筆。」

「如果我想這樣做，我應該會打聽得更詳細，還會拍照片。話說回來，我昨晚的確有拍照，看到裸體哪有不拍照的。應該問夠了吧？我知道的事都說出來了，如果還有什麼要問的，隨時可以聯絡我。」

我不逃也不躲，也不打算做什麼違背良心的事，所以主動告知了電話號碼，警察還是一副不相信我的樣子，但也沒再追問什麼。

精疲力竭地走出藥局後，我全身都在冒汗，這不只是因為都市熱島效應。為了鎮定心神，我掏出香菸，還沒點火，聖也就靠了過來。

「叔叔有看到人嗎？」

「什麼人？」

「當然是可疑的人啊。我們進去之前，有個人坐在看得到藥局的位置。」

聖也指著餐飲酒館的窗子。只有藥局的門外圍了封鎖線，街道並沒有封鎖，酒館還是照常營業。

「我沒有注意到。」

警察也一直叫我回憶，但我坐在窗邊又不是為了監視，更何況我當時還忙著檢查照片和修圖。我隱約記得有其他人進出藥局，但我不確定是男是女，是一個人還是兩個人。

「真是幫不上忙的傢伙。」

「對不起。」

「警察有問你凶器的事嗎？」

「問了，但我對這些事也沒有印象。」

「我那時也只是看了一眼，所以什麼都想不起來。警察會這樣問，可見現場沒有找到凶器，一定是凶手拿走的。」

聖也不知何時拿出了筆記本，用牙籤般的原子筆在上面寫字。

「那個人實在太可惡了，達不到目的就下這種毒手……」

「叔叔認為是強姦殺人嗎？」

我都不敢說得太直接，小學生卻毫不遲疑地說出這個詞彙。

「不要在大庭廣眾之下說這種話。」

我冒著冷汗，看看四周。

「我覺得姊姊沒有被 rape。」

「英語也不行。」

「那到底要怎麼說？性暴力？」

「這個也好不到哪裡……為什麼你覺得她沒有被侵犯？她可是裸著身體耶。」

「SM不算是性暴力。」

「啊？」

「姊姊的背上有被鞭打的痕跡，所以應該是SM，rape才不會鞭打，塞住嘴還比較有可能。玩SM時的暴力行為不算性暴力，因為雙方都是自願的。」

「等一下，我跟不上了。你說她被鞭打？」

「她的背上腫成一條一條的，好像蚯蚓一樣。」

「我被問話的時候沒聽說這件事啊。」

「警察問我的時候也沒說，那是阿照告訴我的。」

「阿照？」

「道玄坂派出所的照井警員。」

聖也轉頭看的方向，是在封鎖線前站崗的大個子警察。

「這附近的小孩不多，所以派出所的每個警員都認識我，我一問他們就全都告訴我了，這是鄰居小孩的特權。他們連詳細的死因都告訴我了，姊姊的確被勒住脖子，但她的死因不是窒息，而是血管受到壓迫，血液不能輸送到大腦，中樞機能就停止了。像姊姊這種情況是勒住脖子立刻缺氧，所以她死的時候應該沒有痛苦，這是唯一值得安慰的事。」

這番話聽得我啞然無語。

「還有，如果鞭痕是因為SM遊戲，勒頸可能也一樣。也就是說，S在勒頸時沒有抓準力道，不小心勒死了M，所以他害怕地逃走，也把鞭子和勒頸的道具帶走。這麼一來，姊姊背上的傷和死因都解釋得通了。

此外還能推論出凶手的身分。如果只是性暴力，凶手很有可能是陌生人，如果是在玩SM遊戲，對象一定是認識的人，因為沒有人會隨便闖進別人家裡玩SM。要說這是勒頸強姦也有可能，但是不可能先鞭打再強姦，這樣受害者早就逃了，所以這次的凶手一定不是陌生人，而是熟人。不過這種說法又有點不合理……」

「喂喂，怎麼可以這樣呢？」

一個巨大的人影出現，打斷了聖也的長篇大論。走過來的是姓照井的警員。

「現在不是小學生在外遊蕩的時間。」

「我已經放暑假了。」

「法律可不會放暑假。」

我還以為他是聽到聖也說的話才過來訓話，看來似乎不是。

「有什麼關係，我家就在附近嘛。」

「不是遠近的問題，時間這麼晚了，小學生應該要回家了。」

「有保護者就行了吧？」

「你媽媽又沒有來。」

「這個叔叔就是我的保護者。」

突然被拉住手臂，讓我嚇了一跳。

「他是和你一起發現屍體的人？」

警員轉頭看著我。

「嗯，是媽媽的男朋友。」

我差點嗆到，但勉強忍住了。

「現在我們還沒有關係，等到去戶政事務所登記之後，他就是我爸爸了。對吧？」

聖也拉著我的手腕，巴結地望著我。

「我會負責送他回家的。」

我只好附和他。

「就算有大人陪著也得回家了，這裡才剛發生過凶殺案喔。」

「是啊，我現在就送他回去。」

我點頭說，然後和聖也勾著手臂就要離開。

「等一下。」

聖也抽走手臂，跑向走回崗位的照井警員，跟他說了幾句話，又跑回來。

「我去問他凶器的事。今天是不可燃垃圾的收集日，如果昨晚凶手在逃跑的途中把凶器丟到垃圾集中所，別人就找不到凶器了。不過已經不用擔心了，警察開始調查的時候，垃圾車還沒來，但是阿照說垃圾集中所沒有找到類似凶器的東西。」

「話說回來，虧你想得出那種臺詞，我連你的母親都沒見過耶。」

我用手肘輕輕撞了身旁的少年。我真擔心這小鬼頭的將來。

「叔叔吃過晚餐了嗎？」

他完全不把我的擔憂放在眼裡。

「晚餐？還沒。」

「我也還沒，一邊吃一邊談吧。」

照井警員就站在昨天那間餐飲酒館前面，所以我們去了另一條路上的串燒店。這間也是聖也常去的店家之一，他什麼都還沒說，就有人送來了親子丼和熱湯。

「你覺得凶手是熟人也不合理嗎？」

我喝了生啤酒，吃了一串雞屁股，才提出疑問。

「嗯。這看起來像是玩SM時發生的意外，所以對方應該是熟人，可是本田家的姊姊自閉到要把自己關在家裡，她怎麼可能找人玩SM？」

「關在家裡？她不是會在店裡幫忙嗎？」

「她只會在阿姨出門買東西時幫忙顧店，基本上還是都關在家裡。她以前是我媽媽的跟班，經常來我家玩，但是她開始自閉之後就沒再來過了。」

聖也無奈地嘆氣。

「你說她以前是你媽媽的跟班？」

「她們讀同一所國小，同一所國中，差兩屆。順帶一提，我也是她們的學弟。」

「她比你媽媽小兩歲？那不是很大了嗎？不，我不是說你媽媽很老……」

「我媽媽三十五歲。」

「那她就是三十三歲囉？明明比我大嘛，為什麼你叫我『叔叔』，卻叫她『姊姊』？」

「感覺啊，你的感覺就像叔叔，她的感覺就像姊姊。」

因為大吼「胡說什麼」很不成熟，所以我默默地一口喝乾了啤酒。

「不說這個了。叔叔不覺得很奇怪嗎，這麼自閉的人怎麼會有玩SM的同伴？」

「應該會盡量避免和人往來吧。」

我想到自己不久之前也過著近似閉關的生活。

「她身上的傷可以證明那不是性暴力，不過，要玩SM一定要有能信賴的對象，害怕跟人往來的姊姊不太可能有這種對象，這太矛盾了。」

聖也用筆尖敲著筆記本。

「有沒有可能是專門幹這行的人？派遣主人到家服務這樣。」

「色情外賣？」

「專門服務特殊癖好者的那種店。也就是說，那不是熟人，而是應召的玩伴。這樣就不用負擔平日的人際關係，壓力比較小，或許她可以接受。」

「對耶。」

聖也用力地寫著字。

「那些數字是什麼意思？」

我指著旁邊一頁，紙上寫著大大的〈8～9〉，外面還框著好幾個圈。

「這是案件發生的時間範圍，本田家阿姨大概在快八點的時候出去參加里民會，這個時候姊姊還好好的，叔叔當時也跟姊姊說過話吧？時間對嗎？」

「差不多。這也是警察給你的資料？」

「不是，這是我去問阿姨才知道的。我從阿照那裡聽到的只有不能確定姊姊在那之後是不是還活著。姊姊的屍體被發現是在九點以後，所以事情應該是發生在八點到九點之間。如果範圍能再縮小就好了，誰叫某人都沒注意是不是有人進出藥局。」

「又沒有犯罪預告，我沒事幹麼監視人家啊？再說，凶手也可能是從住家大門進去的。」

「對耶，我忘記另一邊也有門了。我再去問阿照有沒有人進出吧。」

「還有窗子。」

「不需要啦，只有強盜或強姦犯會爬窗進去，如果是玩SM的對象，不管是熟人或是應召的都會走大門進去。不過殺人之後還是有可能爬窗出來啦。」

「是啊。即使是玩遊戲，也可能是在玩強姦遊戲。」

我已經懶得管對方是不是小學生了。

「那我去跟警察打聽，問問藥局和住家的門是不是有人進出。那叔叔要做什麼呢？」

「啊？」

「只有我一個人做事太不公平了。」

「什麼不公平……」

「那叔叔負責色情外賣吧，去找出是哪間店昨晚派了人去姊姊那裡。派遣的時間和地址都知道，應該很簡單吧。」

「哪裡簡單了？光是澀谷就不知道有多少店家了，如果是從色情雜誌上看到廣告，範圍就更大了。」

「我也可以分擔一些啊，不過他們大概不想理小孩子吧。」

「唔……別看我這樣，我也是很忙的。」

「忙著玩遊戲嗎？又不會付錢，只是白白浪費時間。」

「是忙著工作。」

「算了，應召SM的事警察應該會調查吧，我再去問結果就好了。啊，那我的工作不是又增加了嗎？太不公平了。那就這樣吧，我負責做事，你負責請客。」

聖也指著親子丼的空碗。

「你說這一餐嗎？沒問題。」
「耶！太棒了！」
聖也從褲子口袋裡拿出千元鈔，炫耀似地揮著。
「你要付錢嗎？」
「相反。」
「啊？」
「要存錢。多謝招待～」
聖也又把千元鈔收進口袋，跳下椅子，走了出去。

5

〈幫幫我〉
五天後，我收到了聖也傳來的簡訊。徵信社這天沒有工作，我吃完遲來的早餐，本來想再躺回床上，但是一看見這簡訊，整個人都清醒了，趕緊打電話過去。
「好過分，真是太過分了。」
聖也立刻接聽了。
「怎麼了？你沒事吧？」

「跟我無關啦。」
「嗯？」
「再這樣下去，姊姊就要被當成意外身亡了。一定要做些什麼才行。」
「啊？」
「我是說，因為找不出嫌疑犯，警察只能把這件事當成意外事故。」
「你冷靜一點，從頭說起。」
「我去問過阿照了，他說藥局前面的路燈上有監視器，可以確認有誰出入過藥局，阿姨在七點五十四分出門，九點十四分回家，這段時間有幾個人進去過，但是全都沒有嫌疑。」
「監視器拍得到屋內的情況嗎？」
「不行，只能知道這些人進出的時間，結果三組人都不可能犯案。第一個進去的人只待了一分鐘就出來了，如果用手槍或刀子還有可能，要勒死人是不可能的。之後的兩個人待得比較久，他們大概在店裡三分鐘，但是姊姊不只被勒頸，還被鞭打，脫衣服也要花時間，就算兩個人一起動手也來不及。最後是我們看到的那對情侶，他們進去之後我們一直在監視，沒過多久阿姨就回來了，所以那對情侶也不可能。」
「只有三組客人？」
「是啊。」

「這是藥局的情況，那住家的情況呢？」
「阿照說那條路上沒有監視器。」
「那警察怎麼知道有沒有人進出？難道是冰淇淋店老闆一直看著往來的人嗎？」
（註4）
「那條路上又沒有冰淇淋店。」
「是譬喻，這只是譬喻。若說有誰會一直在同一個地方看著路人，應該是拉客的小哥吧。」
「法律現在禁止拉客。沒人注意到那個門有誰進出，而且那裡也不可能有人進出。」
「嗯？」
「大門鎖住了。」
「我記得老闆娘好像說過門鎖住了？也可能是我記錯了，看到她女兒倒在那裡，我都嚇呆了。」
「救護人員也確認過了。你還記得吧？救護車來的時候，不是停在藥局前面，而是停在住家前面。他們本來想自己開門進去，但是門鎖住了，只能叫裡面的人來開。仔細想想，我當時的確聽到門鈴聲，阿姨還要出去開門。」

4　冰淇淋店老闆是《D坂殺人事件》裡的情節。

「好像吧……那窗戶呢？」

「窗戶也鎖住了，救護人員沒有確認那裡，但是面向馬路的窗戶有裝鐵窗，就算沒鎖也不可能從那裡進去。另一面的窗戶沒有裝鐵窗，但是跟隔壁的房子靠得很近，窄到沒辦法走路。」

「也就是說，藥局和住家都是密室狀態囉？」

「既然沒有人進出，那就沒有凶手了，也就是意外事故。」

「一個人玩ＳＭ玩到出人命？這種解釋太勉強了吧，難道她打得到自己的背嗎？」

「像印地安那瓊斯的鞭子或是馬鞭應該沒辦法，但是用前端有一束細長皮革的那種就可以了。」

「喔喔，用皮鞭確實打得到自己的背，可是現場又沒有鞭子。勒頸也一樣，她不是上吊，可能是用雙手握住長條形物體勒住脖子自殺，不過她若是這樣做，屍體上不可能沒有凶器。凶器一定被凶手帶走了，這絕對不是意外事故！」

「幹麼凶我？意外事故又不是我說的。」

「現場找不到凶器的話，報告該怎麼寫？謊稱有凶器嗎？」

「我哪知道。」

「一定有什麼線索漏掉了。」

「那就去找啊。如果被當作是意外事故，姊姊就太可憐了。叔叔也來幫忙嘛。」

兩個小時後，我到達了道玄坂。

本田藥局正在營業。封鎖線全都撤掉了，也看不到警察，如果不是看到新聞，誰也想不到這裡前幾天才出了人命。

如果仔細觀察，就會發現這裡還明顯殘留著命案的陰影。本田雅子靠在玻璃櫃上，神情恍惚，她隔著玻璃門看到了我們，卻沒有任何反應。

我確認過藥局五公尺外的路燈上裝了監視器，鏡頭朝著藥局的方向。這種監視器解析度不高，但是距離這麼近，有人進出藥局都可以拍得很清楚，而且鏡頭應該是超廣角的，所以不會有死角。

檢查以後，我只能承認藥局的出入情況絕對不會錯，接下來我走過轉角去確認住家那邊的情況。

本田家的大門很類似舊公寓的鐵門，中間有個用來投遞報紙的長方形洞口，我用直徑兩公分的一元硬幣來測量，這個洞寬十五公分，高二點五公分。繩子能輕易穿過，可以從外面用繩子勾住內側的門扣上鎖，但是預謀殺人才需要這樣做，而且還得事先測試，從屍體的情況來看，這次的案件不太像事先計畫的。

大門旁邊的窗戶裝了鐵窗，不可能從那裡進出。

聖也說過隔壁的房子靠得很近，果不其然，只有一條二十公分寬的縫隙，就算老闆娘記錯了，窗戶其實沒有上鎖，也沒有人可以走進這二十公分寬的縫隙爬進窗戶。在小巷裡的住家大門對面是一間飛鏢酒吧，牆上漆得五彩斑爛，牆上沒有窗戶，想必不會有店員或客人的目擊證詞。

跑這一趟不只沒有收穫，反而還證實了謀殺的難度，我想不出接下來該怎麼做，只能不斷嘆息。

「快報！」

後面有人用力扣住我的腰側。

「有兩個人去澀谷警察局自首了。」

聖也的兩隻手像螃蟹的鉗子抓住我。

「是凶手嗎？」

我睜大了眼睛。

「好像是凶手，又好像不是。」

「啊？」

「是監視器拍到的客人，不是我們看到的那對情侶，而是第二批進入藥局的兩個人。他們在新聞上看到這件事，想說他們在案件發生的時候去過藥局，或許可以幫助警察調查，就主動跑來報告當時店裡的情況了。」

「你還說什麼『好像是凶手』，根本不是嘛，那才不叫自首。」

「好啦，聽我說啦。」

聖也打開筆記本。

「他們兩人是去買止痛藥的，但是店員不在，叫了也沒人出來，所以什麼都沒買就走了。如果這話是真的，他們一定是案發之後才走進藥局的，那犯案時間就能縮小到晚上八點三十四分以前。監視器畫面顯示他們是在這個時刻進去的。

他們還提供了另一條線索，說店裡的門是半開的。那是藥局和住家之間的門，他們心想老闆應該在後面，就朝著門大聲叫喊，當時好像有人在暗處。」

「怎樣的人？」

「說是很高的人，但沒有看到臉。」

「兩人都看見了嗎？」

「嗯，兩人都看見了。」

「就算沒看到那人的臉，這也是很重要的線索。」

我非常興奮，抓住聖也的肩膀說道，他卻一臉漠然。

「如果是真的。」

「你覺得他們在說謊？」

「他們可能只是假裝很積極地協助調查來撇清嫌疑，也可能是編出一個不存在的人來誤導警察。」

「又還沒被警察懷疑，弄出這麼大的動作只是自掘墳墓吧？還是該說聰明反被聰明誤？」

「因為那兩人說的話很奇怪嘛，警察問他們走廊裡的人穿什麼衣服，一個人說是黑色，另一個人說是橘色。如果一人說黑色另一人說深藍，或是一人說橘色另一人說紅色，我還可以理解，好歹是比較接近的顏色，但黑色和橘色完全不一樣，一定是沒看到人又要瞎掰，才會出現這種矛盾。」

「這種矛盾很常見啊，我在某本書上看過，有人在四十個人的面前開槍，事後問那四十個人開槍的人戴什麼帽子，有人說他戴軟氈帽，有人說他戴紳士禮帽，只有四個人真正記得他沒戴帽子。衣服的情況也一樣，有人說他的衣服是紅色，有人說是褐色，有人說是條紋，還有人說是咖啡色，什麼答案都有，其實他穿的是很普通的黑上衣白長褲，卻沒有人記得住。這就表示人的觀察力和記憶力其實一點都不可靠。」

「可能是被槍嚇到，所以沒有注意那人的打扮吧。」

「如果那兩個人打算說謊誤導警察，應該會先套好衣服的顏色。」

「可能忘了吧，或是已經套好招，但是來到警察面前就忘了。」

「從其他方面來看，那兩人也不可能是凶手。就算有兩個人也不可能在短短三分鐘內犯案，不要忘了他們只在藥局裡待了三分鐘，再扣掉走路的時間，能犯案的時間就更少了。」

「他們或許早就訂好計畫，先練習要怎麼給反抗的人脫掉衣服，再分工合作，一個鞭打一個勒頸，三分鐘就能解決。」

「搞得像工廠生產線一樣還有什麼快感可言？光是跑完程序就忙不過來了，根本沒時間好好享受。而且他們幹麼要拼速度？」

「就是說啊，我也知道這個推理有問題，可是如果不是他們，那會是誰？之前進入藥局的人待的時間更短，後來進去的情侶也沒離開過我們的視線。」

聖也焦慮地抓著瀏海，嘟起嘴巴。這時旁邊有人叫道：

「嘿，日高，聽說附近發生凶殺案了？」

那是個和聖也同年紀的少年。

「我要去看，地點在哪裡？」

另一個跟來的孩子左右張望。

「太慢了，都幾年前的事了。」

聖也皺起臉孔。

「在哪？是這裡嗎？」

「少囉嗦了。這裡不是小孩該來的地方，回去回去。」

「你明明每天都來。」

「我住在這裡啊。石原，那是什麼？」

聖也指著先對他說話的少年的胸口，他的脖子掛著一個很大的護目鏡。

「亡命戰隊紅騎士拜見！」

石原戴起護目鏡，擺出了戰隊英雄般的出場姿勢。另一位少年站在旁邊，不時地偷瞄著我。

「你是小學生嗎？」

「我是小學生啊。」

「菅沼在松濤公園等我們，你要來嗎？」

「我才不要玩什麼亡命戰隊扮家家酒咧。」

「我們要去池塘抓魚。」

「池塘不是禁止進入嗎？」

「所以才好玩啊。」

「也對。」

聖也點點頭，轉過來對我說：

「後面的事就拜託叔叔了。」

三個少年往轉角跑掉了。這小鬼頭明明有朋友嘛。我不知怎地鬆了一口氣，好像我是他老爸一樣。

如今回頭再看，那是我們關係最好的時候。聖也和我有著一種超越言語的交流。

但我注意到一件事，不是像爬坡似地逐漸理解，而是像跳崖一樣，全世界在一瞬間改變了，而且發現之後，就再也沒辦法回到原來的地方了。

6

九月第一個週六的下午，我又來到了道玄坂。小公園裡不見聖也的蹤影，我和他沒有相約。我雖然期待看到他，又覺得見到他也不知道該說什麼，所以反而有點慶幸。從我到達道玄坂的坡道開始，我都不知道自己想要做什麼。

我坐在長椅上喝著可樂，突然看到白色和天藍色的條紋，穿著阿根廷國家足球隊制服的聖也爬上樓梯時露出了驚訝的表情，所以他一定不是跟著我來的。

「你好嗎？」

我開口問道。

「看也知道。」

他冷淡地回答，在公園中央玩起挑球。都認識三個月了，他還是毫無進步。

「有沒有新消息？」

我趁他掉球的時候問道。

「三天前開始第二學期了。」

「我是說，派出所那邊有沒有關於案件的消息？」

「沒有。」

「主動去澀谷警察局提供情報的那兩人呢？」

「不知道。」

少年又開始挑球，但球立刻落到地面。

「我做了幾個推理。」

聖也彷彿沒聽見，繼續伸腳勾球，試了很多次都沒辦法把球挑起，最後他發了脾氣，用內腳背踢球，足球撞上欄杆，發出巨響。

「那我就聽聽看吧。」

聖也在我身邊坐下，搶走我的保特瓶。公園裡只有我和他兩個人，這裡比道玄坂後巷更偏僻，路上看不見行人。我沒有面對著他，而是朝著前方說話。

「我們只看現場狀況，就簡單地認定沒有人進出本田家，但犯罪本來就是脫離社會常識的行為，應該要用脫離常識的角度去看。」

「開場白太長了。」

「凶手如果不是臨時起意闖進來的陌生人，而是性伴侶，住家大門上鎖也沒有意義，因為希海小姐會開門讓他進去。住家門前沒有監視器，只要當時沒有路人經過看到這一幕，警察不會特地調查。

後來希海小姐玩得太過火而丟了性命，但凶手沒有立刻逃走，更正確的說法是嚇到忘記逃走，此時她家人回來了，他只好躲進壁櫥。你和我進去查看時，還有救護人員在裡面工作時，凶手都屏息躲在裡面，後來老闆娘跟著救護車去醫院，我們也離開之後，凶手才從容地走出去。如果他是從藥局出去一定會被監視器拍到，警察不可能沒發現，所以他想必是從住家那邊出去的。老闆娘從醫院回來時，大門沒有上鎖，但是突然遭到不幸讓她方寸大亂，就忽略了這件事。還有，救護人員來的時候大門鎖著，可能就是希海小姐放凶手進來之後鎖上的。」

我停了一下，看看身邊。聖也沒有發表意見。

「剛才說的是第一個推理，第二個推理比較離奇。老闆娘在七點五十四分出門時，希海小姐可能已經死了。但是老闆娘大喊時不是有人回應嗎？對，我聽到了聲音，但是沒看到人，所以不能斷定那不是事先錄好的聲音。

也就是說，凶手就是母親雅子，她為了讓人以為她出門時女兒還活著，就利用別人幫她做了假的不在場證明，至於她為什麼會選擇我，只不過是因為我那時剛好經過藥局，如果那時我沒去那裡，她可能會讓其他路過的人聽見女兒的聲音。

假如凶手是老闆娘，屍體的奇怪狀況就有另一種解釋了。那不是SM，而是體罰，老闆娘因為受不了女兒老是把自己關在家裡而鞭打她，但她還是不聽，結果老闆娘在情緒失控之下勒死了她。

這個推理有一項疑點，就是老闆娘必須事前錄下希海小姐的聲音，等她死了就不能錄音了。但這件事不是預謀殺人，老闆娘不可能在事前錄音。還有一個方法不需要希海小姐的聲音，如果聽到這聲音的人不認識希海小姐，用誰的聲音都可以，就算老闆娘錄的是自己的聲音也行。」

聖也還是不發一語，他彷彿覺得很無趣，用鞋底撥著腳下的土。

「這兩個推理都說得通，但我沒有直接去建議警察改變調查方向，這不是因為我擔心外行人隨便插手會挨罵，而是因為有一件事還想不出解釋，這件事在剛才的話裡都沒有提到，你知道是什麼嗎？」

聖也沒有回答，他只是把空保特瓶靠在嘴邊，像吹笛子一樣發出嗚嗚聲。他這囂張的態度讓我動了肝火，所以我果斷地說下去。

「答案等一下再說吧，我先說第三個推理。上次你跟朋友去玩之後，我繼續留在本田家找尋遺漏的線索，我確認了側面窗戶的位置和大小，還試著走進兩棟房子中間，但是縫隙太窄，連一隻腳都伸不進去，所以就放棄了。

過了幾天以後我才注意到，我要走進那條縫隙是不可能的，就算體脂肪減到十八點五也進不去，所以警察完全不考慮凶手從側面窗戶進出的可能性。」

我突然轉頭望去，聖也仍然面無表情，但是因為我一直盯著，他皺起了眉頭。

「警察完全不考慮成人從側面窗戶進出的可能性。」

我又說了一次，只是換了一個詞彙。

「你的意思是小孩進得去？」
聖也終於開口了。
「對。」
「你想說我也過得去嗎？」
聖也把雙手貼在前胸和後背，彷彿在確認自己的體型，態度冷靜到令人火大。
「對。」
「你想說我偷偷溜進了本田家？」
「對。」
「然後把姊姊殺掉了？」
我沒有立刻回答，而是先確認四周有沒有其他人。
「對。」
我點頭說。
「笑死人了。」
聖也的臉上沒有一絲笑容。
「難道小孩不可能殺人？這跟體型差距無關，只要勒住脖子……」
「不不不，還有一個更基本的問題，就算我進得了那條縫隙，但窗子是鎖住的。」
「那是發現屍體之後的事，案件發生前窗戶沒有上鎖。」

「我沒聽過這件事。」

「老闆娘常常打開側面的窗戶通風，反正一般人也進不了窗外的小路，用不著防範，所以她就忘記上鎖了。」

我裝作要弔唁，向本田雅子確認過這件事。

「那天晚上窗戶沒有上鎖，所以你輕鬆地爬進屋內。或許你本來不打算進去，只是想打開窗戶看看裡面，也就是偷窺，但是突然覺醒的性衝動攪亂了少年的心，異性的肢體、聲音、味道在腦海中打轉，光是想像已經無法滿足。你現在就是這種年紀。」

「那是叔叔自己的經驗嗎？」

「現在是大熱天，希海小姐一定穿得很少，你懷著這種期待跑去偷窺，但是從那扇窗戶看不到她，所以你溜進去偷看隔壁的房間或浴室，如果沒有人在，說不定你還打算偷她的內褲。

結果希海小姐發現了你，你的腦袋變得一片空白，一部分是因為你犯了嚴重的失誤，另一部分則是因為性衝動。她以為沒人看見，大概連胸罩都沒穿，上衣的扣子也沒扣，這副模樣更激起了少年的性衝動，所以你沒有逃跑，反而朝她撲過去。

希海小姐試圖反抗，你見她講不聽就又打又推，在糾纏之間，你脫掉了希海小姐的上衣，為了逼她就範，你隨手抓起某樣東西，在她赤裸的背上留下痕跡。雖然你很肯定地說她背上的傷痕是鞭子打的，其實只是要誤導我，讓我以為那是ＳＭ遊戲造成的意外事故，其實用長尺或衣架也能弄出那種傷痕。

你打她是要讓她放棄抵抗，但是勒頸的理由不一樣，因為希海小姐的一句話把你拉回現實，讓你感到強烈的恐懼。

『我要告訴你媽媽。』

她大概是這樣說的。希海小姐和你的母親非常要好，所以她不是隨口說說，而是一定會做，到時絕不只是教訓一頓就能了事，於是你決定封她的口。你的體格比她瘦弱，但你只要哭著道歉求她不要告訴你媽媽，趁她鬆懈之時把凶器綑住她的脖子，就能靠著體重把她勒死。你自己也說過，血液停止流動就會立刻昏迷。

事後你帶著凶器跳窗逃走，不過從外面只能關窗，不能上鎖，所以你等到希海小姐的屍體被發現，再裝出關心的模樣堂堂正正走進屋內，趁亂鎖上窗戶。其實不上鎖也沒有人想得到那裡可以進出，不過鎖了會更讓人覺得不可能。

後來你扮演一個被捲入嚴重事件、不安至極的脆弱男孩，頻頻找警察打聽情報，其實只是想探聽自己有沒有遭到懷疑。」

為了觀察聖也的反應，我又停頓了一下，聖也還是什麼都沒說，但我說出前兩個推理時他只是表現出不感興趣的模樣，現在卻一臉嚴肅，彷彿瞪著某個看不見的東西。

「你認栽了嗎？不，以你的個性一定會想盡辦法狡辯。還沒想出來嗎？那我來幫你想吧。如果你是凶手，看到警察把這件事當成意外事故一定很高興吧？

不，這就是你聰明的地方。你為了扮演一個很難過姊姊死掉的單純小孩，故意表現得很憤慨，基於同樣的理由，你還誣賴主動找警察提供線索的那兩人是凶手。

你指出那兩人很可疑之後，就沒有再聯絡我了。表現積極確實可以避免遭到懷疑，但是積極過頭反而更可疑。你怕太出風頭會引人注目，才會變得低調，不過就是因為你的態度有了一百八十度的轉變，才讓我開始懷疑你。」

「好厲害。」

我還沒說完聖也就開始鼓掌。他持續地拍手，同時又補了一句。

「好厲害的想像力。」

「你還不肯承認嗎？」

「應該說是妄想。」

「被逼到死角才承認就更難看囉。」

「以為把人逼到死角卻發現牆上有個洞，那才真的讓人看不下去。」

我早就知道他油嘴滑舌，但我本以為他已經到了窮途末路，沒想到他還能回嘴，令我大感意外。不管怎樣，我已經爬完九成山路，沒理由再回頭了。

「我要拿出最關鍵的證據了，剛才提到等一下再說的事就是這件。我做的前兩個推理都沒有解釋的是什麼事呢？

答案是凶手的衣服。主動去警察局提供線索的其中一人說是黑色，另一人說是橘色。我之前只簡單地解釋成記憶出錯，其實我不太敢肯定，心想這種解釋真的行得通嗎？即使如此，我也不相信那兩人是在撒謊擾亂調查。

不過我現在舒坦多了，因為我找到答案了，只要凶手的衣服有黑色也有橘色就說得通了，凶手穿的是黑橘兩色的衣服，就這麼簡單，我也知道案發當晚有誰穿著這種衣服。

那天晚上你穿了巨人隊的T恤，就是報紙店送的那件讀賣巨人隊T恤。你平時明明都穿足球隊制服，所以我還記得這件事。巨人隊的顏色是黑色和橘色，進來藥局的客人看見你穿著那件衣服在走廊上，這不就是最有力的證據嗎？」

我居高臨下地望著聖也。他還是沒有反應，是被這番話嚇呆了嗎？

「既然說是最有力的證據，意思是你已經說完了？」

聖也用靠在扶手上的手撐著臉頰。

「你真的是不見棺材不掉淚，好，我就來斬斷你唯一的退路。你想說『證人說凶手很高，但我只是小學生』嗎？不，這不奇怪，目擊者在店裡，凶手在走廊，這兩處的地板高度不同，甚至需要臺階，我看至少差個三、四十公分，就是這個落差導致了他們的錯覺。」

「真是個大規模的笑話。」

「很不巧，我是個沒幽默感的人。」

聖也發出嘖嘖聲。

「我會當作沒聽到，你就當作沒說過這話吧。」

「你要我知情不報嗎？你以為就算把你交給警察，小學生的犯罪行為也不會被判刑，只會被要求好好反省，所以乾脆別麻煩警方，讓你在日常生活中慢慢反省就好？」

聖也仍然撐著臉頰，只轉動了眼珠，和我四目交會之後，他又垂下目光，然後沒有其他動作，也沒再說什麼囂張的話。

我也安靜地等著，我相信這個少年的良心。

先打破沉默的是聖也，他放下手臂，颼地站起。

「我絕不原諒你，給我記住。」

他伸出雙手用力推我一把，跑出公園。

足球仍孤單地留在欄杆邊。

7

隔天下午，我又爬上了道玄坂去見聖也。

不是因為昨天場面太激烈，想要冷靜地再勸他一次。昨天我把他丟下的足球當作絕交信帶走，離開時還想著我再也不會回到這個公園。

但是今天早上聖也主動聯絡我，說有話要對我說，我問他要說什麼，他卻不回答。我猜他可能決定要去警察局自首，想想又覺得不太可能，畢竟昨天他臨走前還撂下那一句話。

聖也在道玄坂人面很廣，他會不會拜託認識的流氓，逼我不能說出真相呢？恐嚇還算好的，說不定我會被草席捲著丟進東京灣，所以我來之前還猶豫了很久，我甚至考慮過不來赴約，直接去報警。

但我如今還是來了道玄坂，我心想就算他找黑社會幫忙，在光天化日之下應該不至於動手吧，只要對方不是突然動手打人或是綁架，我至少還有機會求救。更重要的是，我不想報警讓聖也被抓，而是希望他主動去投案。

話雖如此，一看到建築物後方的那座公園，我就越走越慢，還沒進去便停下腳步。我背對著公園欄杆，把警察局電話設成快速鍵，這時聖也走下了階梯。

「跟我來。」

他沒有停下腳步，直接走進窄窄的小路，我也乖乖地跟他走，一邊還在偷偷注意有沒有長相凶惡的人跟在我後面。

「你把昨天那些話告訴警察了嗎？」

聖也一邊走一邊說，連頭都沒有回。

「還沒，我不喜歡告密。」

「你是笨蛋嗎?」
「啊?」
「幸虧你沒講。」
「啊?」
「告訴你一件好消息,如果你去報警就要丟大臉了。」
聖也轉了彎,走進車子開不進去的小巷。
「你是說我的推理有失誤?」
我在後面問道。
「這已經不是失不失誤的問題了。根本從頭錯到尾,零分。」
我還以為自己聽錯了,但是還沒發問,就發生了更令我驚訝的事。
聖也走進一間情趣賓館。
我愕然地停下來,聖也依然用同樣的步調通過了霧面玻璃的自動門。我退後一步,看看圍牆,上面掛著休息和住宿價碼的招牌,這是賓館沒錯。
我呆立原地,聖也又走出來,對我招手,表情像是在說「不要婆婆媽媽的」。
這時我突然想到,賓館房間形同密室,既逃不掉也不會被別人看到,他的幫手一定在裡面。
「我不會用鞭子打你的。」

聖也看穿了我的心思。如果我想知道他真正的用意，只能乖乖地跟他進去。

走進自動門，有一個掛著窗簾的櫃臺，但聖也看都不看就走過去，進入走廊最深處的房間。牆上畫了南島沙灘的風景，有一張雙人床、雙人座沙發，還有成人用品的自動販賣機，真不愧是情趣賓館，但是裡面沒有長相凶惡的成年人。

「這裡是我家。」

聖也把鞋子換成拖鞋。我聽得大吃一驚。

「正確地說，我家在隔壁，這裡和另一間賓館都是我家經營的。」

「經營？喔喔，是這樣啊。」

「我借用了這個房間一個小時，條件是離開前要打掃乾淨。」

「你向媽媽借了房間？」

「不，是利根先生。他負責事後的打掃。」

大概是工作人員吧。聽他這麼一說，我才注意到床上很亂，還可以聞到男女辦完事的味道。

「包括打掃時間在內，我只有一個小時，所以快點解決吧。你把這個戴上。」

聖也把玻璃桌上的箱型物體塞給我。

「護目鏡？」

那東西的尺寸比衛生紙盒小一點，兩端綁著伸縮帶。

「ＨＭＤ，頭戴式顯示器。」
內側有兩個圓形物體，看起來像望遠鏡的鏡片。
「嗯？這個不是你朋友上次帶來的東西嗎？」
原來那不是戰隊英雄的周邊商品。
「嗯，外型是一樣的，但功能不一樣。你快一點啦。」
我戴上了ＨＭＤ。
眼前出現一片水面，四處布滿了露出水面的岩石，水花四濺，魚兒跳動。這是ＣＧ做的河流影像。
「３Ｄ遊戲？」
「不是普通的３Ｄ，這是虛擬實境。你看到了什麼？」
「河流。」
「回頭看看。」
我的頭轉向左邊，風景同時隨之往右移，河岸長滿茂密的草木，有一座山佇立在遠處。
「看上面。」
上方是藍天，天空飄著白雲。
「好厲害，動作很流暢，而且看不出接縫。」

「把頭轉回來吧，坐在沙發上。」
「沙發？我沒看見啊。」
我左顧右盼，只看見一片自然風景。
「我是說這個房間的沙發。」
「這個房間？」
「就是這裡啦。」
草木的深處傳來拍打聲，但我還是沒看見任何像沙發的東西。
「拿下來。」
「啊？喔喔。」
我把HMD脫掉，自然風景立刻變回了賓館房間。
「你這人也真是的，竟然分不清楚遊戲和現實。」
聖也拍著沙發的椅背。
「我明知那是CG，為什麼會這樣呢？因為完全看不到外面嗎？」
「嗯，如果視野很狹窄，而且只有框框裡有影像，無論影像再怎麼清晰，你只會覺得是在看電視。但是這東西的視野很廣，也沒有框框，看不到虛擬和真實之間的界線，所以不像在看電視，反而像是跳進了電視畫面。」
「對對對，就是這種感覺。」

「再加上陀螺儀感應器和加速感應器，影像可以配合頭部動作三百六十度地轉動，所以非常逼真。你坐在沙發上，再戴一次HMD，這次會有其他的影像出現。」

我照他說的做了，眼前隨即出現一位年輕女性，她只穿了一件寬鬆的T恤，衣襬下方還露出了條紋內褲。

她慢慢朝我走來，停下腳步，歪著腦袋，露出誘人的微笑，稍微彎下腰，臉往前湊。T恤的領子也鬆垮垮的，豐滿的胸部露出了一半。我明知那是CG影像，卻感覺那對胸脯真的就在前方三十公分之處，我幾乎要興奮得喘氣。

「隨便你想怎麼做，想摸摸看或是脫她衣服都行。」

聖也的聲音傳來。我嚥著口水，右手往她伸去，姑且先摸她的頭髮看看。

我的手快要接觸到那頭栗色長髮時，她突然挺起上身，高舉右手，朝我的臉揮來。她的手握著拳，不知何時還多了一個手指虎。我哇地大叫一聲，扭動身體，屁股感到一陣疼痛。

「你幹麼躲？那只是影像。」

聖也把我頭上的HMD脫掉。

「就算知道還是忍不住……」

我因為動作太大而跌到地上。

「看3D電影時，就算看到飛彈射過來，你也不會躲吧？剛才說過，這是因為看得到現實和非現實之間的界線，但在虛擬實境之中，非現實和現實難以區分，所以大腦會以為真的受到攻擊。」

我爬上沙發重新坐好。

「它的缺點是沒有實體，如果睜開眼睛，不要閃躲，被揍的時候不覺得痛，就會產生落差，讓人意識到『喔，這只是影像』。這種落差也是非現實和現實的界線。

但是藉由外在裝置的輔助，就能克服這個缺點，只要在戴著HMD的時候把那種機器掛在身上就好了。」

聖也把一個小靠枕放在我的肚子上。

「假如剛才那個女人靠過來之後撲在你的身上，你只會看到自己被抱住，卻感覺不到她的體重，這樣會造成落差，讓你無法真正進入那個世界，但是，如果同時有個機器在你被她接觸的部位施壓，在影像靠近的同時，你會感覺到她的體重。如果機器再加上調溫功能，你還可以感覺到人的體溫，如果再加上雙向的感應器，你摸著機器時甚至會有頭髮和皮膚的觸感，連身體的凹凸和濕潤的感覺也能模擬。」

「這麼一來不是會讓人不想回到現實嗎？」

「一定會有這種人的。」

「這世界真是越來越糟糕了。」

能深切體會到「夢才是真實」的時代已經來臨了。（註5）抱在懷中的靠枕摸起來只感覺得到粗糙，這讓我稍微安心了些。

「我沒有那種東西，不過那種機器真的存在，而且買的人越來越多。等到普及之後，價格會降得更低。」

「就像錄影帶或網路一樣，都是靠著色情產業推動的。」

「也可以用在不一樣的地方，譬如把產生壓力和痛感的機器戴在臉上，跟剛才的影像同時啟動，如果沒有閃開拳頭就會真的感到被揍了。如果全身都戴上這種機器，被槍或刀攻擊時也會有真實的感覺，如果刺激太強，或許不只是有感覺，而是真的會受傷。」

「舒服的東西我還能接受，會痛的就算了吧。」

我笑著說道，腦袋裡卻有個念頭閃過。在我還沒打開記憶的門扉之前，聖也就說：

「會痛的東西姊姊也接受。」

「啊？你是說ＳＭ嗎？」

我的本能已經察覺了一切，但理智還沒掌握狀況。

「虛擬ＳＭ，不需要依賴性伴侶或應召站，這是最適合自閉者的成人娛樂。」

「照你這麼說，她背上的疤痕難道是像鞭子的機器搞的嗎？」

5　江戶川亂步的名言——「塵世如夢，夜裡的夢才真實」。

「不見得像鞭子，只要把電極貼在身上，ＨＭＤ同時播放鞭子揮過來的影像，就會因錯覺而把電擊的刺激當作鞭打。整型外科的電燒治療不是要把小貼片貼在患部嗎？如果把那個東西貼在背上，就可以體驗到鞭打的刺激了。

雖然那是治療器材，電流太強還是會傷到皮膚。治療時用的電流比較弱，比較感覺不出疼痛，也不會造成疤痕，但姊姊是為了感到痛而用的，所以越興奮就越要加強電流，才會有更大的快感。」

「疤痕就是這麼來的？」

「對。」

「喂，難道脖子也是？」

「用血壓計的壓脈帶之類的東西綑住脖子，配合畫面動作同時打氣的話，就能感覺到真的被勒住脖子的快感。而且這和現實一樣，做得太過頭也會導致呼吸和心跳停止。」

「這就是她的死因？」

「對，這是意外事故。」

「可是，如、如果她是死於意外，帶子應該會留在她的脖子上吧？不只是帶子，還有ＨＭＤ，可是這兩樣東西都沒有出現在她身邊。你看到了嗎？連老闆娘都沒看到吧？就是因為找不到，警察才要調查凶器。」

「阿姨處理掉了。」

「你說老闆娘?等一下等一下……」

我把手貼在額頭上，聖也打開冰箱，拿出兩罐可樂，把其中一罐丟給我。

「我現在要做個總整理，你一邊整理想法一邊聽吧。

本田家的姊姊有被虐的性癖好，但又不擅長跟人交往，很難找到真人性伴侶，所以只能靠著虛擬SM獲得快感。

姊姊都是趁阿姨在顧店的時候玩這種遊戲，因為沒有其他店員，阿姨在營業時間很少回家，而且店裡一直開著電視，稍微發出一點聲音也不會被她聽見——姊姊是這樣以為的，但阿姨早就隱約發現這件事，她只是可憐姊姊不能外出，所以一直裝作不知道。

那天晚上，姊姊躲在自己房間玩SM遊戲，就像你剛剛體驗到的一樣，這種虛擬系統很容易讓人沉迷，姊姊聽到阿姨叫她關門時有回應，但她離不開那個世界，所以丟著藥局繼續玩，為了追求更大的刺激，她把機器調得太強，結果就死掉了。

這時阿姨回來了，她怎麼叫怎麼搖姊姊都沒有反應，阿姨知道要叫救護車，但她必須先做一件事，為了保護女兒的名譽，阿姨得先藏起HMD和裝在姊姊身上的機器。

後來我們衝進去，她急忙收走這些東西，因為現場找不到凶器，警察懷疑是凶殺案，開始調查。如果警察問話時，阿姨說回家時大門沒有鎖，是她進門之後才上了鎖，以致救護人員不能開門，就能當作有陌生人闖進來犯案。但她一時之間沒顧慮到這些，才會搞成像是密室殺人一樣的神祕案件。講到這裡你還跟得上嗎?」

其實我的頭腦還很混亂，不過勉強聽得懂，所以我點點頭，要他繼續講。
「是石原拿來的HMD給了我線索。我們一起去公園玩的時候，我很好奇那傢伙為什麼帶著HMD？直接戴著這東西又看不到畫面，必須接上電腦才能用，而且這東西非常貴，隨便拿出來玩，弄壞了要怎麼辦？我問石原是不是拿生日禮物出來向大家炫耀，他卻說那是撿到的。我說他騙人，他說是真的，我說少蠢了，才沒有人會丟掉這種東西，他說那個真的是垃圾——講到一半，我突然發現問題了。我向石原打聽詳細情況，才知道那東西是從垃圾集中所撿來的，清潔人員還在上面貼了一張紙，說今天沒有收不可燃垃圾。
你上次賣弄了書上學來的知識，說人的觀察力和記憶力很不可靠。那本書也提到了，物理上的證據可以隨人解釋，能看透人的心理才是最高明的推理。
我也看透了本田家阿姨的心理，包括她默許女兒玩虛擬SM的心理、她想保護女兒名譽的心理，還有害怕警察調查的心理。
阿姨藏起了證據，但她怕東西放在家裡遲早會被搜出來，所以打算偷偷處理掉。她知道那是不可燃物品，但是不可燃垃圾一個月只收一次，而且不久前才剛收過，她不想把東西留在家裡太久，就在一週兩次的可燃垃圾收集日拿出去丟。
她丟掉證物時應該有用紙張或布料包好，但是清潔隊員很內行，看到垃圾包成那樣一定會打開檢查，發現是不可燃物品，就沒有收走。如果她不是把勒頸和刺激背部的機器混進可燃垃圾，而是悄悄送去惠比壽的資源回收站，就能順利地湮滅證據了。

順帶一提，你也勉強算是看穿了人的心理，因為你以為我不再跟你聯絡是怕太積極會惹人起疑。

事實上，我保持沉默是為了讓真相沉入大海。警察認定這件事是意外事故，卻看不出原因是虛擬SM，這種掰故事的水準看在小學生的眼裡都很可笑。我只要閉上嘴，這件事就會在誤會之中落幕，本田家的姊姊也不會被人說閒話。

那本書提到的心理偵查只有聰明人才做得到，似乎不太適合你吧。」

聖也捏扁空可樂罐，暗示著他的話已經說完了。

「意外事故……」

我愣愣地說著。

「還是說，你喜歡把物理現象擬人化，把意外解釋成他殺？凶手就是電力，這是一樁D凶殺案。」

聖也把握時間，開始拆枕頭套。

「那個只是誤會嗎？」

「什麼事？」

「那兩個客人看到的凶手。如果這是意外事故，家裡應該只有已死的希海小姐，那時老闆娘還沒回來。他們從新聞上得知案發時間就是他們在藥局的時候，才誤以為看到了凶手。」
「應該不是吧。他們只是對衣服有印象，所以看到新聞之後，就擅自把看過的衣服想成凶手。」
「對衣服有印象？」
「藥局和住家之間的走廊上掛著衣服，他們看到的就是那個。」
「掛在牆上的衣服？像巨人隊T恤一樣黑橘兩色的衣服嗎？」
「不是。」
「難道是有兩件衣服，一件橘色一件黑色，兩人看到了不同的衣服？」
「只有一件衣服。」
「那就是一個人記對，一個人記錯了。」
「不對，衣服是橘色，也是黑色。」
「那不就是橘黑兩色嗎？」
「不對。我向阿姨借來那件衣服了。」
聖也拉出玻璃桌下的提包，從裡面拿出一件薄薄的帽T，攤在桌上。
「明明只有橘色嘛。」
衣服的內裡也是橘色，到處都沒有黑色，也沒有色調相近的深藍或茶褐色。
「你看這裡和這裡，顏色不太一樣。」

聖也指著衣服背部的兩個地方。兩種橘色的色調確實不太一樣，而且其中一種橘色比較厚，看得出來有文字的形狀。

「這不是男性化妝品的品牌嗎？」

「對，是促銷用品，但又沒有機會照到螢光燈，所以宣傳效果好不到哪裡去。」

「螢光燈？」

「你看牆上。」

聖也邊說邊走向床鋪，按下床頭的按鈕，房間頓時變暗。

「喔！」

我不禁發出驚呼。畫在牆上的沙灘浮現出螢光色。

「關掉日光燈，黑燈管就會亮起來，牆上的圖畫是用螢光漆畫的，在黑燈管的紫外線之下會發出螢光，這是用來增加情趣的設計。好，現在看看桌上的帽T。」

「咦？」

我又驚呼了一聲。帽T變成了黑色。

「竟然有這麼不可思議的事。」

聖也又打開日光燈，帽T也恢復成橘色。

「再來一次，這次分成兩個階段。」

房間的燈光再次熄滅，但是帽T沒有變成黑色，而是暗橘色，就像在一般的黑暗中看到的模樣。

「剛才只是關掉日光燈，我現在要打開黑燈管了。」

帽T變成了黑色。

「開燈。」

帽T又恢復成橘色。聖也將電燈開關重複地打開關上，帽T的顏色也跟著不斷改變，但是只有商標的字樣照到紫外線也沒有變黑，反而變成了更鮮豔的橘色。

「這個材料不一樣嗎？」

我指著商標的部分問道。

「底色用的是照到紫外線會變黑的染料，商標的部分相反，照到紫外線會和這裡的牆壁一樣變得更鮮明，所以在黑燈管下穿這件衣服，商標就會變亮，達到宣傳的效果。不過，哪裡有這樣的環境呢？夜店可能有黑燈管，不過誰會穿這麼遜的衣服去夜店啊？這個宣傳創意雖然有趣，可是一點屁用都沒有。」

燈光再次亮起，聖也走了回來。

「對耶，本田家的走廊怎麼可能有這種特殊的燈管？」

「光是從外面照進來的。馬路對面不是有一間飛鏢酒吧嗎？他們牆上的圖畫也是用特殊塗料畫的，還把黑燈管和一般日光燈設計成十秒交替一次，光源一改變，圖畫就會產生變化，可以吸引客人。燈光從阿姨家的窗外射進來，照到走廊上的帽T，所以衣服有時是橘色，有時是黑色。」
「原來如此。」
我點點頭，用呻吟般的聲音回答。但又立刻歪起腦袋。
「既然這件衣服這麼特殊，應該會讓人留下強烈的印象，為什麼那兩個客人都只記得橘色和黑色的其中一種呢？」
聖也搖晃食指，發出嘖嘖聲。
「一點都不奇怪，人的觀察力和記憶力本來就不可靠。」

8

「對不起。」
我雙手按在膝上，低頭鞠躬。
「幹麼？」
「我不該懷疑你的，真的很抱歉。」
我又站起來彎腰鞠躬。
「無所謂。」
看到聖也縮起脖子，我正要放下心中的大石。

「反正你就算道歉我也不會原諒你。」
那平靜的語氣更讓人感到怒氣的強烈。
「那只是像鬼上身一樣突然浮現的念頭，是我太得意忘形，沒有考慮清楚就亂說話。
如果傷害了你，真的很抱歉。」
我跪坐在地上。
「下跪也沒用，你省省吧。」
「我收回那些話。」
「你的話可以收回，但我的記憶可不會抹消。」
聖也開始拆床單。
「打掃就交給我吧。」
我急忙站起來，幫忙拆被單。
「做一點小事就想讓我原諒你，想得也太美了。」
「那我每天都來打掃。」
「這樣利根先生就輕鬆多了，但是我一點好處都沒有。」
「我要怎麼做你才會原諒我？」
「你怎麼做我都不會原諒你的。虧我還把你當成朋友，結果你竟然那樣看待我。被信任的朋友從背後捅了一刀，還要我原諒這種卑鄙的人，我的心胸才沒有那麼寬大。」

我什麼話都講不出來，只能呆呆地站著。

聖也抱著一堆髒亞麻布走出房間，丟在門邊，又走進脫衣間和廁所收毛巾。

「乾淨的床單和毛巾呢？」

我問道，但聖也沒有回答。他捲起七分褲的褲管，爬進浴缸開始清洗。我不知該怎麼辦才好，只能走進廁所，把捲筒衛生紙的尾端折成三角形。

「你拍了我的照片嗎？」

聽到聖也的聲音，我急忙跑出廁所。

「你想要嗎？洗成十二寸怎麼樣？如果想要留下裝飾的空間，也可以洗成半切或全紙。你要裱框嗎？」（註6）

我諂媚地問道。

「好好一個大人竟然拍小學生的照片，真糟糕。」

「啊？」

「社會大眾很排斥戀童癖喔，光是依法判決是不會讓人滿意的，將來不論去到哪都會被認出來，絕對不可能重新做人。名義上叫作社會制裁，其實就是私刑。」

「你說戀童癖是什麼意思？」

6　十二寸為254 x 305公厘，半切為356 x 432公厘，全紙為457 x 560公厘。

「這不需要我說明吧。真下流。」

聖也丟下海綿，拿蓮蓬頭沖洗浴缸。

「你胡說什麼啊？我又不是拍你，我拍的都是街景，只是因為光拍建築物畫面太死板，才順便把人拍進去，而且小孩和這一帶的氣氛落差更大，照片拍起來更有味道，所以我才在你入景的時候按了快門。」

他只是在記恨我說他是凶手，更重要的是我沒做過虧心事，根本用不著擔心，但是不知為何，我覺得自己像是被逼到角落的罪犯。

「拍照的人這樣說，看照片的人不一定會這樣想。」

「主角是風景，誰都看得出來。」

「就算不提照片，也有很多人看見我和你在一起。你不是我爸爸，也不是學校老師，說是朋友年紀又差太多了，大家一定都在懷疑你跟我是什麼關係。前陣子我的同學也看到我們在一起，他們都在問你是誰呢。」

「那你怎麼說？」

我把頭探進浴室。

「媽媽的男朋友。」

「你是這樣跟大家解釋的嗎？」

「不是，我說你是經常找我說話、用甜點和飲料引誘我脫衣服拍照的親切叔叔。」

「你是在開玩笑吧？」

「因為人的記憶力很不可靠嘛。」

聖也繼續拿蓮蓬頭沖水。

「我什麼都沒做過喔。」

我舉起雙手說。

「就算你這樣說，大家會相信誰呢？是小學生，還是做奇怪工作的三十歲男人？」

我倒吸一口氣。

「你是在報仇嗎？」

「報仇？別講得這麼難聽，我只是說出事實。」

「這才不是事實。」

聖也把水關掉，身體轉向我，拿蓮蓬頭畫著圈圈說：

「是事實啊，我們都一起進賓館了。」

「啊？」

「你知道巷口有監視器吧？我們進賓館的模樣都清楚地拍下來了。這年頭到處都有監視器，真是個令人安心的時代啊。」

他彎起的嘴脣之間露出了戴著牙套的牙齒。望著這惡魔般的微笑，我的背後淌下冷汗，但是世人只會把他看作天真無邪的孩子，為此毀掉一個人的生活。

讀了《阿勢登場》的男人

【阿勢登場】（原文《お勢登場》）

格太郎長期受肺病所苦，他的妻子時常出門，說是「去看顧父親」，格太郎明知妻子出軌，卻因諸多顧慮而默許了她的行為。有一天，格太郎陪孩子玩捉迷藏，躲進衣箱之後竟被鎖在裡面，他死命地呼救……惡女小說的翹楚。

1

——今天，患肺病的格太郎又被妻子撇下，不得不一個人孤單地留在家裡。吸過地板，晾好衣服之後，整個午前都是自由時間，太郎在初夏和煦陽光照耀著的窗邊看書，卻聽見了一個沙啞的聲音。

「『清風入袖利根水，月裡浮沉高瀨舟。』」

太郎皺著眉看看牆壁，又繼續埋頭書中。

——他知道，要是跟阿勢離婚，她和那個窮酸書生情夫馬上會陷入無法生活的窘境，然而除了憐憫之外，他還有別的理由。

「『古曲中的佐渡島：浪來回，鳥群飛，濱海平岩相傍偎，款款語聲微。』」

聲音難聽到連外行人都不如。這聲音還跟著玉川勝太郎與壽壽木米若的錄音帶一起念，兩者合在一起變成了不協調的噪音。

——但格太郎的善心只是枉然，阿勢不但沒有反省，反而一天比一天更沉溺於婚外情。

「『天色昏暗，上州路風狂雨暴，田地荒蕪，粒麥無收，飢病交迫，遍地哀鴻。』」

粗啞的聲音越唱越高，太郎躺在地上，用靠墊摀住一隻耳朵，另一隻耳朵貼在肩膀上，努力集中精神看書，但那聲音輕輕鬆鬆地突破了這無力的防禦。走音的沙啞吟唱在迷宮般的耳蝸中擴大，如針一般扎著腦髓，害得太郎吸收不了文字，只能反覆讀著相同的兩三行，時間就這樣白白地溜走了。

太郎終於闔起書本，起身走出客廳，拉開隔壁房間的紙門。

「『說起遠州的特產，就是俠客、白帶魚、天龍川邊的好漢森之石松。』」

孝介在坐墊上盤腿而坐，皺著眉頭吟唱。

「你太大聲了喔。」

太郎提出警告，但孝介毫不在意。

「『今日若是死於刀下，亦為吾之天命。』」

他敲著腿打拍子，唱得渾然忘我。太郎走到孝介的面前。

「安、靜、一、點！」

太郎塞住兩耳，又把食指豎在嘴前，孝介才愕然地抬起頭來。

「會吵到鄰居的。」

太郎把錄音機的音量調小。其實這棟公寓是容許住戶彈鋼琴的。

「『不知勝，不知負，不知進，不知退，何以為男兒漢。』」

孝介還是沒有停下來，只是聲音變小了點。

「只知亂丟不知收拾的就是狗畜生。」

太郎諷刺地說道。
「『清水一家森之石松有何能耐，立馬便知。寒光一閃，長刀出鞘。』」
孝介搖搖晃晃地擺出拔刀的姿勢。
「我叫你收拾啦！聽完以後東西要收乾淨。為什麼你老是這個樣子呢？」
太郎每說完一句，都用力地指著腳下。孝介的面前有一臺錄音機，滿地都是錄音帶。
「吵死人了，真煩。」
孝介噘起嘴說。
「你那是什麼態度啊？」
太郎發火了，他努力壓抑著膨脹的情緒。
「錄音帶不收起來會弄髒，還會磨損，以後就不能聽了喔！」
他撿起一個錄音帶放進盒子，正想收起來，一隻手突然伸過來搶走盒子。
「勝太郎的是這個。」
孝介把錄音帶放進另一個盒子。
「其他的也都收一收！」
太郎很不高興，拍著手催促孝介。孝介像是在玩撲克牌的配對遊戲，俐落地收起錄音帶。太郎氣憤地想著「這傢伙明明比我更會收拾嘛」，語氣也自然而然地流露出不滿。
「收進盒子以後放在這裡！」

太郎拍了拍紙箱。箱子上的彩色圖片和文字都因褪色而顯得透明，摺痕處也裂開了，看起來破爛不堪，而且這年頭已經沒人在用錄音帶，所以他幫孝介買了新的浪曲全集，但孝介不會用CD音響，新的CD只能躺在抽屜裡逐漸腐朽。一想起那件事，太郎更是惱怒。

「上下顛倒了啦！盒子放好之後要把箱子蓋上！」

太郎快要失去耐心了，很想自己動手做，甚至想要用力搖孝介的肩膀，掐他的脖子，質問他為什麼非得一件事一件事地指示才會做。

孝介是病人，他得了失智症，太郎也知道這事，但他只是理智上明白，本能卻無法接受。這麼大把年紀了，腦袋還像個幼稚園小孩，這令太郎忍不住生氣，還有些害怕。他無法不擔心，有一天他的本能會勝過理智。

2

太郎在東京新宿經營過咖啡廳。

雖是新宿，但不是每天有三百萬人經過的新宿車站附近，也不是高樓大廈櫛比鱗次的西新宿，更不是霓虹燈閃爍的歌舞伎町，而是在舊名叫作「牛込」的地區，那裡和尋常的都市一樣綠意稀少，擠滿樓房，但樓房清一色全是民宅或生活相關設施，和西方遠空可見的摩天樓和七色燈光過著毫無瓜葛的生活，儼然是另一片天地。

這是在東京隨處可見的擁擠市鎮，唯一不同的地方，就是山丘上的電視臺。太郎的咖啡廳位於車站到電視臺的路上，有很多電視臺的工作人員會來這裡，所以店裡還雇得起兩個兼職員工。只要有藝人光臨，店家就會遞上麥克筆，西側的牆壁到天花板都掛滿了簽名板，因此還有雜誌來採訪，甚至有年輕人遠從外縣市跑來朝聖。

裕子是電視臺的新進助理導播，她總是在即將打烊的下午四點出現，每次點的都是深焙的曼特寧。她習慣坐在吧檯靠近洗手間的一角抱怨工作人員和藝人，感嘆不規律的作息影響了她的膚質，而太郎總是面帶笑容地聆聽。

兩人有時會在深夜一起去吃烤肉，或是開車上首都高速公路兜風，最後終於發展成夫妻關係，太郎因此常被朋友揶揄「娶一個你讀高中時才出生的女孩簡直是犯罪」。如今回頭再看，那真是他人生的顛峰期。

一年前，在宣傳和管理部門倍受冷落的裕子得到了製作人的頭銜，太郎還興奮地向她賀喜：「太好了，以後一定能當上幹部或董事」。

裕子是個年輕妻子，其實她將近四十歲，但看在年近花甲的太郎眼中已經夠年輕了，她光滑的肌膚讓人不忍離手，太郎真希望每晚享用這副盛開花朵般的肉體，真想從早到晚和她沉浸在溫柔鄉裡。

遺憾的是，太郎心有餘而力不足。他有勃起功能障礙，開始時還硬得起來，但過不久就會軟下去，如同枯萎的花朵，再也無力回天。這種情況的次數越來越多，他也越來越擔心「今天會不會失敗」，後來妻子在夜裡求歡時，他也不敢輕舉妄動，妻子見狀只是默默微笑，摸摸他的頭，握著他的手沉沉睡去，殊不知這對太郎來說是何等的屈辱。

太郎監視裕子的行蹤便是從那時開始的。裕子起初說要去外縣市出外景，太郎都不疑有他，但是見她每月出外景兩三次，他不禁起了疑心，但裕子搶先解釋說因為還在企劃階段所以要找尋外景地點，去拉斯維加斯和香港出差時，她也笑著說是去洽談外國影劇的播映權。

一定是有了男人，因為她從老邁的丈夫身上得不到滿足，就勾搭上了年輕的男人。太郎直覺這麼認為，也深信這是事實。

但是太郎不曾當面質問裕子，如果問了以後她真的承認出軌，他要怎麼辦呢？因妻子外遇而離婚可以拿到賠償金，但是離開妻子之後，他不可能再找到一樣年輕的妻子，就算想找同齡的伴侶也不容易。由於顧慮到自己已經不年輕了，讓太郎沒有勇氣和裕子吵開。

太郎在離家很遠的診所開了勃起功能障礙的處方箋，但他並不是想靠藥物的神奇力量奪回妻子的心，只是期望從年輕情夫的腳邊撿些碎屑來吃。

可是，連這麼可悲的心願都無法實現。裕子一看見藍色小藥丸就愁眉深鎖地說「不要太勉強自己，這種藥會增加心臟的負擔，還是別吃吧」，然後輕吻他的臉頰，事情就結束了，一顆兩千元的神藥根本毫無用武之地。

壞事總是接二連三地來，太郎和妻子停止夜生活不久之後，他的咖啡廳也出了狀況。山丘上的電視臺搬到海邊了。太郎很久以前就聽說了電視臺要搬家的消息，早已料到客人會減少，但因妻子收入頗豐，他並不怎麼擔心，後來乾脆連員工也不雇，悠哉地繼續經營。

某一天，店裡來了著作權管理團體的人，叫太郎支付店裡播放音樂的使用費，這對一間慘澹經營的咖啡廳來說可不是一筆小錢，後來雙方達成和解，但他無法繼續負擔這筆費用，只好關門大吉。

在這種年紀失業，還能做什麼呢？以常理而論，誰會想要雇用一個快到退休年齡的人？既然找不到工作，提早開始過退休生活不也挺好的嗎？反正妻子都能找年輕男人，他當然也可以隨心所欲。

太郎大剌剌地過起閒散的生活，他每兩天用吸塵器打掃家裡，比較各家折價券的折扣高低去不同的超市，順便在咖啡廳或蕎麥麵店吃個午餐，沒事就在家吃吃仙貝、看看出租錄影帶，有時影片太無聊還會看到睡著，妻子可能是因為對丈夫有所虧欠，也不敢責怪他的散漫。

但是，舒適的家庭主夫生活沒有持續太久。

如今家裡增加了一個人。若是因為添丁之喜，夫妻關係或許還有改善的餘地。

3

太郎皺著眉頭罵道。孝介連一句「我吃飽了」都沒說，直接站起來拿電視遙控器。

「東西收拾乾淨。」

他一字一頓地重複一次，孝介回過頭來，表情卻是一臉詫異。

「收、拾、乾、淨。」

太郎用筷子敲著碗，指向流理臺。孝介好像聽懂了，他又回到餐桌，左手拿碗右手拿盤子，搖搖晃晃地走進廚房。

「自己的餐具自己收拾。」

「碗盤要先泡水，不然飯粒變硬會很難洗。」

太郎知道自己的額頭上浮現了青筋。他臉頰肌肉抽搐，氣急敗壞地大喊：

「梅乾也要收起來。喂！怎麼可以不蓋蓋子？不行不行，沒有蓋緊。沒有聽到喀的一聲吧？哎呀，真是的！給我啦。要這樣才對。好了，放到櫃子上。不對！是第二層！放進去之後要關門。門要關緊，不然蟲子會跑進去啦，笨蛋！」

「囉哩八嗦地吵死人了。」

孝介皺起了臉孔。

「開什麼玩笑，是你不會做事我才提醒你耶。」

「我會做事。」

「你哪裡會做了?老是要我講一樣的話!」

「吵死人了,這個人真是的。吵死了吵死了。」

孝介摀住雙耳,緊閉眼睛,跺腳跺得價天作響。

「我宰了你喔!」

太郎高舉右手,眼看就要拍在孝介的禿頭上。但他用力握拳,慢慢將手收回,指甲都嵌進了掌心。

孝介是裕子的父親,其實更像祖父,因為父女倆足足相差五十歲。

孝介好不容易才盼來了這個女兒,當然疼愛得有如掌上明珠,但他過度的溺愛反而令女兒厭煩,她逃跑似地離鄉讀書,之後在東京找到工作,快到三十歲時,母親因病過世,她和父親就更疏遠了。太郎和裕子交往之後,漸漸了解她的成長背景,也理解她是因為潛意識裡渴望著理想的父親所以選擇和年長的男人交往,但是新婚燕爾結束後,他就沒辦法再想得那麼輕鬆了。

孝介得了失智症,其實預兆很久以前就出現了,但是裕子在盂蘭盆節和正月都不回娘家,連電話都很少打,等到民生委員通知他們時,病情已經相當嚴重了。

裕子找太郎商量,說「不能丟著父親不管」,太郎很爽快地回答「孩子照顧父母是理所當然的」,如今他才悔不當初,埋怨自己那時為何不多考慮一下。

因為裕子的工作在東京，他們不能搬家，只能把孝介從老家帶來，結果卻是太郎要負責照顧他。

「我在外面辛苦工作，你應該好好地照顧家裡。」

太郎提出抗議時，裕子只是輕鬆地這樣回答，從此他的苦難就開始了。

孝介還不至於臥病在床，他可以自己吃飯、洗澡、上廁所，夜晚也不會四處徘徊，每月只要帶他去醫院兩次。

不過孝介非常健忘，叫他看完電視要關電源，他卻開著電視就走掉了，叫他用完廁所要蓋上馬桶蓋，他也總是開著蓋子，甚至忘了沖馬桶。太郎老是要提醒他這些事，不知平添了多少壓力，若是太郎罵得太凶，孝介還會像孩子一樣大聲嚷嚷，鬧到窗戶震動。

太郎疲於應付，就向裕子提議把孝介送到老人院，但她聽了就淚水盈眶，說這樣等於是把父親丟到棄姥山，太郎叫她自己照顧父親，她又說自己若是辭職，家裡就沒錢過活了，還橫眉豎目地質問太郎能不能像她一樣賺錢養家，兩人你一句我一句地吵起來，太郎沒好氣地說「妳已經丟下父親那麼多年，如今怎麼會突然良心發現，是因為受不了罪惡感的苛責嗎？」搞得裕子放聲大哭。

太郎多半是對自己的失言感到愧疚，最後還是讓步，認命地繼續照顧孝介。他安慰自己說，相處久了總會有感情，有了感情之後，再怎麼辛苦都能一笑置之吧。

結果太郎對孝介真的有了感情，這種感情叫作憎恨，它在太郎的心中日漸膨脹、扭曲，若是哪天受到刺激，還會有炸開的危險。

這就是他看到《阿勢登場》的經過。

4

要帶孝介來東京時，裕子回老家整理東西，太郎也一起去幫忙了。書櫃的一角擺了江戶川亂步全集。這套舊書的封面題名是「亂步」，版權頁寫著昭和六年（一九三一年）出版，聽裕子說，這是孝介的父親留下來的。

這是知名作家的古老全集，而且一本都不缺，雖然紙盒已經破損褪色，但書本沒有蟲蛀或汙漬，太郎猜想這些書應該很有價值，打算找個行家來鑑定，所以沒有送到鄉下的舊書店，而是和孝介的日用品一起運到東京。

但是太郎沒有立刻把書帶到神保町的舊書街，他也經歷過少年時代，曾經廢寢忘食地沉迷於明智小五郎和少年偵探團大展身手的故事，基於懷舊的心情，他在家務閒暇之餘翻開了這些泛黃的書本。

雖然書中用的是古典日文，令人望之卻步，但他看久了就慢慢適應了，反而還覺得這種文章風格和風俗習慣就得用這種文字來寫才貼切。亂步的作品之中，太郎以前只看過《怪人二十面相》之類的青少年文學，所以他看到《活人椅子》和《帕諾拉馬島綺譚》這些代表作覺得非常新奇，那些深層的恐怖和鮮豔的幻想、悖德的情色和刺激的驚悚，在他的心中形成了萬花筒般的絢麗花樣，他只要一拿起書，就能忘記對妻子情夫的嫉妒、對岳父的不滿，以及對自己的悲憐。

他一本、兩本地看下去，目前正在看第七集，整套總共有十三集，剛好看到一半。短篇小說〈阿勢登場〉就是收錄在這一集。

才看了第一章，他就覺得不舒服。故事描寫的是在家療養的丈夫以及經常丟下丈夫和年輕男人幽會的妻子，這簡直是太郎和裕子活生生的寫照，而且主角的名字叫格太郎（Kakutarou），而太郎剛好姓賀來，全名賀來太郎（Kaku Tarou）；格太郎的妻子叫阿勢（Osei），而裕子原本姓瀨井（Sei），同事們都叫她瀨井小姐（Osei san）。亂步的小說情節都很離奇，所以太郎能夠藉著閱讀來逃離日常生活，但這個故事卻又將他拉回現實。

看到結局時，那種不舒服的感覺漲到了最高點。格太郎被阿勢害死，阿勢卻逍遙法外，還繼承了能讓她逍遙一生的龐大遺產，和情夫雙宿雙棲。這是多麼絕望的故事啊。

太郎氣到差點想把貴重的書本摔在地上，冷靜下來之後，他突然拍著腦袋大叫一聲，另一種情緒的衝擊令他幾乎拿不住書本。

阿勢是怎麼害死格太郎的呢？

格太郎陪孩子玩捉迷藏時躲進衣箱，結果蓋子的鎖扣掉下來，把他鎖在箱中，他向阿勢求助，阿勢卻見死不救。

這是大正末年的故事，但現代也不是不可能發生。

孝介得了失智症，心智退化得跟幼兒一樣，說不定他會躲進衣箱打算嚇人，結果被關在裡面，窒息而死……

太郎看見如魚鱗般層層疊疊的烏雲中射出了一線光芒。

5

浴池的蓋子沒有蓋回去，脫衣間到處搞得濕答答，餐桌上掉滿了飯粒，餐具沒有拿到流理臺，保特瓶打開了也沒關上。

孝介今天依然不斷地惹麻煩，太郎每次看見都感到肝火上升，但他沒有破口大罵，只是緊抿著抽搐的嘴唇。

能夠期待改善的人才需要責罵，可是罵這傢伙根本沒用，罵了只會更火大，太郎已經懶得再罵了。話雖如此，他也沒辦法把孝介當成孩子耐心地看顧。

太郎洗完餐具走出廚房時，孝介正斜倚在沙發上打鼾，電視機裡穿和服的女人震耳欲聾地唱著充滿顫音的歌聲。平時太郎一定會開口訓話，但他這時卻默默地關掉電視離開客廳。

夫妻倆的寢室又冷又濕，以前房間有著更溫馨甜蜜的香味，但太郎早已不記得那種味道，也不記得那是多久之前的事。

裕子今天還是沒有回家，她昨天去了法國，說是要去那邊的電視臺考察，事實是怎樣就不知道了，但太郎今天既不瞎猜也不嫉妒，反而覺得她不在家是神明的安排。

寢室裡有一個衣帽間，一坪大的空間裡，一半掛著裕子的衣服，剩下的空間堆放著衣箱，那些多半是便宜的塑膠箱，只有一個是茶箱，比茶鋪裡常見的茶箱大一些，高度做得比較矮，看起來就像是用來收納衣物的。

茶箱放在地上，其餘的塑膠衣箱疊在上面。太郎把衣箱一個一個抬到衣帽間外面，然後打開茶箱的蓋子，一股又甜又苦的防蟲劑味道撲鼻而來。

這個茶箱原本放在裕子的老家，後來裝著孝介的衣服運到東京，現在衣服都移到衣櫃裡了，只有幾件短袖襯衫還放在裡面。太郎把襯衫拿出來，按著箱口，一隻腳先踏進箱子，另一隻腳再跨進去，接著像泡澡一樣地坐下，雖然很擠但勉強能坐到箱底，只是上半身都還露在箱子外。

太郎維持坐姿，屁股像毛蟲一樣左右蠕動，骨盆卡在箱子內側很難移動，他盡量往前移，背後有了一些空間，他的上身慢慢後仰，結果後腦卡在箱子邊緣，他努力地低頭收下巴，難受到幾乎抽筋，總算讓頭部完全移到箱子內，雙腳屈起緊貼腹部，勉強不會露出箱子外。孝介比太郎矮小，一定更容易塞進箱子。原本只是個突發奇想，現在卻真有可能實現，太郎不禁露出微笑。

不過要高興還太早，他得先確認一件事，就是人在箱子內有沒有辦法自己蓋上蓋子。

縮成一團的太郎努力爬出箱子，把剛才和塑膠衣箱一起搬出去的茶箱蓋子拿回來，豎立在茶箱上，接著他又爬進茶箱，確定全身都已經在箱子內，抱著雙腿的兩隻手往上伸出，彎曲手肘，上臂往頭部的方向傾斜，指尖摸到豎在箱上的蓋子，他用雙手慢慢把蓋子向前傾斜，再抓著蓋子往腳的方向移動，最後放開手，讓蓋子蓋在箱上，接著從內側托住蓋子，前後左右一點一點地調整，蓋子終於和箱子密合。解釋起來很複雜，做起來倒是很容易，就算是八十八歲的老人也做得到。

蓋上蓋子之後，茶箱裡變得烏漆抹黑，因為內側還有防潮用的波形鐵皮，一點光線都透不進來，這是徹底的漆黑。

既然不透光，當然也不會透氣。一個老人想跟家人開玩笑而躲進箱子，在等待時打起了盹兒，結果窒息死了。正如格太郎一樣。一切都結束了。再過不久就結束了。平穩的下半輩子唾手可得。

太郎在黑暗中喜孜孜地想像著。他完全沉浸在自己的世界裡，所以察覺之時已經太晚了。

「怎麼啦？」

外面突然有人說話，讓太郎嚇了一大跳。是孝介，聲音聽起來很近，應該是在寢室裡。

「好亂啊。」

這裡是我們夫妻的寢室，不要隨便進來！如果太郎掀開蓋子跳出來趕走他就好了，孝介不可能知道他躺在這個箱子裡是為了什麼，如果孝介發問，大吼「吵死人了，給我出去」就沒事了，反正女婿的詭異行動到了明天就會從岳父的海馬迴中消失。

由於設計害人的心虛，太郎只是默不吭聲地躲在箱裡。

「不行不行，弄得這麼亂，會被罵的。」

孝介繼續走近。

「收拾一下吧，收拾，收拾。」

孝介像是在唱歌似地念著。太郎屏住呼吸，繃緊身體，等著歌聲消失。

只是繃緊身體，為什麼連腦袋也變得僵硬了呢？太郎聽見歌聲之外還有一些喀啦喀啦的聲音，但他過了幾分鐘以後才理解那聲音是怎麼來的，等他反應過來，把手往上舉時，才發現蓋子打不開了，用雙手去推還是文風不動。

茶箱被塑膠衣箱壓住了嗎？孝介把他搬出衣帽間的東西收進來了？

不對啊，孝介明明是不懂得收拾的老人，太郎平時費盡脣舌他也不聽，怎麼會現在才突然起了作用？還是說，孝介無意看見了囉嗦的女婿進了茶箱，故意封住箱子，讓他再也不能囉嗦？不可能的，孝介沒有那種頭腦。難道他的健忘和屢勸不聽都是演出來的？不會的，這是醫生鑑定過的，孝介有失智症是千真萬確的……

太郎慌得六神無主，想不出一個合理的答案。會浪費時間想這些事，正表示他的心中有多混亂。

「爸爸！」

太郎終於想起現在最重要的是想辦法出去，急忙放聲大喊。

「爸爸！你在這裡吧？爸爸！」

沒有回答，也沒有任何聲響。

「爸爸！孝介！打開啊！放我出去！」

咆哮在狹窄的空間裡徒然地迴盪。

遠處傳來了演歌的旋律，還有走音的歌聲。

太郎雙手按在蓋子內側用力往上推，但蓋子分毫不動，這彆扭的姿勢讓他無法發揮全力。

他又捶打貼著波形鐵皮的側板，敲到雙手都要磨破了，卻連一點軋軋聲都沒有，也沒有驚動孝介跑來察看。

太郎再次大喊，但是他喊到喉嚨沙啞，耳膜刺痛，箱外還是沒有動靜。這極佳的隔音效果如今成了壞事，連鄰居也不可能察覺到異狀。

太郎閉上了嘴，不是因為叫累了，而是他已經明白再叫也無濟於事，他更擔心繼續大叫和激烈掙扎會讓氧氣消耗得更快。

即使靜止不動，氧氣遲早還是會耗光。現在他必須用盡一切手段逃離困境，但是使勁又會失去更多氧氣，就算能讓呼吸減慢十倍也不保證出得去，從整件事的過程來判斷，事態多半不會好轉。掙扎沒有意義，但是再怎麼節省氧氣終究還是……

思路如同無限的迴圈，太郎卻無法斬斷這迴圈，坐困愁城的他浮現了淚光。他開始哽咽地大叫「爸爸！放我出去！我以後不會再教訓你了，救救我啊！」。他甚至想起小時候從母親的錢包裡偷了一百元，在半夜被趕出家門時，他也是像這樣哭喊求饒的。在這麼危急的情況下，他卻緬懷起過往，心中洋溢著溫馨的氣氛。

瀕臨絕望的心境，漸漸摻雜了憤怒的色彩。

孝介這個渾蛋，竟敢對我做出這種事！明明聽見卻裝作不知道！我絕對饒不了他！一定要宰了他！

他也開始詛咒裕子。

為什麼不送孝介去老人院？既然要把父親接來就自己照顧啊！難道她是為了折磨我才叫我去照顧她父親嗎？原來如此，她就是在等著我哪天會陷入這種局面！好個賤女人！

惡毒婦人！蕩婦！太郎正罵得口沫橫飛時突然住口。

他好像聽見什麼聲音。豎耳傾聽，他聽見電視正在播放的演歌和孝介的沙啞歌聲。

不是這些，而是更清晰的聲音，而且距離沒那麼遠。他屏住呼吸，把注意力集中在耳朵。一分鐘、兩分鐘……什麼都沒聽見。

太郎突然笑了出來。他已經激動到出現幻聽了嗎？還是因為太過絕望，精神陷入了失常？不，剛好相反，他笑是因為發現自己還有希望。

太郎勉強彎曲右手去摸自己褲子的口袋，指尖摸到堅硬的觸感，他幾乎要哭了。希望不僅是個抽象的心願，而是真實存在的。

他更艱辛地把右手伸進口袋，抽出那個象徵希望的東西。指尖摸索著突起的地方，一按下去，眼前立刻變亮，因長時間處於黑暗而瞳孔放大的他感覺像是直視著太陽。是智慧手機。太郎驚慌過度，都忘了自己身上還帶著這個神奇的小盒子。他瞇眼看著螢幕，畫面顯示有一封未讀簡訊，剛才他聽見的就是簡訊的通知音效。

〈光是上午就有三場會議。終於可以休息了。是誰把行程排得這麼緊啊？待會兒還要去楓丹白露參觀人家拍外景，不知道有沒有時間吃午餐。〉

是裕子傳來的。她經常在簡訊中強調自己工作有多忙，太郎一看就知道是外遇的藉口，總是瞄一眼就立刻刪除，此時他卻覺得彷彿聽見了神的聲音。

太郎打開電話APP，撥打妻子的號碼。

「Bonjour！不對，你那邊應該說 Bonsoir。還好有時間吃午餐，是蝸牛和紅酒喔。白天喝酒最棒了！對了，太郎，國際電話很貴耶，你打來之前知道嗎？」

裕子異常興奮地登場，太郎好不容易才和人取得聯繫，忍不住痛哭流涕。

「咦？怎麼回事？」

裕子很訝異。

「救我……」

太郎的聲音在顫抖。

「什麼？你怎麼了？」

「我被關在茶箱裡了，救我出去。」

「茶箱？」

「放衣服的茶箱，在我們寢室的衣帽間裡，原本用來裝爸爸行李的茶箱。」

「喔，那個啊。然後呢？」

「我被關在裡面了。救我出去。」

「怎麼回事？」

「就說我被關在裡面了。」

「啊？」

「本來在玩捉迷藏，結果出不去了。」

「咦？」

「爸爸說他想玩，妳知道的，他老是像孩子一樣。輪到他當鬼的時候，我躲進茶箱，然後衣箱壓在上面，是爸爸放的。他想要把丟在地上的東西整理好，結果蓋子打不開，我就被關在裡面了。我剛剛一直叫爸爸，他都沒有來，不知道是重聽，還是聲音傳不出去。我現在是從茶箱裡打電話給妳的，還好妳接聽了。」

雖然講得斷斷續續，不過這臨時編出的謊言還是頗有條理。

「真是一場大災難。」

「什麼災難，我還以為要死了耶！立刻回來把我放出去！」

聽到裕子若無其事的口吻，太郎忍不住加重語氣。

「怎麼可能立刻回去，你不知道我現在在哪裡嗎？」

「啊……」

「我後天上午才會回國，你能忍耐到那時候嗎？」

「怎麼可能啊！我會死的！」

太郎掙扎著縮緊的雙腳，像是在跺腳。

「的確，就算可以不吃飯，也不能不喝水嘛，而且還沒辦法上廁所。」

「那些都是其次，如果不快點出去，我就要窒息了。救救我，我會死的。」

「呼吸應該沒問題吧？有縫隙可以通氣啊。」

「箱子裡面貼了波形鐵皮，四面都有，連底部和蓋子內側都有。」

「哎呀，那可不妙。」

裕子的聲音聽起來一點都不緊張。

「所以快救我吧，把我從這裡放出去。拜託妳，幫忙想想辦法吧。」

太郎完全忘了自己幾分鐘之前還在詛咒妻子，死命地央求她。

「我有什麼辦法……就算現在立刻去戴高樂機場，也要明天早上才能回到日本。真頭痛……可以拜託鄰居嗎？我們從來沒跟人家打過招呼，這樣有點不好意思，而且也不知道電話號碼，根本不可能請人家幫忙嘛。該怎麼辦呢……」

「拜託妳，我現在只能靠妳了。救救我，我不想死在這裡。拜託妳，求求妳……」

「警察呢？不對，這種時候應該叫消防隊才是。你撥一一九叫消防隊吧，就算爸爸不應門，他們也有特殊工具可以開門。」

「對了，消防隊！這是緊急情況，他們應該會剪斷門鍊進來。我立刻打電話！」

希望的光輝頓時大放光明，太郎激動得全身發燙，他說著「謝謝妳提醒我」就要掛斷電話。

「等一下！老公！」

聽到裕子的叫聲，太郎又把電話貼在耳上。

「你那邊是幾點？」

「幾點？是幾點呢……」

太郎左顧右盼，卻看不到時鐘。其實只要看手機螢幕就知道時間了，但他慌亂之間沒有想到。

「你那邊應該是晚上吧？九點？還是十點？」

「哪裡還有空管這些。」

「管理員會不會已經下班了？」

「那又怎樣？」

「我們那棟大樓是自動鎖，如果沒有鑰匙，也沒有住戶幫忙開門，外面的人是進不來的。消防隊的人來到樓下按電鈴時，爸爸應該不會開門吧？他會嗎？」

「大概不會。」

「如果沒人去接聽對講機、按下開門鈕，消防隊就進不了樓下的大門了。」

「啊啊……」

「也可以請管理員幫忙開門，但是這個時間管理員又不在，要等到明天早上才會來。他的上班時間是七點？還是八點？」

「我等不到那個時候吧……」

「可是消防隊打不開樓下的大門啊。」

「那叫消防隊也沒用嘛。是誰叫我打一一九的？害我白高興一場，真是個過分的女人，看我受苦妳很高興嗎？」

從欣喜到失望，從遺憾到憤懣，太郎心情的變化就像坐雲霄飛車。

「冷靜一點，你再繼續大吼大叫，氧氣會更快耗光喔。」
「什……」
「所以我才叫你先不要打一一九嘛。」
「那現在該怎麼辦？」
太郎的眼眶又湧出淚水。
「找管理公司吧，跟他們解釋情況，請他們過來幫忙。」
「喔喔！」
「不過他們只能打開樓下大門，不能打開家裡的門鍊，所以還是要找消防隊。」
「管理公司的人來了，消防隊就進得了樓下大門。對耶，要先聯絡管理公司。啊，可是這種時間打電話去也沒人接吧……」
「客服中心應該二十四小時都有人在。」
「喔喔！不對，我們又沒有電話號碼……得去翻櫃子才知道……」
「沒關係，網路上就搜尋得到。」
「是嗎？對耶。是S不動產公司吧？」
「對。不過你先安靜地等著，讓我來找吧，我比較會操作智慧手機，等我搜尋到號碼之後就打過去。而且你現在太驚慌了，我擔心你在電話裡說不清楚，我來打比較有效率。我人在巴黎不能打一一九，不過可以請管理公司幫忙打電話。」

「是啊，找妳幫忙真是太好了。妳的工作沒關係嗎？」

「午餐時間已經結束了，不過距離出發還有一些時間。」

「那就拜託妳了，不好意思。有妳在真是太好了，虧妳這麼冷靜，妳真的救了我一命。」

「製作人的工作就是負責安排計畫嘛。」

「等妳回來以後我得好好地謝謝妳。」

「真是的，我們是夫妻嘛，幹麼說這麼見外的話。」

「我會帶著手機也是多虧了妳。」

「嗯，這的確是我的功勞，還好我叫你要帶手機，我也沒想到會在這種時候派上用場就是了。不過你還真的隨身帶著呢，又不是沉溺手機的孩子，在家的時候大可放在桌上嘛。」

裕子愉悅地連聲說著「太好了太好了」。

6

太郎從不覺得有必要用手機，因為家裡和咖啡廳都有室內電話，他一天有九成的時間是在這兩個地方度過，如果想要寄郵件、看網站、網路購物，用電腦就行了。他的老花眼看起小螢幕很不舒服，對遊戲又沒有興趣，連將棋和拼圖都不喜歡玩，雖然他喜歡音樂，但也不想在吵雜的電車裡聽，更沒有想過要把午餐吃的義大利麵拍照上傳。

他覺得自己一輩子都用不著智慧手機或是功能手機，但裕子勸他說外出時遇到急事還是需要手機，他不太情願地答應了，但又不想專程買手機，就趁裕子換新機種的時候接收了她的舊手機。

有了手機之後，太郎對手機還是不感興趣，裕子的手機裡留了很多遊戲APP，但他打開看了小小的解說文字和角色就關掉了。他也沒有互傳簡訊的對象，雖然裕子會傳簡訊給他，但他不喜歡用小螢幕上那些豆粒大的按鍵打字，所以從來不會回覆。室內電話的話筒更好拿，聲音也聽得更清楚，所以他也不用手機打電話。基本上他完全不用手機，所以出門總是不帶手機，等到裕子抱怨收不到回覆讓她很擔心，他才會從沙發的縫隙裡找出已經沒電的手機。

看在太郎的眼裡，手機一點用處也沒有，如今他的身上竟然帶著手機，這簡直是個奇蹟。要是他被關進茶箱後靈光一閃想到要用手機求救，卻發現手機不在身上而是丟在床頭，那會是多麼地絕望啊，明明近在咫尺，卻又遙遠無比……說不定在窒息之前，他就會因為後悔和氣惱而死了。

終於和外界取得聯繫，又有了逃脫之計，太郎終於安心了，他甚至有心情以旁觀者的角度來回顧這件災難，悠閒地回味著自己受到女神眷顧的好運。

7

肩膀猛然痙攣，太郎驚訝地睜大眼睛。

他什麼都看不見，只能感覺得到眼皮睜開，但眼前一片漆黑，沒有色彩，遠近寬窄都看不出來，也看不到自己的手腳，他還以為自己在作夢，此時突然聞到一個又甜又苦的味道。防蟲劑？然後他才想起自己被關在茶箱裡。

他不知不覺地睡著了，這也是沒辦法的，他就像坐雲霄飛車般經歷了驚嚇、喊叫、哭泣、憤怒，和絕望，在箱子裡拳打腳踢也令他的肉體疲憊不堪。

他作了個夢，那是他兒時在河岸摘筆頭菜的回憶，不，好像是咖啡廳裡的派對，又好像是白色沙灘和岩壁的遺跡。他越是去想，夢境就變得越支離破碎。

在現實中，這個黑暗的世界依然沒有改善的跡象。太郎像胎兒一樣縮著手腳蜷臥，急促地喘氣，他多麼希望這個才是惡夢，但他看不到一絲光芒，也沒有聽到任何聲音。

救援的人怎麼還沒來？太郎不禁擔憂起來。他感覺呼吸比和裕子講話時更困難了，其實掛斷電話只是十分鐘前的事，他卻感覺有一兩個小時之久。

一旦開始擔憂，他的心底又浮現另一種不安。裕子真的聯絡了管理公司嗎？她該不會打算對他見死不救吧？

如果丈夫死了，她就能光明正大地和情夫往來了。她如果離婚一定會被人指指點點，說她是嫌棄丈夫又老又醜，只有丈夫死了，她才能名正言順地擺脫他，而且丈夫自己愚蠢地躲進箱子，被失智的老父親封在裡面，完全不關她的事，她又沒有在飯菜裡下毒，這是徹頭徹尾的意外事故，只要當作他沒有打電話來求助就好了。就算警察打聽出他們夫妻失和已久，丈夫死去時她可是遠在國外，還有比這個更有力的不在場證明嗎？這簡直是完美犯罪。

太郎罵了一聲「混帳」。她先用花言巧語令他放心，再把他推落谷底。多麼奸詐的女人啊，他自己又是多麼地天真啊。

即使憤怒、即使感嘆，太郎依然保持著一絲冷靜。還是先確認一下吧，或許他只是神經衰弱才會亂猜裕子圖謀不軌，現在得先打電話給她，確定她不是心懷惡意，再問清楚狀況，靜靜等待救援。如果她存心見死不救，一定不會接電話，到時他就自行求救。搜尋管理公司的電話號碼太麻煩了，所以先不考慮，消防隊也不可靠，還是報警吧，如果告訴警察妻子企圖謀殺他，警察一定會破門而入的。

太郎按下手機電源，他閉上眼睛為防光線刺眼，然後慢慢睜開。螢幕顯示著時間，現在是晚上九點四十二分，他大感意外，沒想到時間還這麼早，或許是一直處在黑暗中，他還以為已經是深夜了。

太郎用食指的前端輕觸螢幕，往旁一滑。

「咦?」

他愣然地叫道。

點下待機畫面之後,應該會出現一堆色彩繽紛的APP,但他沒有看到任何一個小圖示,螢幕上只有英文和數字的鍵盤,鍵盤上方是一條輸入框,要求輸入密碼。

太郎完全摸不著頭腦。這支手機並沒有設定密碼,裡面又沒有什麼見不得人的東西,而且他老是忘記帶手機,當然更不可能把手機交給別人,此外他也很少用手機,要是忘了密碼不是很麻煩嗎?再說剛才他打電話給裕子時也不需要輸入密碼,直接點進去就能使用電話APP了。

在他發愣時,螢幕的燈光熄滅了。因為閒置過久,手機自動回到了待機畫面。

太郎再次按下電源,螢幕上又顯示出日期時間,滑動畫面,鍵盤又出現了,要求輸入密碼。一陣子沒動,畫面又暗了下來。

太郎又一次按下電源,出現日期時間,滑動畫面,要求密碼。不論試了多少次都是一樣的結果。是不是零件出問題了?他像在修理電視機似地敲敲手機,情況還是一樣。

他對此毫無頭緒,只好抱著姑且一試的心態按著螢幕上的鍵盤,輸入這支手機的號碼。

嗶的一聲。

〈密碼錯誤〉

太郎感到臉頰發燙。學生上課打瞌睡被老師抓到時，會故意提出和上課內容有關的問題，以表示自己沒有睡著，太郎也一樣，他像是在辯解「我真的知道，只是不小心弄錯了」，又立刻輸入其他密碼，那是提款卡密碼的四位數。

嗶的一聲。

〈密碼錯誤〉

在這訊息的刺激之下，他又試著輸入信用卡密碼、生日、信箱地址，但全都失敗了。失敗了幾次之後，訊息變得不太一樣了。

〈密碼錯誤。請在三分鐘後再次輸入。〉

為什麼規則突然改變？這是誰決定的啊？太郎非常氣憤。訊息出現時，螢幕上的鍵盤同時消失，取而代之的是倒數計時的數字〈3:00〉，所以太郎也無可奈何。

雖然等得很焦急，但是這剛好讓他有時間思考，太郎靈機一動，想起這支手機有上網用的密碼，他慎重其事地一字一字輸入四位數。

「什麼！」

太郎失聲大叫，不只是因為他對這組密碼的信心被擊碎了，也是因為訊息又出現了細微的、負面的變化。

〈密碼錯誤。請在十分鐘後再次輸入。〉

鍵盤消失，從〈10:00〉開始倒數計時。太郎氣急敗壞地敲打手機，鍵盤還是不出現，他試著關掉電源再打開，但數字依然持續倒數，沒有辦法跳過。

太郎咬牙切齒地瞪著數字一秒一秒地減少，這時他突然發現一件事，畫面的角落有小小的〈緊急〉文字。這〈緊急〉是什麼意思？他用指尖輕觸文字，畫面頓時一變。數字鍵和發送鍵赫然出現，這是撥打電話的畫面。太郎心想這大概是預防忘記密碼的保險措施，立刻撥了裕子的號碼。

無人接聽。

太郎愣了一下，隨即感到萬念俱灰，那女人果然存心害死他。

他不再猶豫，在畫面的鍵盤按下1、1、0，手指用力到幾乎要戳穿螢幕。

但是警察也沒有接電話，仔細一聽，連電話鈴響都沒有響起。

難道這個鍵盤不是用來撥電話號碼的嗎？不然那會是什麼？計算機嗎？還是某種惡作劇APP？

他滿腦子疑惑，又點觸又拖曳，機械性地開電源又關電源，好不容易又看到了輸入密碼的畫面，十分鐘已經過去了。

他輸入以前那輛愛車的車牌數字，想想似乎不對，隨即刪掉，然後輸入自家電話和信箱號碼，又再刪掉，最後他輸入八位的英文數字，這是電腦網路的密碼，他每次在網路上申請帳號時都是使用這組密碼。

〈密碼錯誤。請在三十分鐘後再次輸入。〉

太郎不再吭聲了。

三十分鐘後，他沒有輸入任何英文或數字，直接按下〈ＯＫ〉鍵。這支手機沒有設定密碼，所以正確的做法就是什麼都不輸入吧。

太郎以僅存的理性想出了這個機智的答案。

〈密碼錯誤。請在六十分鐘後再次輸入。〉

8

在漆黑之中聽到電話傳出妻子的聲音時，丈夫感受到了神的庇祐。

接到丈夫的求救電話時，妻子也對神充滿了感謝，因為老天給了她一個絕佳的機會除掉那個阻礙她新戀情的男人。

丈夫被關在箱子裡，面臨死亡的危機，但她如果坐視不理，丈夫也死不了，因為他有手機，就算她不伸出援手，丈夫也可以自己撥一一九，想要讓他窒息身亡，就得先解決那支手機。

手機有遠端上鎖的功能，如果手機不在身邊，也可以用其他手機經由網路設定密碼。這種功能原本是手機遺失時防止被其他人濫用或個人資料外洩，裕子卻藉由這種方式對太郎的手機設定密碼。這是她淘汰掉的舊手機，號碼一直是在她的名下，換句話說，她只是把自己的手機借給別人用，她既是用戶本人，當然可以隨意操縱安全系統。

不過，基於安全上的理由，手機上鎖時還是可以撥打一一〇和一一九這些緊急號碼，如果太郎發現這一點就能活命了，還會發現妻子遠端上鎖的奸計。

於是，裕子聯絡了簽約電信公司的客服中心，說她的手機遺失了，要申請暫時停話。這麼一來電話就打不通了，太郎不可能再向警察或消防隊求救。

想要讓人不能打電話，只要申請停話就行了，停話不只是讓電話APP失效，連緊急撥號功能都不能用。她之所以要再設定遠端上鎖，是為了讓太郎沒辦法使用任何的APP。因為家裡有Wi-fi，即使不能打電話還是可以利用網際網路和別人語音通話，也就是說可以撥打網路電話，也能利用E-mail 或社群網站求救。對手機毫無興趣的太郎會不會想到這些APP還很難說，總之小心一點準沒錯。

裕子在講電話的短短幾分鐘內就想出了這套雙重防範，還能一邊阻止他打電話給消防隊，一邊思考計畫有沒有破綻，而且掛斷電話沒多久就全都安排妥當了。

阿勢之所以是惡女，並不是因為她對婚姻的不忠，而是她籌畫和實踐奸計的迅速及果斷，裕子的狠毒一點都不輸給阿勢。接下來，她只要回國之後從屍體手中取走手機，再假裝發現丈夫出意外，就大功告成了。

手機被鎖住以後，太郎不只沒辦法求救，甚至無法利用記事本之類的APP來寫下心中的遺憾。

就算他不打算留下死前訊息讓凶手有朝一日被抓到，所有面臨死期的人一定都會回首過去的人生，期望至少能表達一下謝意或恨意或悔意，裕子卻連這點權利都不給太郎。如果她能算計到這個地步，恐怕連阿勢都要佩服得五體投地。

說到底，太郎最大的不幸就是向這個惡毒女人求救。他發現手機時，為什麼不立刻打給消防隊呢？他對妻子明明已經沒有愛了，甚至充滿恨意，為什麼頭一個就去找她幫忙呢？

若是太郎在意識逐漸矇矓時，悔恨的心中能釋然地想著「這就是所謂的家人啊」，多少算是一些安慰吧。

紅色房間翻修得如何？

【紅色房間】（原文《赤い部屋》）

紅色房間裡，從天花板到地板都覆蓋著厚重的大紅布幔，七個追求特殊刺激的男人聚集於此。新加入的成員T劈頭就聊起自己不用做違法的事就殺死了九十九個人……結局大翻盤的詭譎推理小說。

1

聚集在「紅色房間」的男人們彷彿因異常的刺激而著了魔，一個個都癱在扶手椅上。

四周的牆壁從天花板到地板都覆蓋著火紅的布幔，連門窗也不例外。盤踞在大紅地毯上的豪華桃花心木圓桌鋪著鮮紅色的桌巾，圍繞在桌邊的七把扶手椅也鋪著胭脂色的天鵝絨，紅得像是用靜脈滴出的血液染成的。

七個男人坐在桌邊，有人把手背貼著額頭，有人雙眼無神充滿血絲，沉浸於回味之中。其中一個人嘆了氣，桌子中央那座像海神三叉戟般的燭臺上的蠟燭紅焰便搖曳得如同海中的昆布，七人被投射在牆上紅布幔的影子也跟著伸縮不定，看起來就像一群影子人在狹窄的平面世界中痛苦地蠕動著。

殺人記錄片的放映會、招靈會、萃取烏頭和顛茄的生物鹼、全裸的面具舞會……等等，這群獵奇愛好人士熱衷於超乎尋常的娛樂，在這「紅色房間」裡不斷地追求刺激，但是比起今晚新加入的成員T用來取代寒暄的離奇事蹟，那些娛樂就顯得有些失色了，畢竟他沒用刀或毒藥，連別人的一根手指都沒碰，就殺掉了九十九個人。

彷彿是要撕裂令「紅色房間」的空氣都變得鮮紅的凝重氣氛，布幔從中分開，走出一位美女。她用單手靈活地托著一個大銀盤，為那群軟癱無力的男人們送上雞尾酒。

女侍嬌媚地驚叫了一聲。有一個男人——姑且稱他為A吧——摸了她的屁股。

「你能不能別做這種下流的行為？」

對面的B小聲地指責。

「是她穿的衣服太下流，我才會做出下流的行為。」

A不但沒有道歉，反而理直氣壯地辯解，再次朝網襪裹住的臀部伸出手去。坐在隔壁的C在他的手上拍了一下。

「你喝醉了嗎？」

「我清醒得很。」

A猛然站起，雙手往兩旁平伸，開始表演金雞獨立。

「我也喜歡兔女郎，但我覺得這不太符合我們這個沙龍的格調。」

D說道。女侍有些尷尬地摸摸頭上的兔耳。

「你是在批評我這個主辦人不該請她來嗎？」

E顯得很不高興。

「你們很吵耶。」

眾人不理會F的喃喃抱怨，繼續爭論不休。

「吵死人了！」

F大吼一聲，雙手拍桌，場面立刻安靜下來。

「最吵的人是你。」

至今一直默默坐在旁邊的新成員T緩緩起身，伸出手臂，像是對F展示著什麼。他的手中發出黯淡的光輝。

「喂喂，你在開什麼玩笑？」

F的雙手在胸前做出阻擋的動作。T的手中握著一把左輪手槍。

「我要開槍囉，這麼一來就達成輝煌的連殺百人了。」

T的手指按在扳機上。他如面具般漠然的表情和這吊兒郎當的語氣形成強烈對比，感覺更加恐怖。

「不，或許應該殺這個。」

T的身體朝左轉，槍口也移向F的旁邊。C馬上雙手抱頭。

「還是新鮮一點的獵物比較好。碰！」

T又轉了個方向，大喊一聲，同時扣下扳機。

除了他口中發出的槍聲，還有一個巨大的爆炸聲響起。

女侍發出慘叫，倒在地毯上，銀盤和盤中的玻璃杯也跟著砸在地上。

「死掉了。」

T把槍口貼近嘴邊，噘起嘴脣吹了一口氣。

「又活過來了。」

在B指著的方向，女侍掙扎地坐起身來，她摸摸自己的身體，似乎在確認傷勢，但她的身上看不到任何血跡。

「那是玩具嗎？」

A從T的手中拿走手槍，接著又被D搶過去。

「喔喔，挺沉的，很像真貨。我也沒有摸過真貨就是了。」

他手臂一抬，槍口指向觀眾席，碰的一聲，觀眾一陣驚慌，甚至有人抱著頭彎下腰去。

「後座力也很逼真。雖然我沒用過真槍。還有誰想玩玩看？」

D高舉著手槍，一邊甩動一邊對觀眾問道，我的同伴立刻舉手大叫「我我我」，興奮得像是教學參觀日的小學生，我坐在旁邊都覺得丟臉。

積極的自我宣傳奏效了，三宅被請上舞臺，D把手槍交給他，然後挺起胸膛，指著自己心臟的部位，示意他開槍。

「雙手握緊槍柄。這是雙動扳機，不用拉擊錘。馬步蹲低一點，雙臂夾緊。」

E在旁邊指導，三宅用僵硬的動作擺好姿勢，在離D一公尺的前方扣下扳機。

碰！

「咿、咿、咿……」

D發出尖銳的呻吟倒在地上，手腳痛苦地抖動，那趕蒼蠅般的動作慢慢變小，力道越來越輕，他陣陣的抽搐如同一隻被切斷的蚯蚓在垂死掙扎，最後終於靜止不動。

舞臺上的氣氛迴然一變，原本笑嘻嘻站在遠處旁觀的演員們紛紛跑到D的身邊，B從桌上拿來了燭臺，但D的臉孔瞬間變亮並不是因為蠟燭的燈光，而是表演用的聚光燈打在他的身上。

D雙目圓睜，即使在強光的照射之下眼皮也沒眨一下，口中流出細細的泡沫。

「卡！演技很逼真喔。」

A像電影導演一般拍著手說，但D依然躺著不動，其他演員們也都開口叫他，D還是毫無反應。

「血？」

B移動燭臺的位置，聚光燈也移到D的胸口。

D像枯木一樣死氣沉沉，但他的胸口有東西在蠢動。那裡出現了一片暗紅色的汙漬，原來只是一個小點，接著就像自行複製繁殖的病毒，逐漸入侵襯衫的白色纖維。

「不會吧？這只是玩具啊？」

女侍驚慌失措地轉身說道。三宅垂著右手呆立不動，觀眾們也騷動了起來。

「喂，等一下，這是真的 Chiefs Special 左輪手槍吧？前面兩發是空包彈，第三發裝的是實彈？」

E從三宅的手中拿起手槍，在光線下仔細觀察。

「你殺人了。」

女侍指著三宅說。

「你殺人了。」

E也指著三宅。

「你殺人了。」

全部的人都指著三宅。

「你殺人了。」

眾人圍了過來。

「你殺人了。」

包圍的圈子逐漸縮小。

三宅猛搖雙手，頭也搖個不停，臉色似乎有些發青。

「殺人了殺人了」的大合唱越來越快，演員們還隨著拍子用力踏步，詭異的氣氛也感染了觀眾席。這是只能容納百人的小劇場，舞臺和觀眾席彷彿都交融在一起。

突然間，大合唱和踏步同時停止，下一瞬間，圍成一圈的演員們同時往後方一跳。

三宅「哇！」地一聲跌坐地上。

只有一個人還站在三宅面前，那人穿著白襯衫，胸前有一片鮮紅的汙漬。已經變成屍體的D不知何時也加入了譴責的人牆。

全場哄堂大笑。D的手中轉著一顆圓圓的物體，對著三宅和觀眾們說：

「嗯，第三發不是空包彈，手槍的確射出了子彈，但這顆子彈是用牛膀胱做的，裡面裝了紅墨水。怎樣？嚇到了吧？但你們不就是厭倦了每天在住家和公司之間來來回回的無聊生活，才來看這齣戲嗎？現在覺得夠刺激了吧？」

三宅一臉靦腆地擠出笑容，在鼓掌聲中走下舞臺，回到我旁邊坐下。他的脖子上有閃閃發光的汗水，連衣領都濕了。

2

這裡是東京目黑的某間小劇場，正在上演江戶川亂步短篇小說《紅色房間》所改編的舞臺劇。

為追求獵奇刺激而組成的祕密俱樂部裡出現了一段駭人的謀殺自白，這齣改編戲劇大致上還算忠於原著，但若完全依照原著讓T一個人滔滔不絕地獨白實在太乏味，所以扮演聽眾的六人還要兼其他角色，演出回憶中的情節。

此外還有一項很冒險的修改，就是加入後設手法，邀請觀眾參與結尾時高潮迭起的槍殺事件。

三宅三天前也來看過表演。因為他已經看過這齣戲，知道演員什麼時候會邀請觀眾上臺，所以他才能比別人更快舉起手。

不過，他既然看過表演，應該早就知道這個整人計畫，但他在臺上時卻驚慌得像是真的殺了人，那是被演員逼真的演技引導得太入戲嗎？

三宅走下舞臺後，故事進入了最後一幕。今天是這齣戲的最後一場公演，所以這是名副其實的大結局。

「裡面還有子彈耶。這也是牛膀胱做的假子彈嗎？還是空包彈？或者根本是實彈？」

女侍拿著手槍，瞇起一隻眼睛凝視槍口，然後用緩慢的動作把槍口指向回到桌邊的男人們。

「碰！」

爆炸聲跟著響起。

T滑下椅子，軟綿綿地倒在地毯上。

燈光熄滅，黑暗之中陸續傳出了演員們的聲音。

「這該不會是T早就安排好的計畫吧？」

「他到昨天為止總共殺了九十九個人，正在思考值得紀念的第一百個人選時，他想到了最具代表性的受害者。」

「就是T自己。」

「但他如果開槍射自己的頭就太無聊了，那只不過是自殺。」
「所以他設計讓別人來射殺他。」
「拜託別人『請你殺了我』也很無聊。」
「所以他讓別人以為手槍裡裝的不是實彈，當作是玩具槍而扣下扳機。」
「這和他過去殺死九十九的人的方法是一樣的。」
「她以為那是玩具槍才開槍的，所以不會被判刑。」
「這就是他三年來一直在研究的殺人不犯法。」
「他厭倦無聊和愛好獵奇的程度真是非比尋常。他不需要努力工作，有錢又有精力，這就像是娶了一個選美小姐但三年之後就看膩了她的美貌，他正是因為活得太順遂而感到無聊，甚至無聊到玩起殺人遊戲，到最後連殺人都無法再滿足他，他終於嘗試了終極的、禁忌的刺激。」
結局演完後，時間在黑暗和寂靜之中緩緩地流逝。
燈光亮起，全體演員站成一排，七人手牽著手同時鞠躬，觀眾席發出如雷的掌聲。
「喂，現在不是死的時候喔。」
A看著旁邊地上說道。演員之中只有一個人沒有參加謝幕，扮演T的演員還躺在舞臺上。
「吃早餐囉～」

女侍也叫道。

「真老套。」

三宅笑著對我悄聲說道。

「演得太過火反而會冷場喔。」

C走過去，用鞋底踢了踢T的肩膀，T的身體晃了一下。

「大野？」

C變了語氣，在T的身邊蹲下，一邊叫一邊搖他。

「怎麼回事？怎麼會這樣？」

C把自己的手掌舉給其他演員看，上面沾了暗紅色。

「演得真好。」

三宅又笑著對我低聲說道。

「血，是血啊！」

C將手掌貼在鼻子前。E也跑過來搖T，然後看著自己的手，又舉起手來聞。

「是血，真的血。」

他求救似地望向站在一旁看著他的夥伴們。

觀眾席傳來了笑聲。

「大家快過來啊！津崎先生！」

B朝著舞臺左側大喊，立刻有幾個男女從舞臺兩邊跑來，每個都穿著鬆垮垮的休閒服或破爛的運動服，其中有個頭上捲著毛巾的胖男人蹲在T的身邊觀察片刻，就連聲喊著「大野！大野！」。

「這不是在演戲！」

C走到舞臺前像警衛一樣大大揮著雙手，有些觀眾開始面面相覷，但還聽得見笑聲。

「哎呀，真的啦！這不是整人的表演啦！」

C青筋暴露地叫道。

「燈控，把光打亮一點！觀眾席燈也打開！」

E手臂劃著圈，看著斜上方說。

「你上次來看的時候也有這段劇情嗎？」

我對著身邊說。

「我記得那個女的一說『吃早餐囉～』他就活過來了，然後大家又牽著手謝幕。」

三宅歪著頭說。

舞臺和觀眾席都變得像大白天一樣明亮。

「真的不是在演戲嗎？」

我斜後方有個戴眼鏡的男人站了起來。

「是真的。他真的在流血，怎麼叫都叫不醒，不過還有呼吸。」

C把染成鮮紅的手掌舉給觀眾看。在強光照耀之下，他的眼睛閃閃發亮。

「不要動他，你們都走開一點。」

戴眼鏡的男人不經過走道，直接穿過觀眾的坐墊之間走到前面，還有兩個同伴隨行在後，其中一個是綁馬尾的女性，她在舞臺前停下腳步，轉身對著觀眾們說：

「請大家留在座位上。」

她打開一個像證件夾的東西高高舉起。就算不刻意觀察，也能看到上面有個金色的大徽章。

「警察？」

三宅尖聲叫道。

3

眼鏡男拿著一本手冊爬上舞臺，推開演員們，蹲在T的身邊，摸摸他的脖子，又把耳朵貼近他的嘴。

「你，過來按住這裡，這樣可以減少失血，得先止血才行。用力一點，用全身的重量壓上去。」

一個工作人員被叫過來，雙手按住T的右肩。有個帶著軟氈帽的男人正在一旁檢查演員們交給他的手槍。

「警察？這裡怎麼會有警察……」

Ａ一臉愕然地說。

「這裡收不到訊號嗎？」

眼鏡男拿著手機四處移動，他站起來，把手機高舉過頭。

「收不到。手機會妨礙表演，所以我們準備了阻擋手機電波的機器，因為每次拜託觀眾『請把你們的手機關機』大家都不聽。」

頭上綁著毛巾的男人回答。觀眾席也傳出了「收不到」、「沒訊號」之類的話。

「你是負責人嗎？請你去把機器關掉。」

「我是舞臺監督，我負責的是戲劇表演，訊號屏蔽器不是我管的，那是劇場的人……」

「我出去一下。」

舞臺監督正在慌忙解釋時，馬尾女走向出口。

「那個穿運動外套的，不可以出去！」

一個觀眾跟在她後面走出去，卻被眼鏡男喝止。

「在調查告一段落之前，觀眾、演員、工作人員——所有的人都要留在這裡。這位觀眾，請你回到座位上。」

聽到這要求，觀眾席開始嚷嚷。

「對不起，可以說明一下情況嗎？」

在場內一片不滿的氣氛中，最前排的一個觀眾起身問道。

「你也看見了，有一個演員中槍了。」

「那不是演戲嗎？」

「不，他真的受傷了。」

場內又興起一陣騷動。

「這是怎麼回事？他們用的是真槍嗎？」

「史密斯威森M36手槍，三寸槍管。這是貨真價實的真槍，槍膛裡還剩一發子彈。」

帽子男展示著用手帕裹住的槍，場內又是一陣騷動。

「真槍？這裡可是日本耶。」

「我們正要開始調查使用真槍演出的理由。」

眼鏡男望向聚在一起的劇組人員。

「我們沒有使用真槍，只準備了模型槍來當小道具。」

舞臺監督連忙解釋。

「不管怎樣，要先把中槍的演員送到醫院急救，然後要做現場蒐證，每個人都要問話。」

「這跟我們又沒有關係，我們只是坐著看戲。雖然也不是完全沒有關係……」

觀眾代表越說越小聲，大概是因為看見了對T開槍的女演員吧。她癱坐在舞臺角落，兩手摀著臉，還聽得見啜泣的聲音。

「這裡的每一個人都是目擊者。當然我也看到了開槍的場面，但是從我的位置和從你的位置看到的角度不一樣，今天來的觀眾大概有一百人，看到的角度也有一百種，這就等於現場有一百臺監視器。如果今天有一百臺監視器拍到肇事逃逸，警方不會隨便抽幾臺來檢查監視影像，一定會一百臺全部檢查。除了觀眾以外，還有舞臺上的演員，以及舞臺側面或上方的工作人員，劇場中的每一個人都請務必讓我們調查你腦中的影像。」

眼鏡男低頭鞠躬，觀眾代表只能無奈地點頭坐下。

「我等一下還有事。」

後面又有觀眾提出抗議。

「我們會讓幾位調查員分攤調查，盡快結束。請各位務必協助。」

眼鏡男再次深深鞠躬。那位觀眾還想繼續說些什麼，但舞臺上又有人發問。

「大野的情況怎樣了？」

是扮演C的演員。演員和工作人員都圍在躺著不動的夥伴身邊，其中一人滿臉通紅地繼續止血。

「我沒辦法告訴你。總之要先送他去醫院。」

「為什麼警察會來這個劇場？難道有人通報會發生這種事，你們才專程來監視嗎？」

站在另一側的F也發問了。

「怎麼可能？只是剛好來看戲罷了。」

「他跟我是同期的。」

說這句話的是B。F恍然大悟地「喔」了一聲，但我還沒搞懂這是怎麼回事。

「我在府中的駕駛執照考場執勤，他是在小松川警署的警務課，另一位是在本廳的健康管理本部。正式的搜查是本區的刑事組織犯罪對策課來進行，負責這一區的應該是碑文谷警署吧，但我們必須先維護現場，還請各位協助。」

眼鏡男再次提出請求。

「那個演員當過警察耶，就像 BoBA 那樣嗎？」

三宅把傳單拿給我看。飾演B的演員澤邊興志郎的資料欄裡寫著〈在派出所值勤六年後，轉換跑道成為演員〉。以性格配角的身份進軍好萊塢的 BoBA——田中要次曾在國鐵局做鐵路維護的工作，後來從拿鐵飯碗的國家公務員變成了演員，澤邊興志郎也有類似的背景，他應該是邀請了過去的同事來看他登臺演戲吧。

「連廁所也不能去嗎？」

觀眾席又有人發問，一堆人紛紛舉手附和。

「可以去廁所。」

得到許可之後，大約有十來人跟著帽子男走出去。
「我來拍張照吧，只是拍照的話有沒有訊號都無所謂。」
三宅拿出了智慧手機。
「案件還在調查中，而且這也牽涉到隱私權，所以請大家不要拍照。」
他還沒舉起手機，眼鏡男就先提出警告。除了三宅之外，還有幾個觀眾也收起了手機。
「不對啊，怎麼想都很奇怪，怎麼可能會射出實彈呢？」
在舞臺的一角，C抓著頭說。
「戲中用的不是真正的手槍吧？」
E說道。
「那是當然的啊。」
「那為什麼會打傷人？」
「所以才說很奇怪嘛，模型槍應該只有聲音啊。」
「空氣鎗不是也會射出子彈嗎？」
「BB彈頂多只會把人打到瘀青，可是他流了這麼多血耶。」
C攤開沾染血汙的手給E看，另一隻手指著T濕濡的胸口。
飾演女侍的演員哇地放聲大哭，一個女性工作人員走過去摟住她的肩膀。觀眾席裡也有人因驚嚇或害怕而開始啜泣。

奇異的哭聲合奏中加入了警笛聲，不久之後，兩個戴著東京消防廳安全帽的人進來了，他們走上舞臺，用醫療器材確認T的情況，還能聽到他們說了「肺」和「貫穿」這些詞彙。T被放上擔架，用綁帶固定，他的手腳一動也不動，連呻吟都沒有。不時有觀眾偷偷用消除快門聲的照相APP拍照，三宅也是其中的一人。

醫護人員還在忙著急救時，去上廁所的觀眾陸續回來了。穿制服的警察站在劇場入口，還有人在說「出不去了」。我想起從車站到劇場的途中有一間派出所。

「還沒好嗎？」

T被擔架抬走時，一位觀眾跑到舞臺前。就是說過「等一下還有事」的那個人。

「這一區的刑警應該很快就會到了。」

站在觀眾席入口的馬尾警察回答。

「怎麼可能啊！」

舞臺上突然有人大喊。自稱舞臺監督的那人猛力扯掉頭上的毛巾。

「津崎先生在『犬之褥』公演時不也是把便當盒裡的食物偷偷換成沙子嗎？」

正在和他對話的是C。

「這個跟那個是兩回事。」

「是同一回事。當時你為了表現出被霸凌時的真實反應，就要演員真的吃下沙子，這次也是為了演出真實的開槍場面而用了真正的槍吧。」

「換掉便當盒裡的東西又不會出人命。」

「那也夠嚴重了，因為沙子蓋在白飯下面，我沒有發現就直接吞下去，後來還得去醫院洗胃。」

E按著腹部說道。

「就算發生過那種事，也不代表我這次有偷換手槍，不要含血噴人！」

津崎揮舞著毛巾說。

「戲演完了嗎？請你們讓開一點。」

在駕照考場執勤的眼鏡男趕走了爭吵的演員。

穿著印上「警視廳」外套的三個人走上舞臺，他們戴著警帽和口罩，手上戴著手套，腳上也穿著像室內拖鞋般的東西。

「請不要走到那邊。」

正要進入舞臺側邊的A和D被制止了。

「我們不是要離開，只是去後臺。」

A回答說。

「後臺也要調查，為了維護現場，請不要進去。」

「調查後臺？要調查什麼？事情是在舞臺上發生的，跟後臺又沒有關係。」

「或許那裡有些東西和這件事有關。」
「什麼東西？」
「現在還不能斷定。」
眼鏡男搖著頭說，有一個鑑識員提著大箱子從他的身後走進後臺。
「譬如備用的子彈吧。如果從某人的物品中找到子彈，那就是如假包換的鐵證。」
E說道。
「津崎先生，你就乾脆自首吧。」
C對舞臺監督說。
「就說了不是我嘛！而且我要怎麼弄到真槍啊？上 Amazon 買嗎？」
「Yahoo 拍賣或許買得到。」
「都這種時候了還開什麼玩笑！我怎麼可能換掉手槍，準備模型槍的明明是黑木。喂，是你在上場之前把槍拿給大野的吧？」
被舞臺監督一問，穿著薄外套的男人點點頭。
「這樣看來，黑木先生確實有辦法把真槍當成模型槍交給大野先生。」
「一點都不好笑。」
負責小道具的黑木臉色都發白了。
「我只是在討論可能性罷了。」

「我弄得到真槍的可能性是零。」
「我也是零。」
舞臺監督說。
「在我們之中最有可能的應該是澤邊先生吧？」
「啊？」
B尖聲叫道。
「靠以前的同伴。」
「啊？」
「既然你當過警察，應該知道可以從哪裡拿到槍吧？」
「我的確知道放扣押物的倉庫，但我現在不是警察，我又沒辦法進去。」
「你一定認識黑道吧？」
「不要說這種惹人誤會的話。」
「那種人一定知道從什麼管道可以弄到槍。」
「我說你啊……」
「不好意思！」
B正想反駁時，觀眾席有人大喊。
「還沒好嗎？」

這人三十歲左右，臉色蒼白，頭髮毛躁——他就是先前一直在催促的男人。

「鑑識人員已經到了，刑警應該也快來了吧……啊，來了來了。」

眼鏡男話還沒說完，穿著西裝的一男一女就從觀眾席入口走進來，他們側身經過狹窄的走道，來到舞臺上，和眼鏡男及帽子男說話。那位觀眾站在原地，焦躁地抖著腿。

「能把模型槍換成真槍的不只我一個人。」

警察正在交代事發經過時，負責小道具的人在一旁說道。

「的確是我把槍交給大野先生的，但是在表演中有很多人都拿過那把槍啊。」

「對耶，在臺上也能偷換。大野把槍交給了誰啊？」

C彈響手指，然後按著自己的太陽穴。

「大野對古賀開槍後就交給常呂，常呂對觀眾席開了一槍之後交給觀眾，觀眾對常呂開槍之後，就是古賀對大野開槍的那一幕。」

F大大地揮著手說。

「大野沒有把槍直接交給常呂，而是先經過湯田。觀眾拿了槍以後，是先經過高城才到了古賀手上。」

舞臺監督補充說。

「所以摸過槍的是大野、湯田、常呂、高城、古賀這五個人。大野是受害者不算，那就是四個人。黑木也要算進去，所以總共有五個人。」

B屈指數著。

「真卑鄙。」

A皺眉說。

「怎樣？」

「知道自己不在這四個人之中就笑嘻嘻的。」

「你誤會了。」

B遮住自己的嘴。

「你可別忘了，如果從最容易弄到真槍的角度來看，嫌疑最大的會是誰。」

「你這話是什麼意思！」

「我是碑文谷警署的南。接下來要一個一個地向各位問話。」

舞臺中央傳出的宏亮聲音打斷了B的辯駁。是剛才來的那兩人之中的男性。

「這裡沒有適當的地方，我們準備用戲劇的道具或布景板在舞臺上隔出幾個隔間。不過大家也看到了，鑑識工作還在進行，所以要請大家稍等一下。」

他一定聽見了演員們在討論和槍有關的事，卻彷彿聽若不聞。

「稍等一下是多久？」

又是那位觀眾提出質問。

「不會太久的。」

「為什麼還要等？去舞臺布幕後面不就好了？」
「布幕後面也得調查。」
「我還有事，要趕時間。」
「那我們準備好之後會第一個先問你。」
那個男人勉強接受了。
「趕時間的又不只你一個。」
其他觀眾表達了不滿。
「我等一下也有工作。話說手機還是沒訊號耶，能不能先解決這件事啊？」
其他觀眾也跟著說。
「什麼工作？回家看門嗎？」
也有人調侃地說。
「這不是強制的吧？如果我現在要走應該不會被逮捕吧？」
還有人這樣說，現場亂成一片。警察不知道在忙什麼，他們都只是埋頭做自己的事，不理會觀眾的質問。
「死催活催的，是在急什麼啊？該不會是作賊心虛吧？」
有人這樣喃喃說道。
「我也這麼覺得。」

另一個聲音附和著。

「八成是想快點離開犯罪現場。」

「等到開始問話，整合大家的證詞縮小可疑的範圍後，或許就走不掉了。如果第一個去被問話，警察還沒有得到太多資訊，比較容易脫身。」

那位觀眾成了眾矢之的，抖腿抖得更激烈，還咬緊嘴脣，但他開口之前又有其他觀眾插嘴。

「不要亂講話，就算凶手在觀眾裡面，也不可能是這個人。他又沒有上臺，哪有機會換掉手槍？」

「你是說上臺的那個人更可疑嗎？」

聽到這句話，三宅霎時嗆住。

「所以說，能換掉手槍的是五個劇團的人加上一個觀眾，總共六人。」

「為什麼我會被算在裡面啊？」

三宅的身子浮了起來。

「這是在講可能性。」

「我犯案的可能性是零。」

「你在舞臺上拿過槍，所以可能性再怎麼小也絕對不會是零。」

「我會上臺只是湊巧的，從觀眾的人數來看，沒被選中的機率比較大吧？是啊，這就跟抽獎一樣。我怎麼可能為了這麼低的機率而準備真槍嘛。」

三宅站起來，拚命辯解。

「你舉手時不是很積極嗎？那麼拚死拚活的一定很容易被選中。」

「才不會咧，再說我有什麼理由那樣做？我跟那個中槍的演員又沒有仇恨，我也沒有向他借錢，不只是這樣，我跟劇團的每一個人都不認識，更不可能只是因為看他不順眼而換掉道具破壞公演。如果我是為了這個理由搞恐怖攻擊，就不會來看最後一場了，在首日下手才能毀掉整個公演吧？」

「大家都聽到了嗎？他自己都說出動機了。」

「我是在舉例，而且今天又不是首日。」

「只是因為買不到首日的票，所以在最後一場下手吧。」

「我三天前也來看過，要做的話早就做了，怎麼會等到公演結束？這樣你們還要把我當成凶手嗎？」

「是因為上次舉手沒有被選中吧。」

「那時我又不知道會找觀眾上臺表演。」

「可能不是為了向劇團復仇，而是要發洩日常生活的鬱悶，會做這種事的人多的是，像是拿刀攻擊路人之類的。」

「喂喂……」

「就是享受犯罪的那種人吧。」
「我講不下去了……」
三宅無力地搖手，連動脖子都覺得累。跟他辯論的不是只有一個觀眾，而是一個接一個地提出指控，還有一些人的發言聽起來只是在找碴。突然發生這種事，又要受困在劇場，觀眾們都累積了不少壓力及擔憂。
「警察先生，不好意思！」
我決定拔刀相助。姓南的那位刑警轉過頭來，他終於聽得見別人的聲音了。
「只要觀眾和劇團的人全部搜身，就會水落石出了，換掉槍的那個人身上一定有模型槍。」
「我沒有喔，我沒有喔。」
三宅用力拍著上衣和褲子的口袋，還打開包包給大家看。
「我們會在問話的時候搜查每個人身上的物品。」
刑警說完，就有女人大叫「不會吧」。
「警察也不能強迫人家搜身吧？」
也有人直接反對。
「當然啊。」
「事情都發生那麼久了，東西一定早就不在身上了。」

還有幾個人跟著附和。

「我來幫忙找。」

一個觀眾蹲下來檢查地面。

「警察先生，還有一個更有效率的方法。」

扮演F的男人提議說。

「可以從打傷大野的真槍上調查指紋啊。」

「何必調查指紋？大家都知道開槍打大野的是古賀。」

C插嘴說。抱膝坐在角落的女演員聽得渾身一顫。

「我又不是說要找開槍的人，而是要找出摸過槍的人。」

「嗯？」

「只要知道有哪些人摸過槍，就能找出換掉手槍的人。」

「為什麼？」

「拿過槍的是黑木、大野、湯田、常呂、觀眾、高城、古賀這七人。我現在說的沒有分模型槍或真槍，總之這七個人依照我剛才說的順序摸過槍。到這裡沒問題吧？

然後要說的是警察保管的真槍。會在這把槍上留下指紋的一定是掉包以後摸槍的人，不會有掉包前摸到模型槍的人。比如說，如果真槍上面有常呂、觀眾、高城、古賀的指紋，掉包的人就是常呂。因為在常呂之前拿槍的湯田的指紋不在上面，可見湯田拿到的是模型槍，接下來拿槍的常呂的指紋留在上面，就代表槍是在他的手中被掉包的。」
「呃……這樣說來，如果真槍上面只有高城和古賀的指紋，掉包的就是高城囉？」
「如果所有人的指紋都在上面，代表一開始用的就是真槍，那凶手就是黑木。」
「對耶……不，我可不是凶手。」
負責小道具的黑木點頭，接著又急忙搖頭。觀眾席也傳來讚嘆的呼聲。
「所以先來調查指紋吧？」
F再次向刑警建議。
「饒了我吧。」
回答的不是刑警，而是D。
「我又沒有做壞事，幹麼要採指紋？」
「這樣才能證明清白。」
「我不用證明就很清白了。」
「沒有證明的話就算不上清白了。」
「一旦被採了指紋，以後會被拿去做什麼都不知道。指紋可是比身份號碼更私人的資料耶。」
「如果判定沒有犯案嫌疑，就會立刻銷毀。」
刑警說。

「我才不相信。」

「如果各位不相信警方那就不好辦了。但就算不是因為這個理由，現在也沒辦法靠著槍上的指紋來找出嫌犯。」

「為什麼？」

F皺起眉頭。

「如果不確定對方有犯罪嫌疑，警察是不能隨便採指紋的，手續辦起來很花時間。就算可以立刻辦好手續，也得回到署裡才能對照手指上採的指紋和槍上採的指紋，要等結果出爐得花更多時間。更重要的是，觀眾還被扣留在這裡，所以還是應該先問話吧。」

「就是說啊！」

先前那位觀眾又高聲叫道。

刑警轉身面對觀眾席說：

「開始個別問話之前，有一件事要先問在場所有的人。今天的公演有什麼奇怪的地方嗎？」

「演員被真槍射中了。」

某個觀眾理所當然地回答。

「還有呢？」

「觀眾走到舞臺上。」

「那個是每次公演都有的。」

有客人反駁說。後來都沒有人再開口。

「『紅色房間』在這個劇場連續上演一週，每天早晚各演一場，有多少人看過兩場以上的演出？」

刑警問道，包括三宅在內共有八人舉手。

「我要請教剛才舉手的幾位，你們之前看過的演出和最終公演有沒有不一樣的地方？」

「演員被真槍打傷了。」

有一個人回答。

「還有呢？」

過了片刻，又有人回答：

「上臺的觀眾不一樣。」

「還有呢？」

隔了更久的時間，一個老婦人舉起手來。

「不對，我大概記錯了。」

她又將手放下。

「請妳先說說看，任何情報都有助於搜查。」

「那我就說了。我看過星期三的上午場，那天的某一段劇情今天好像沒看到。」
「果然沒錯，我也覺得有點奇怪，是馬戲團那一段對吧？」
一個像是她孫子的年輕人說道。
「是啊，有一幕是T的回憶，他去看馬戲團時故意作怪，害走鋼索的女人摔死，但今天沒有演到這一幕，我還以為是自己不專心所以沒有印象。這樣說來好像真的沒有演。上次還有一幕是利用避雷針殺人的回憶，這次好像也沒有演，是不是呢？」
「聽妳這麼一說，的確沒有演。」
另一位觀眾回答說。
「喔喔，還好不是我癡呆了。」
「我還以為是刻意刪掉的，因為避雷針謀殺的受害者是小孩，會讓人覺得不舒服。」
「這兩段上次都有演嗎？」
我對隔壁悄聲問道。
「好像有又好像沒有。」
我的同伴不太確定。
「剛才說的兩段劇情在最後公演都沒有演出，沒錯吧？」
刑警轉頭朝著後方問道，有幾個劇團成員點頭。
「在先前的公演之中，有那一次也沒有演出這兩段劇情嗎？」

有幾個人搖頭。

「只有最後公演沒演出這兩段劇情?理由是什麼?」

「因為換了其他劇情。」

舞臺監督回答。

「換了劇情?」

「因為想到了劇本沒有的情節,但是增加劇情就會拉長表演時間,而租用劇場的時間在契約上已經寫明了,如果超時就要多付租金,所以時間不可以延長,我只好把原來的劇本刪掉幾幕再加入新劇情,不是追加,而是替換,這樣演出時間還是比原來的久,但是沒有超過太多,只要演完之後演員不出來謝幕,收拾的動作快一點,勉強還補得回來。」

「換掉的劇情是什麼?」

「先前來過的觀眾一定都知道吧。感謝大家這麼捧場,一再前來觀賞。」

監督走到舞臺中央,對著觀眾席深深鞠躬。

「先前沒有、只有這次公演有的是什麼情節?」

刑警問了剛剛那位老婦人,她歪頭思索,指出劇情有刪減的另外兩個觀眾也答不出來。

「你知道嗎?」

我向三宅問道。
「唔，是什麼呢……」
果不其然，問他也沒有用。
「找到關鍵證據了！」
舞臺後方有人大喊。
一位蹲在後方的鑑識人員站起來，大步走到舞臺前方，但他不是去找刑警說話，手上也沒拿著任何東西，他面對觀眾，脫下深藍色警帽，接著又摘下口罩。
現場安靜了幾秒鐘，然後觀眾席發出稀稀落落的驚呼，最後全場大亂，幾乎要掀了屋頂。
那位穿制服的鑑識人員，竟是早已被救護人員搬走的T。

4

「這在遊戲中可以比喻為『隱藏關卡』，就是破關後的享受。」
A說道。
「也可以譬喻為APP遊戲的付費新關卡。」
B說道。

「在餐廳而言，就是隱藏菜單。」
C說道。
「這份最後公演才有的特別菜單，各位還滿意嗎？」
D說道。
「不，這應該說是對社會大眾的不滿。」
E說道。
「留言板、部落格、社群網站，一定都有人公布了表演內容吧。」
F說道。
「對於準備要來看戲的人而言，這是多麼地掃興啊。」
T說道。語氣非常激昂。
「不要把網路說得那麼壞，人本來就喜歡爆料。」
女侍說道。她的臉上沒有淚水。
演員們在舞臺上緩緩繞圈，偶爾會有一人站定，像是在畢業典禮被叫上臺的學生，一個接一個說出短短的臺詞。
「電影院裡播放的預告片。」
「媒體對小說的評論提到大綱。」
「電視節目的廣告洩漏了精彩內容。」

「嚴格說來，這些都是假介紹之名行爆料之實。」
「爆結局當然很嚴重，但就算只是爆出故事背景和發展，也會影響別人觀賞的樂趣。」
「好比說，在鬼屋被鬼嚇到，以及離開鬼屋去咖啡廳放鬆時被鬼嚇到，絕對是後者更恐怖。」
「在鬼屋裡看到鬼而尖叫只不過是一種確認的動作。」
「但我們也不能否認人是喜愛安穩的動物，熟悉套路的確讓人比較安心。」
「『紅色房間』邀請觀眾開槍，是想製造驚喜。這不只是為了戲劇效果，也是在服務觀眾。」
「如果事先知情，就沒有驚喜了。」
「但是嘴長在別人身上。如果強調『絕對不要公布結局』，等於是在告訴大家『打倒最後魔王之後，還有真正的最後魔王』。」
「增加最後魔王這招也很老套了。」
「從前流言是靠口耳相傳，要很久才會傳開，但現在的流言都是即時的，光是搜尋『紅色房間』的劇場交通資訊，都會看到有人爆料最高潮的劇情。」
「又在說網路的壞話了。」
「因此他開始思考。」
演員們朝左右兩邊退開，聚光燈照著舞臺中央的一人。

「有沒有辦法讓爆料反而更添樂趣呢？」

頭上綁著毛巾的舞臺監督環抱雙臂，做出一副沉思的模樣。演員們又圍成人牆，擋住了舞臺監督。

「這不是真槍實彈，其實從頭到尾用的都是模型槍，根本不能發射。」

女侍往前一步，用指頭轉著手槍。

「這是假血漿。」

T掀開鑑識人員的外套，露出染成暗紅色的襯衫。

「用太白粉和紅色食用色素做的。」

負責小道具的人探頭出來，又立刻縮回去。T繼續說道：

「觀眾席上的三個警察也是演員，後來出現的派出所員警、救護人員、鑑識人員和刑警也都是演員，警笛是事先準備的音效，制服是服裝店租來的。要阻絕手機訊號，是為了避免表演內容被當成事實傳出去。」

此時從遠方傳來了逐漸拔尖的救護車警笛聲，在駕照考場執勤的眼鏡男上場了，戴著東京消防廳安全帽的男人、穿鑑識人員外套的男人、身穿西裝扮演刑警的男女也陸續從舞臺左邊走出來。

「辛苦了！」

女侍對他們揮手，他們也揮著手走過舞臺，從右邊退場。

「我以前真的當過警察。」

B舉手敬禮說道。

「演員之間的對話都是劇本寫好的，和觀眾的互動也有演練過，但是在現場只能即興演出，真的是演得戰戰兢兢。」

A按著胸口說。

「就像即興演奏一樣爽快。」

F做出瘋狂演奏吉他的動作說道。

「勝新太郎(註7)說過，即興的緊張感能激發出真正的表演。」

E模仿盲劍客反手抽出枴杖刀的姿勢。

「大家一定沒看過這麼刺激的表演吧？」

C對觀眾們問道。

「無論是對我們或對觀眾來說，這都是僅有一次的機會，如果消息傳開之後再演第二次，就會變成普通戲劇了，所以只能在最後公演揭露，也就是此時此刻。」

D攤開雙手，把舞臺監督迎到前方。

「厭倦無聊的觀眾們！你們聽了或許會問『我是厭倦無聊的人嗎？』，絕對錯不了，

7　日本的演員、歌手、劇本家、電影導演。

你們一定常常想著『有沒有什麼好玩的事?』。
再來一次。厭倦無聊的觀眾們,你們是不是暫時拋開了預定和諧的生活呢?不是怕趕不上電車,或是怕外遇被抓到這種程度,如果你們能因這齣戲劇真正感到心跳加速、惶惶不安,那真是我們無上的喜悅。
坦白說,這個喜悅恐怕要打折,因為只能演一次,真是有夠不划算的。」
舞臺監督抓抓頭,演員們也把手舉在臉前假裝拭淚,接著所有人排成一列,互相搭著肩膀,深深一鞠躬。扮演警察的演員和工作人員們也出來了,舞臺上彩帶拋出,拉砲響起,熱鬧得像廟會一樣。
兩三分鐘前氣氛還緊張得令人屏息,如今卻彷彿什麼都沒發生過。救護人員的安全帽、鑑識人員的制服、刑警的表情,如今看來都很假,為什麼剛剛會信以為真呢?真是搞不懂。
觀眾之間還瀰漫著濃厚的疑惑,過陣子開始出現零落的掌聲,最後終於全場起立鼓掌。
在這片盛況中,有條人影像野生動物一樣敏捷地跳上舞臺,衝到舞臺監督的背後。
「只是演戲幹麼扣留人啊!不知道別人真的有急事嗎!」
男人手持美工刀朝監督的脖子劃過去,鮮紅液體像飲水機的水一樣噴出。
「津崎先生!叫救護車!叫警察!」

T扶著監督驚聲尖叫。
男人還拿著美工刀四處揮舞。
女侍發出慘叫。
觀眾席頓時爆出笑聲。
「好了啦，都知道是演戲了。」

陰獸幻戲

【陰獸】（原文《陰獸》）

「我」是個推理小說家，有一位書迷——美麗的企業家夫人小山田靜子向我傾訴，她從前的男友平田一郎就是最近在文壇掀起一陣旋風的隱身作家大江春泥，他一再寫信給她展示自己多麼清楚她的行蹤。為了靜子，我開始調查春泥的真實身分……江戶川亂步本格推理小說的巔峰。

1

他偶爾會思索，自己是不是性需求異常。

雖然只是偶爾想想，但他從小學三四年級開始，一連四十年都有這種感覺，所以這份懷疑如今已成了確信。

自己確實是性需求異常。

他只把女人看成性對象。既然是男人，對女人有性欲也是理所當然的，但凡事都該適可而止。

譬如說，女業務員拿著新產品來推銷時，他會把估價單上的數字拋到九霄雲外，陷入色情的幻想——領口幹麼開得這麼低，想要誘惑我嗎？既然有求於人就再打開兩顆扣子啊！裡面穿的是怎樣的內衣呢？內衣裡面乳房的形狀、乳頭的顏色會是如何……

下班回家途中經過便利商店，看到女店員蹲在地上補貨，他的目光就會忍不住飄向她裸露在外、長著金色汗毛的後頸，渴望把手指從她制服後領探向黑暗的深處，感受她脊椎的隆起，直到爬上車站的階梯，他都還依依不捨地注視著她行走時臀部的擺動，找尋內褲的線條。

他從小學時代就是如此。上課的時候，他會一直幻想和隔壁座位的女生牽手，想把她的手拉過來，和她臉頰相貼磨蹭，然後親吻她。他熱愛看奧運轉播，最大的理由不是對紀錄或金牌感興趣，而是受到裹在緊身制服底下的神祕軀體所吸引。

他在青春期經常作夢。不是睡覺時作的夢，而是躺在床上睡著之前的胡思亂想。在不久的將來，地球上的男人除了他以外都死光了，全世界的女人都任他挑選，他可以在躺成一片的女體上打滾，撫摸她們柔軟滑嫩的肌膚，聞她們，咬她們，在她們身上發射精液，蓋著肉蒲團而眠，醒來以後又再游進新的女體海洋……他也會幻想剝光班上女生或上學途中看到的外校女生，每晚下半身都興奮得發燙。

到後來，幻想已經無法滿足他，所以他開始和活生生的女人交往，但他想要的只是活生生的肉體，愛人或被愛都令他很不耐煩，他不想勉強培養相同的興趣，對方當然也看得出他的態度，所以第一個女友只交往兩個月就吹了，後來他又和幾個人交往過，甚至結了一次婚，最後都是因為無愛的性而導致分手。在這段和女性交往的日子裡，他最受不了的是為了上床還得關切藝人的八卦、陪看無聊的愛情電影，或是假裝很有同理心地傾聽她們職場上的煩惱，而且每次分手都要上演毫無建設性的鬧劇，也漸漸令他失去了再找對象的意願，所以最後他又回到了幻想的世界。在那個世界裡不需要無意義的交往過程，不用擔心被甩，喜歡哪個女人都可以立即擁有，而且再怎麼猥褻的要求她們都會服從。

他偶爾也會擔心，其他男人都是怎麼想的？只有他一個人認為女人不過是性對象嗎？

「我和別人不一樣！我和別人不一樣！」

他還曾經模仿安德烈・紀德《如果麥子不死》這樣大喊。

不過，他異常的天性從外表一點都看不出來。

他是高中老師，而且位居副校長。五年前他被挖角來這間高中教書，那時他四十三歲。副校長室裡還掛著兩幅獎狀，他確實是個出色的教育家。

這所高中是男女合校，但女生的比例較高，這裡原本是女校，在少子化的影響之下不得不大幅改變教育理念，校方聘請他來當副校長也是為了重新出發。

他每天早上站在校門口，以爽朗的笑容和完美的男中音向學生們道早安，一邊品評著女學生深藍色襪子內的小腿。他陪學生去社服機構進行志工實習時，也一直欣賞著她們白T恤底下若隱若現的胸罩，或因偶爾從她們的袖口中窺見腋下而眼睛發亮。可是他絕對不會染指學生，他跟她們的肢體接觸頂多只是拍拍肩膀，他能擁有今日的地位，就是因為他懂得控制自己的慾望。

他在校外同樣律己甚嚴，在教職員聚餐時他不會摟女老師的腰，看到校長有性騷擾的行為他還會毫不留情地喝止，喝醉之後也不會在電車上當色狼。他絕不脫下聖人的面具，只是偷偷地用目光侵犯女性。

不是沒有人質疑過，他都到了這種年紀，又有地位，為什麼還是孤家寡人？但學生之間頂多是謠傳副校長嗜好男色，他對這些謠言只能報以苦笑，然後繼續在幻想之中剝光那些女學生和女老師。

他是個批著君子外皮的野獸，他最引以為傲的就是能自由駕馭表裡兩張面孔。

但得意過頭總是會忘形，後來他會墜入那恐怖事件的深淵，或許該說是必然的結果吧。

2

校園中能提供他幻想的題材確實不少，但他對高中女生並沒有多大興趣。

他年紀也不小了，這不是說他性慾減弱，而是他欣賞的對象改變了。他年歲漸增，但學生每年換一批，都是同樣的年紀，不知不覺間，他和學生的年齡差距已經變得像父女了。有不少人年過花甲還是喜歡追在國高中生的屁股後面，他在這方面倒是很正常，他的喜好會隨著年齡改變，剛當上老師時他把三四十歲的女性都視為老太婆，絕不會讓她們進入幻想的一角，但如今也越來越欣賞她們的嫵媚了。

現在他最中意的情人（當然是在性幻想裡）是芝原由貴。

某天去上野開會，結束後他不打算再回學校，所以先在谷根千（註8）散步。他有異

8　谷中、根津、千駄木一帶。

常的性癖好，但還不至於一年三百六十五天、一天二十四小時都在性幻想，他也有一項健全的興趣，就是散步。他在散步時不只是走路，還會在路標或門牌上找尋住址更新實施之後消失的舊町名，把收集到的照片隨同註解上傳部落格，這件事他已經做了十年。現在他身為副校長，不用站上講臺，其實他原本是地理歷史老師。

這天他經過了如今已廢棄的博物館動物園站，穿過東京藝術大學，走在上野櫻木的巷弄之間。從這一區到更遠的谷中、根津、千駄木，因為逃過了震災和戰火的摧殘，仍然遺留著昭和時代的景色。

經過寺廟綠蔭和民宅木門，走下三崎坂後，路邊有一間洋派住宅，那是大正至昭和初年流行的建築樣式。在日式民宅添加一些西式建築的元素，在當時是非常時髦的。

這是一間由民宅改裝而成的店鋪，拉開玄關的拉門，像是拆掉了隔間的寬敞室內擺著櫃子和檯子，堆放著很多餐具和雜貨。店門口掛著心形招牌，淡粉紅的底色上寫著〈RAKKAUS〉。

他走進這間店不是因為想買馬克杯，也不是被這裡的北歐風格吸引，他感興趣的事多半都跟女人有關。

——她的臉色白皙，但我從沒看過這麼迷人的白。如果這世上真的有美人魚，肌膚一定像她一樣晶瑩剔透。她的臉型是古典的瓜子臉，眉毛、口鼻、頸項、肩膀，各處的曲線都是那樣地纖細優美、弱不禁風，正如以前的小說家所形容的，夢幻得彷彿一碰就會消失。直到今日，我仍無法忘懷她的纖長睫毛及迷濛眼神……

他看見她在和一位老婦人說話，腦中頓時浮現三十年來最喜歡的小說的一段文字。她的白皙皮膚和柔媚容貌完全符合書中的敘述，她盤起的頭髮也令人想起梳了丸髻來凸顯後頸曲線的「小山田靜子」。

他假裝在確認毛巾的觸感和琺瑯鍋的重量，拖到老婦人結帳離開之後，就去找小山田靜子搭訕。

「RAKKAUS 是芬蘭語的『愛』吧？」

「你懂得真多。」

靜子頓時睜大眼睛，然後瞇著眼露出微笑。她那長睫毛的曲線優美得像是人工製造的，但又沒有假睫毛那麼厚，想必是真的睫毛。

「我去過芬蘭一次，不過只是待在赫爾辛基。」

他說起謊來眼睛都不眨一下，其實他只是在等其他客人離開時用翻譯APP查過。

「真羨慕你，我明明開這種店，卻從沒去過瑞典或丹麥。」

「妳開的是北歐家庭用品的選貨店嗎？」

「是的，一個月前才剛開幕。」

「難怪我覺得以前好像沒有見過。」

「你住在附近嗎？」

「我喜歡逛街，這一帶很有氣氛，所以我有時間就會來逛，在部落格也常常提到。」
「你有部落格啊？請把標題告訴我，我來搜尋看看。」
「不不不，只是像日記一樣的東西。」
「我最近也開始寫日記了，希望可以參考看看。」
「聽妳這麼說，我更不好意思拿出來了。」
他苦笑著說。
「那也是北歐風格吧？淡綠的色調，葉子的圖案。是陶瓷做的嗎？」
他指著在靜子胸前搖晃的墜子。那是稜角磨圓的正方形，到處鑲著色彩繽紛的圓形玻璃。
「啊，這個不是啦。」
靜子像是要遮住墜子似地搖搖手。
「我真是不懂裝懂。」
他爽朗地笑著抓頭，靜子也笑著回答「沒有啦」。她笑起來時露出虎牙的模樣也和那個小說女主角一模一樣。
「我們會隨時介紹新進的商品，請來 follow 喔。」
他接過了宣傳開幕的明信片，上面印了 Twitter 的二維條碼，文末以漂亮的草書簽了「芝原由貴」。

後來他只要有空就會來到 RAKKAUS。或許是客人之中比較少見單身的中年男人，由貴很快就記住他了。其實他不是個捧場的客人，頂多只會買買便條紙之類的東西，但由貴不知道他是為了記清她的模樣好用來性幻想，總是笑臉以對。

兩個月之後的某天，他明明不打算買卻假意要由貴介紹 Lisa Larson 的陶藝新作品，當他正從三十公分的近距離感受她的溫暖氣息及甜蜜香味來搜集性幻想的題材時，突然注意到櫃臺內的垃圾桶裡有一樣特別的東西。

「妳的書掉了喔。」

他伸手指著，由貴轉頭一看，馬上轉回來搖著頭說：

「沒關係。」

「那是書嗎？是文庫本吧？」

封面露出一半，他看見作者的名字是「江戶川亂步」。

「就是不要才丟掉的，這本書很嚇人。」

「台東區沒有垃圾分類嗎？」

「沒關係。」

由貴的表情和聲音都變得越來越不高興。

「可以讓我看看嗎？」

在他的請求之下，由貴皺著眉頭抱起垃圾桶，他撿起文庫本，翻到目錄頁。

「會很嚇人嗎？說到亂步的書的確會讓人想到色情和獵奇，但這本書收錄的都不是那一類的作品啊，這篇《旋轉木馬》的文學價值也很高。」

接著他翻到版權頁。

「這本短篇集已經絕版了耶，而且是初版。」

「你想要的話可以帶走。」

「這麼貴重的東西我不能收。」

「那就放回來吧。」

由貴拍拍垃圾桶說。真是進退維谷。他把書放在櫃臺上，轉身走向店鋪底端的貨物架，拿了一個像不倒翁一樣圓滾滾的貓頭鷹擺飾回到櫃臺。

「不好意思，我的態度不太好。」

由貴低頭道歉。

「不會，是我多嘴了。我要買這個。」

他把貓頭鷹擺飾放在櫃臺上。

「你不需要這麼客氣。」

「我前天才來過，今天又來就是為了買這個。因為上次沒有買，我昨天都後悔到沒心情工作了。」

他又隨口扯謊來緩和氣氛。由貴感激地露出笑容，從背後的壁櫥取出盒子，將擺飾用紙包好。包裝到一半，她突然停下動作，開口問道：

「老師看過這本書嗎？」

他之前若無其事地提過自己的職業，之所以告訴她，是想要利用自己的地位取信於人、打開對方的心防。

「這本書我是第一次看到，不過亂步的作品我幾乎全都讀過。」

「《屋頂裡的散步者》也讀過嗎？」

「當然，那是亂步的代表作。」

「《屋頂裡的散步者》真的有可能發生嗎？」

「啊？」

「我指的是在天花板上偷窺別人。」

「只是問能不能做到的話，應該是做得到的，不過現實中沒人會做這種事吧。偷窺還好，但殺人的方法太隨便了。」

「就是說啊。」

由貴微微點頭，手又繼續動起來。

「不用包裝，這是要放在家裡的。」

由貴用膠帶貼住紙盒的蓋子，直接放進塑膠袋，他把萬元鈔放在結帳盤上，由貴說了「謝謝」找回兩百八十元之後，又問了奇怪的問題。

「老師也讀過《活人椅子》嗎?」

「是啊，那也是代表作。」

「人真的可以躲進椅子裡嗎?」

「如果椅子夠大也夠堅固，是有這個可能。如果不是書中那種單人扶手椅，而是三人座的長椅，躲起來會更容易，像是用仰躺或側躺的姿勢。《黑蜥蜴》這篇故事裡也寫了類似的情節。」

「是嗎……」

由貴垂下眼簾，一臉不安地按住胸前的墜子。

「怎麼了?妳想躲進椅子去嚇誰嗎?」

他開玩笑地說道。

「剛好相反。」

「相反?」

「老師，你現在有時間嗎?」

由貴抬起頭來，眼眶似乎濕潤了。

「呃，有啊。」

「我有東西想請你看看。」

由貴離開櫃檯，走到店門口，拉上了平時保持敞開的紙門，然後按牆上的開關熄掉天花板的燈，只留下櫃臺旁的一盞螢光燈，在陰暗中能聽見喀喀的腳步聲走回來。他經常幻想這種場景，但發生在現實生活更令他興奮。

「就是這個。」

由貴拿出平板手機放在櫃臺上。

〈從我生命中偷走愛情的由貴小姐，我終於找到妳了。〉

他的眼前出現了這充滿文藝風格的句子。

「這是Twitter？」

他看過這種文字版面。

「是的。這不是推文，而是私訊，傳給我們店裡的帳號。」

看到發訊者的名字，他呻吟般地喃喃說道：

「大江春泥……」

「他後來又傳來了這些。」

由貴操作著平板手機，列出全部的訊息。

〈我從上野車站尾隨妳到RAKKAUS，聽見妳最近剛開了這間店。〉

〈由貴小姐，妳或許早已忘了我，但我從來都不曾忘記妳。〉

〈被妳拋棄是多麼地痛苦啊。我傷心欲絕，還曾在下著滂沱大雨的夜晚在妳家門前徘徊。但我的愛火越熾烈，妳的心就越冰冷，處處避著我，甚至一走了之。〉

〈由貴小姐，妳知道被情人拋棄是什麼感覺嗎？從苦悶到悲傷，從悲傷到怨恨，恨意越積越多，就成了復仇的執念。〉

〈可是妳既已消失，我因無處洩憤而得了周期性嘔吐，過著痛不欲生的日子。所以在上野車站偶然見到妳時，我真心相信這是神佛的庇祐，連神明也在指引我去復仇。〉

〈妳是否想像著會遭到怎樣的報復而渾身顫抖呢？讓妳生活在擔心害怕之中也是復仇的一部分，但這不只是恐嚇，計畫的核心將會逐漸明朗。〉

〈或者由貴小姐看得笑出來了呢？妳大概以為我在發神經，直接刪除訊息。那也無所謂，等到事情發生，妳就會留下悔恨的淚水。或許到時連眼淚都流不出來。〉

「他每天都傳訊息給妳嗎？」

他問道。

「不，這些大概是十分鐘之內一口氣傳來的，可能是先寫好文章再分成幾次傳送。我對大江春泥這個名字沒有印象，而且訊息內容很可怕，所以我打算封鎖這個人的私訊。」

「很明智的判斷。」

「但是陌生人的私訊沒辦法個別封鎖，我也可以設定成粉絲以外的私訊全部封鎖，但是這樣就不能和客人聯絡了，其實還有E-mail這個管道，但是現在很多人不用E-mail，所以關閉Twitter對店裡的營業很不方便。」

Twitter的私訊功能不是公開的發言，而是別人無法看見的一對一交談，和電子郵件差不多。

「還有一個方法，如果對方是我follow的人，可以只封鎖他一個人的私訊，所以只要follow大江春泥這個人，再申請封鎖私訊，以後就不會再收到他傳來的訊息了。可是，就算只是個形式，我也不想要follow這麼可怕的人，而且他被封鎖之後可能會惱羞成怒，我怕他會散布謠言中傷這間店。」

「妳很關心店裡的生意呢。」

「所以我決定置之不理，人家都說對付網路謠言最好的方法就是別管它。後來都沒有再收到私訊，我想大概只是惡作劇吧，終於可以放心了，結果上週卻收到這個。」

由貴指著放在櫃臺邊緣的江戶川亂步短篇集。

「收到？是包裹嗎？」

「是的。我打開一看，裡面放的不是信，而是文庫本，我覺得很奇怪，看看寄件人，結果竟然是那個名字……」

「大江春泥？」

「是的。」

「地址呢？」

「沒有地址，只寫了寄件人姓名。書裡夾著兩張書籤，已經被我拿掉了，就是這篇和這篇。」

由貴的纖纖細指翻開書中兩處，那是「屋頂裡的散步者」和「活人椅子」。

「我以前讀過這兩篇作品，所以翻了幾頁就能想起故事的情節。但是我不明白他寄這東西給我有什麼用意，只覺得很恐怖，就丟著不管了。後來什麼都沒有發生，我就把這件事忘了，但今天早上去看 Twitter 時……」

由貴操作平板手機，然後把畫面轉向我。上面是大江春泥傳來的私訊。

〈五月十三日，晚上七點後，三個女客人進來，逛了十分鐘，什麼都沒買就走了。後來都沒有客人，七點半打烊。〉

〈算帳到七點四十五分，打包郵購貨物到八點十五分，在電腦上訂貨到八點四十五分。在此期間，室內電話和手機各有一通來電。〉

〈訂完貨之後關燈離開，但九點半又回到店裡。之前穿的碎花圖案洋裝換成了上身深藍下身粉紅的居家服，頭髮綁成馬尾。〉

〈開了紅酒，倒在 Riedel 酒杯裡，在躺椅上一邊玩手機一邊喝酒。喝到第三杯時開始打瞌睡。〉

〈手機掉在地上，驚醒。檢查手機有沒有損傷。發現地板上有刮痕。十點五十分，帶著剩下半瓶酒和酒杯離開。〉

〈由貴小姐，黑皮諾紅酒配上球狀的勃艮第酒杯會更有味道喔。〉

「十三日就是昨天嘛。難道妳打烊後就在這裡喝酒嗎？」

他語帶調侃地說。
「就是這樣。」
由貴用雙手摀著嘴。
「真的假的？」
「真的。我很高興開了這間店，所以經常在這裡喝紅酒。店裡的商品都是挑選我自己喜歡的東西而採購的，在這些東西的圍繞下喝酒是我最大的享受。不用配魚子醬或米莫雷特起司，店裡面也可以睡，所以我很放心地喝醉了。」
「所以那是怎麼回事？大江春泥昨晚跑來偷看嗎？從哪裡？這裡又沒有窗子。」
「以前有窗子，但是裝潢之後就沒有了。」
「這裡的門又不是玻璃門，老房子可能有點縫隙，但是能看到的範圍一定很窄。」
「我也想過這點，還試著從外面窺視，門上真的有一條縫隙，可是看不到櫃臺周遭，也看不到椅子。」
她說的椅子是指放在貨物架之間的躺椅。那是一張古董椅，價格標示的是「內洽」，不過那應該不是商品，而是擺來當裝潢的。
「除了昨晚以外，妳常在這裡喝酒嗎？」
他這麼一問，由貴就點點頭。
「如果大江春泥知道這點，就算他只是隨便寫寫看起來也會像真的一樣，打烊之後算帳和管理貨物都很正常，任誰都想像得出來。」

由貴搖頭反對，她走到躺椅旁邊蹲下來，地上有個小小的凹痕。

「這是被平板手機的尖角撞凹的。光靠想像怎麼可能寫得出這件事？紅酒和酒杯也是，我用的確實是瘦長型的波爾多酒杯。」

他輕輕點頭，沒再答話。

「如果他不是親眼看到的話，不可能會知道這些事。他是從哪裡看到的？想到這裡，我突然發現一件事。」

由貴的手指向櫃臺，放在那裡的是收錄了「屋頂裡的散步者」和「活人椅子」的文庫本。

「不會吧。」

他沒有抬頭，只有眼睛往上瞄。

「我也覺得這個念頭太荒謬，但我想不到其他的可能。你想得出來嗎？我被偷窺是千真萬確的。」

由貴煩惱地歪著頭。

「不會是這裡吧？」

他按按躺椅的椅面和靠背，摸到了內襯的觸感。椅面和靠背確實很厚，但椅子腳很細，還是木製的，人應該沒辦法躲進去。

「我或許只是神經過敏，收到江戶川亂步的書，看到『屋頂裡的散步者』和『活人椅子』夾著書籤，就以為那是在預告我也會發生同樣的事，可是真的有人在監視我的行動啊。」

由貴的雙手抱著自己的肩膀。

「妳先冷靜一點。想從天花板或椅子裡偷窺，可不像從窗戶門縫偷窺那麼簡單，不但要費很多工夫，被發現的危險性也更高，這不是隨隨便便就能做到的事，一定是有什麼深仇大恨，才有動力去做這種事。妳想得到有誰對妳這麼恨之入骨嗎？」

「完全想不到。」

「就是啊。對方只是迂迴地用私訊和小說來整人吧。」

「但我今天早上看到訊息後，很認真地試著回憶，想起了以前幾次分手的經驗，有的是被人甩，有的是自己主動分手，雖然情況都不同，但沒有哪次分手是不難受的。其中有一次最嚴重，因為那段往事太痛，我一直把它鎖在心底深處，所以沒有立刻想起來。」

「妳懷疑是這個人嗎？」

他顯得很驚訝。

「我在國中高中都加入了排球社，高中時曾經和小我一屆、在社團當公關的學妹交往過。」

「和女生？」

「是的，她在情人節向我告白了。現在想想，我當時一定是發神經，才會和女生交往。」

由貴很不好意思地按著自己的臉頰。

「這也沒什麼吧。」

在他現在工作的高中及以前教書的高中，都有一些女學生像明星一樣，擁有很多同性的愛慕者。

「我們雖然不同屆卻都一起吃午飯，手牽著手回家，不管旁人眼光卿卿我我。或許是我們看起來很要好，所以沒有人嫉妒或說閒話，連老師們都喜歡揶揄我們、溫暖地看顧著我們。但是有一天，我發現自己其實一點都不愛伽耶子。伽耶子是這個學妹的名字，她叫月田伽耶子。

只要有人追求，就算那不是自己喜歡的人，也會覺得很開心吧，心裡頭會感到暖洋洋的，好像自己很有魅力似的。我就是這樣高興得昏了頭，才開始跟她談戀愛，但是時間一久，清醒過來以後，才突然懷疑自己為什麼要跟這個人交往，而且那還是個女生。

既然發覺了，就沒辦法再自欺欺人。我努力說服自己，或許交往久了就會愛上她，又繼續跟她交往了一段時間，但我一點戀愛的感覺都沒有，要假裝喜歡她也讓我覺得壓力很大。

我實在撐不下去，終於向她提出分手。但是我太膽小，我不想傷害她，也不希望自己受傷，不敢說出真正的想法，只找了一個冠冕堂皇的理由，說我現在得認真準備聯考。伽耶子不能接受，她說繼續交往反而有助於撐過沉重的課業。我已經說了謊，事到如今要說實話就更難了，只能拚命找理由，說我無法集中精神，因為我意志太薄弱，一定要斬斷後路才行。上午的課堂結束後，她都會來找我一起吃午飯，我還得趕緊躲進廁所以免被她找到。這就像是時下常聽到的『廁所飯』吧。（註9）

我越是躲她，她越是拚命追著我，或許是因為不甘心吧。我早上出門，會發現她站在第一個路口，我假裝沒看見，騎著自行車到學校後，又發現鞋櫃裡放了寫滿甜言蜜語的情書，社團活動結束後，我換好衣服走出體育館，她還是堅定地站在校門口等我。

這些事讓我身心俱疲，我只好對伽耶子說出真話——我不喜歡妳，我一跟妳牽手就會反胃。你知道說出這些話需要多大的決心嗎？而她竟然一笑置之，說我是在騙自己，對這種人不管再怎麼解釋都沒用的。半夜我為了轉換心情，拿著班上的壞學生給的香菸走上陽臺，竟然看見她沒有撐傘站在細雨中，仰望著我的房間。幸好那個時代的高中生還沒有手機，她沒辦法用電話或簡訊糾纏我，即使如此，我還是疲於應付，成績也跟著一落千丈。

我的父親是工程師，那時他剛好要去馬來西亞建造煉油廠，等於是給了我一根救命

9 日本近年出現了因害怕一個人吃飯而躲在廁所用餐的社會現象。

的稻草。母親本來希望父親自己一個人去，但我說服她『在國外住過的經驗對將來很有幫助』，最後我們全家搬到馬來西亞，我也因此逃離了伽耶子的糾纏。她只是高中生，再怎麼樣也不可能追到國外。後來她不知從哪查到了我的地址，幾乎每天寄來充滿遺憾與怨恨的航空信，但一個月左右就停止了。活在撥接上網的時代真的是太好了。

從小到大，我被分手對象怨恨的經驗只有那一次。或許她真的很想殺掉逃到國外的我，她在航空信裡也寫過類似的話。如果問我想得到誰有會做這種事，我只想得到她……

不過，那已經是二十年前的事了。說起恨我的人只有月田伽耶子，可是想到事情都過了這麼久，我又覺得不可能是她。」

由貴按著曲線優美的額頭嘆氣。

「時間會讓人忘了過去，但是很長的時間反而會讓人想起過去。說不定就是因為已經過了二十年才讓人怨恨吧。」

聽他這麼說，由貴皺起她那對漂亮的眉毛。

「我以前工作的學校裡發生過一件事，有一個學生在畢業三十年後才去找以前欺負過他的人報仇。對方在畢業之後沒有再欺負他，甚至也沒有再見過面，但他突然去到對方的職場刺殺那人。聽說加害者是因為被裁員，對未來已經不抱希望。他不是在工作場所碰到以前欺負過自己的同學，而是因為遭到了不幸，回首從前反省自己在哪裡做錯了選擇時，想起高中時代被欺負的事，就開始怪罪那段黑暗的過去。如果他是在二十幾歲的時候失業，應該不會遷怒那麼久以前的事，因為還年輕，還有機會東山再起，但是上了年紀才遭遇挫折就沒有這個機會了，想法也會比較消極。

妳在排球社的公關女友大概也一樣吧，她高中時雖然對妳很執著，但是過了一段時間，就把妳的事給忘了，直到最近碰上一些不幸的事，譬如離婚，或是身體出了嚴重的問題，此時剛好又得知了以前甩掉她的人開了一間北歐風格的精品店，這讓她很不愉快，於是開始想辦法攻擊妳。

RAKKAUS會在網路上宣傳，店家介紹裡面有妳的名字，妳也經常把自己的照片貼在Twitter上，她若是看到這些資訊，就算已經二十年不見，她也一定認得出這是她喜歡過的人。」

由貴十分認同，在他說這番話時頻頻點頭。

「但是還有一件事沒搞清楚，她是用什麼方法來監視妳的行動呢？要躲進這張躺椅，就算是嬌小的女性都辦不到，躲在天花板上還比較有可能。但是以常理而論，那樣也很奇怪，因為天花板的入口在屋內，想要躲到天花板上，就必須先進到屋內。難道妳都不鎖門嗎？妳會把備用鑰匙藏在花盆下或信箱這些尋常的地方嗎？難道伽耶子學過開鎖嗎？

這棟房子是最近才裝修成店鋪兼住宅的吧，在施工的時候可以自由進出，她會不會是從那時就躲進天花板上，像老鼠一樣住在裡面呢？難道她是趁妳不在店裡的時候才去上廁所，在妳睡著時去便利商店採買糧食？唔，怎麼想都不可能吧。她從施工的時候就知道妳要搬進來，在這裡營業嗎？從最初收到的訊息來看，她是在店鋪開張之後才遇見妳的，難道她是為了隱瞞自己從開張前就潛入屋內而說謊嗎？

唔，會有這種事嗎？我怎麼想都不覺得有人可以在天花板上躲幾個月，不過她的仇恨如果真的那麼深，說不定還是辦得到。」

他盤著雙臂思考時，突然聽見喀噠喀噠的聲音，是從店門口傳來的。兩人面面相覷。

「我去看看。」

他制止了害怕的由貴，自己走向門口。拉門發出聲音。似乎有人在外面。

「請問你是哪位？」

他問道。

「我才要問你是誰咧。由貴呢？」

一個男人的聲音回答。

「是，我來了。」

由貴慌張地走來，打開門鎖。一張大臉冒出來，有位中年男子走進店裡。他穿著條紋西裝，頭戴軟氈帽，打扮得很有個人風格。

「你是誰？」

對方摘下帽子，用銳利的眼神瞪著他。那人有著和尚般的禿頭、粗眉、大鬍子，看起來威嚴十足。

「是客人。」

由貴回答。

「客人？打烊的時間都過了。」

「不好意思，是我一直問東問西的才拖到這麼晚。」

他抓著頭說。那男人嚴肅地望著由貴。

「為什麼鎖著門？」

「那是、那是因為我一邊準備打烊一邊說話，不知不覺地就把門鎖起來了。」

由貴露出苦笑。

「叨擾了。」

他拿起裝了擺飾的塑膠袋在臉邊搖晃，像是在展示給那男人看。由貴將雙手疊在腹部，說著「謝謝光臨」深深鞠躬。直到最後，那男人都用爬蟲類般的銳利眼神盯著他。

3

週六不用去學校，中午剛過他就去了RAKKAUS。由貴穿的是寬袖上衣配寬管褲的清爽裝扮，頭髮披垂在肩上。

「上次真是抱歉。」

「不會，我像逃跑一樣地走掉才該道歉，妳跟丈夫解開誤會了嗎？」

「算是吧，不過他不是我的丈夫。」

「不是嗎？」

「那是田端先生，只是經常關照這間店的人。」

由貴說話時撇開了視線，這害羞的態度讓他看出了田端先生不只是她的金主，還是她的情人。

「關於妳被威脅的事，田端先生怎麼說？」

「沒有，我沒告訴他這件事。」

「咦？是嗎？」

「你上次看到他的態度，應該就知道他很會計較了，他聽到我過去的戀情會不高興，所以我從來沒有跟他說過我和伽耶子之間的事，現在就算想說也說不出口了……」

他心裡想著，她會和年紀相差這麼多、長相兇惡又蠻橫的男人在一起，那個人出手一定很闊綽。

「對了，妳看過江戶川亂步的『陰獸』嗎？這個故事沒有收錄在上次那本短篇集裡。」

「我對這個名字沒有印象，大概沒看過吧。」

「上次妳讓我看 Twitter 訊息、談起高中時代的時候，我就想到了這件事，回家重讀『陰獸』之後我才確定，那個恐嚇妳的人是在模仿『陰獸』。」

「什麼意思？」

「第一，恐嚇者的名字都是大江春泥。再來，動機同樣都是因為被拋棄而懷恨在心，方法同樣都是讓人漸漸感到害怕，恐嚇信的內容也都是讓人以為他躲在屋內監視。連妳的遭遇都和小說的人物很類似。」

「小說裡面的人受到恐嚇之後怎麼樣了？被殺死了嗎？」

由貴握緊項鍊墜子。

「沒有。」

「是嗎……」

由貴鬆了一口氣。

「小說裡的恐嚇者也是以前的情人嗎？」

「妳還是自己看吧。」

他從包包中拿出文庫本，由貴皺起眉頭，沒有接過去。

「妳害怕是正常的，但我覺得妳還是了解一下內容比較好，就當作是防範吧。」

他把書放在櫃臺上。

「為了防範，我也來調查一下天花板。雖然我覺得不太可能，但確認一下比較安心。」

他又從包包中取出大型LED手電筒。
「你要爬上去嗎？」
「只是拆掉一塊板子看看裡面而已。這支手電筒非常亮，應該可以照到每一個角落。」
「要拆哪邊呢？」
由貴抬頭看著天花板。
「一般都是壁櫥吧。妳可以帶我去看看嗎？」
「好。啊，可是我得先把棉被搬出來，可以等到打烊之後嗎？」
「如果又讓田端先生撞見應該不太好吧？所以我今天才會早一點來。」
「說的也是……」
「妳正在看店，所以只要讓我上得去就好了。如果沒辦法簡單地搬出來就算了，可以改天再做。」
五分鐘後由貴回來了，然後兩人一起走進臥室。為了小心起見，她先掛出休息中的牌子，然後關門上鎖。
三坪大的和室一角疊著棉被，壁櫥上層的左邊已經搬空了，天花板有一塊正方形的部分一看就知道可以拆開。
「上去看之前，先檢查一下這邊吧。」
他走到房間的另一端，然後請由貴幫忙，一起把靠在灰泥牆上的雙人沙發往前搬。

「如果裡面躲了人，搬起來不可能這麼輕。」

沙發的背面和底下都沒有被動過手腳的痕跡。

「我對學生也常常這樣說，如果有擔憂的事，最好的辦法就是像這樣按部就班地處理。」

他一邊把沙發搬回原位一邊講解，由貴聽得頻頻點頭。

他意識到這個女人現在非常依賴他，如果他現在握她的手，她一定不會拒絕，抱她或許也沒問題，就算是親她……

但他沒有付諸行動，不是因為膽小，而是因為扭曲的心態，他只會在幻想之中和芝原由貴做些不可告人的事，在現實中卻想和她維持清白的關係。

「妳可以回去店裡，我檢查完再向妳報告。」

他沒有碰由貴的一根手指就讓她走了，房間只剩他一人。

角落放著棉被，他一想到由貴每晚都和那個禿頭大叔在這棉被上辦事，心中的妒火就熊熊燃燒，妄想越演越烈。

他爬進壁櫥，謹慎地移開天花板以免灰塵掉落，把頭伸進洞裡，打開手電筒，LED特有的刺眼白光照亮了天花板內的角落。

「屋頂裡的散步者」的主角鄉田三郎把天花板上的梁木和椽木看成巨大蟒蛇的骨骼標本和鐘乳洞，但他沒有這種情趣，只是務實地想著這片黑暗空間既不透光又不通風，空氣潮濕且滿是塵埃，會不會害他的咽喉和肺生病。

裝潢頂多是半年前的事，灰塵卻已積得這麼多。在手電筒亮光的掃描之下，他看不出哪裡有腳印或手印。

他爬出壁櫥回到店裡，把手機裡的照片拿給一臉擔心的由貴看。

「上面沒有人，也沒有被人爬過的痕跡。我也確認過了，只有那個壁櫥裡有天花板的入口。『陰獸』裡的四合院也是從壁櫥爬上天花板，而且壁櫥沒有上鎖，要溜進去很簡單。但是妳的屋子沒有這種漏洞，不是誰都有辦法爬上天花板，所以我可以斷定，那些恐嚇只是惡作劇。」

由貴點頭回答「是這樣啊」，但她的臉色仍籠罩著陰影。

「如果這只是惡作劇，傳訊來的人就不一定是月田伽耶子了。或許是知道妳們關係的其他人覺得這樣很好玩，或是嫉妒妳開了自己的店，所以搞出這種把戲。最可疑的就是妳的高中同學，有誰知道妳們兩人的糾紛嗎？我知道這很不好受，但妳最好還是再回想一下當時的事。」

4

兩天之後，由貴通知他說大江春泥又傳來了恐嚇訊息。

學校的工作結束後，他直接去了RAKKAUS。這時沒有其他客人，他因為急著看訊息而走近櫃臺，由貴卻從櫃臺走出來。

「老師，我好怕。」

她突然抱住他。

一陣黑醋栗般的芳香在他的胸中擴散，那溫暖有彈性的肌膚觸感透過輕薄的上衣傳來，攀在他背上的手掌更是炙熱得難以形容！

體內的多巴胺如潮水般洶湧，他幾乎因這睽違已久的肉體快感而失控，但他還是克制住自己，像安慰孩子似地拍拍由貴的背和肩膀。

「總之先讓我看看吧。」

他輕輕推開那香豔的軀體，由貴不好意思地垂下長長的睫毛，撥著沒有一絲紊亂的頭髮轉過身去，她走進櫃臺，操作平板手機，把螢幕轉給他看。

〈由貴小姐，妳為了找到我還大張旗鼓地叫人來幫忙是吧，那煩惱焦躁的模樣真是惹人憐愛。〉

〈我就在這裡，妳沒看到嗎?我現在明明在妳身邊，就像影子一樣。妳向客人推薦杯子時、在裡面的房間梳頭時、走下團子坂買便當時，我都緊緊地跟在妳身邊。連妳的男人躺在妳腿上時也是。〉

〈妳的男人昨晚八點到十一點在這裡，兩個人吃壽司配冷酒，然後妳讓男人躺在妳腿

上，幫他挖耳朵。他睡著以後，妳拿坐墊讓他枕著，就去沙發上看雜誌。是一本叫V的時尚雜誌。〉

〈男人醒來之後，責怪妳沒有叫他起來，然後搭計程車離開。〉

〈太好了，如果看到床戲，我一定立刻跳出來，會做出什麼事連我自己都不知道。〉

〈由貴小姐，妳是屬於我的，我不能忍受其他人把妳抱在懷裡，偏偏還是那種醜男！妳的美麗都被他玷汙了。妳應該是更高貴的女人吧？〉

〈不要再惹我生氣了，只屬於我的由貴。〉

「如果再惹他生氣會怎麼樣？我會被殺掉嗎？」

他看完訊息抬起頭，由貴就用細若蚊鳴的聲音問道。她的瓜子臉比平時更白，或許只是因為她穿了深藍色的上衣吧。

「那只是一個惡意的玩笑。天花板上連一隻老鼠都沒有，也沒看到有人進去過的痕跡。沙發也沒有問題，他不可能對妳做什麼的。」

他笑著說。

「可是私訊寫的和昨晚發生的事一模一樣，我真的被偷窺了。」

由貴用雙手緊握著墜子。

「如果妳這麼擔心，我可以再檢查一次。」

距離打烊的時間還很久，但由貴又掛出休息牌子，鎖上了門，兩人一起去了臥室。

「請把棉被拿出來，今天我不只是看看，還要爬上去，說不定會找到通往外面的開口。」

他指揮由貴搬空壁櫥，自己蹲在沙發前面，按按椅面和椅背。

沙發看不出異狀，他站了起來，卻差點撞上由貴。由貴像幽靈一樣站在他身後，棉被還沒拿出來，連壁櫥的門都沒有拉開。

「怎麼了？」

他訝異地問道。

「我會被殺死嗎？」

她的臉上沒有表情，只有嘴脣輕輕動著。

「我都說了，不會有事的。」

他想走向壁櫥，由貴卻拉住他的手。

「真的不會有事嗎？」

「我現在就要去確認。」

「請肯定地告訴我絕對不會有事。」

由貴從正面抱住他。

「如果妳真的很擔心，我今晚就留下來看看情況吧。不，我不是說要和妳整晚待在一起，而是我來代替妳，我可以化妝、戴假髮。」

黑醋栗的香味讓他快要醉了。

「不用這麼麻煩，只要你現在斷言一句，說我不會有生命危險就好了。」

「我斷言有什麼用……」

「是你本人的話，應該可以斷言我會不會發生什麼事吧？」

他的喉頭發出咕嚕聲。就算遲鈍如他，也看得出事情不太對勁。

由貴仍然抱著他的脖子，嘴脣貼近他的耳邊。

「老師，你就是大江春泥吧？」

從外耳道傳來的震動和溫暖氣息如同心臟輸出的血液，瞬間流遍了他的體內，他全身發軟，幾乎站不穩。祕密被揭穿確實令他大感震驚，但光是如此還不至於讓他恍惚到這種程度。

「妳到底在說什麼？我在 Twitter 上用的是本名啊。」

被由貴全身緊貼的他故作冷靜地說道。

「只要用免費信箱另外申請一個帳號就行了。我都知道了。你為什麼要這樣做呢？你覺得嚇我很有趣嗎？或者是我們以前見過面，我對你做過什麼失禮的事惹你生氣了？」

由貴輕輕說道，嘴脣已經貼在他的耳上了。

「為什麼妳認為我是大江春泥？」

「我先前完全沒有想到，是看了今天早上的私訊才知道的。」

「妳找到攝影機了嗎？」

「啊啊，果然沒錯。前天你把我從店裡支開之後，就安裝了攝影機，對吧？」

「妳沒有找到攝影機嗎？」

「沒有，我又沒有去看天花板上面。」

「不是裝在天花板上，而是空調的出風口和扇葉之間，因為這季節不需要開冷氣或暖氣。」

「原來是這樣，想得真周到。那店裡是什麼時候裝的呢？你什麼時候一個人待在店裡了？」

這真是難得一見的景象，加害者和受害者抱在一塊兒，親密得像情侶在談情說愛一樣。

「我在其他的郵購商店買了和妳店裡一樣的商品，裡面裝了攝影機和手機電池，再拿來和妳店裡的商品替換。雖然可以錄影，但是錄影的耗電量太大，所以每分鐘拍一張照片，靠著4G網路傳送。我上次不是很難得地買了東西嗎？」

「貓頭鷹的擺飾？」

「是啊，那就是為了拿回攝影機而買的。」

「原來你不是喜歡我選購的商品。」

「我可沒那麼說喔。」

兩人的笑聲透過緊貼的身體共鳴著。

「如果恐嚇者是你，那我就能理解了。一開始的訊息寫得很籠統，好像對誰都說得通，那是因為你還不太清楚我的事，所以才寫得那麼抽象吧。」

「因為妳太美了，追求過妳的人少說有十幾二十個，裡面如果有一兩個是跟蹤狂也不奇怪，總之先隨便寫些話來試探看看。可是我對妳的戀愛經驗一無所知，所以沒辦法舉出具體理由來陳述恨意，但若寫得太籠統，可能會被當成惡作劇，為了讓恐嚇更真實，我只好在其他方面寫得更具體。」

「所以才裝了針孔攝影機吧。一開始我只覺得是惡作劇，但是看到自己在家裡做的事都被寫出來，我真的很害怕呢。」

「那就如我所願了。」

「嚇過我之後，你打算殺了我嗎？」

由貴把雙手搭在他的肩上，仰頭望著他的臉，烏溜溜的眼中泛出淚光。

「怎麼會呢？我是最近才認識妳的，和妳又無冤無仇，我也不是妳生意上的競爭對手。」

「那你為什麼要對我做出這麼過分的事？」

「或許只是想欺負喜歡的人吧。」

「像小學生一樣嗎？」

「不，我更……」

他把「更變態」這句話硬吞了回去。他恐嚇由貴不是為了讓她愛上他，而是看到她害怕的樣子就覺得興奮，經過性幻想的強化還會更加興奮，沒想到效果之大超乎他的預料，就忍不住越做越起勁了。

「別說這些了。由貴，請妳告訴我，為什麼妳會發現我是大江春泥？」

「因為恐嚇訊息。」

「我有提到會曝露身分的內容嗎？」

「裡面寫了月田伽耶子絕對不會寫的話。」

由貴又把手臂環繞在他的脖子上。

「可是我明明誤導過妳，說恐嚇者不一定是伽耶子，有可能是知道妳們關係的同學。」

「同學也不可能寫出那種話。」

「什麼話？」

「是什麼呢？」

「別吊我胃口了，快告訴我吧。」

「你投降了嗎？」

「我一點都想不出來。」

由貴的手再次從他的脖子上移到肩上，如深谷水潭般的雙眸筆直地注視著他。

「老師，你剛才說的話是真的嗎？你是因為喜歡我才欺負我？」

「是啊。」

他說完之後，由貴沒有再回應，只是嘴脣稍微動了一下。在片刻沉默中，兩人短暫地互相凝視。

「我好高興。」

由貴主動吻了他的嘴脣。

對於長期沉溺在幻想世界的他而言，這種刺激太強烈了。血液和神經傳導物質如怒濤般上湧，理性也沉入了無底深淵。

5

因那魔性的肉體而陷入瘋狂之後過了四天，下午五點半，他正在收拾準備回家，學校職員用內線電話通知他說有訪客。

一個穿西裝打領帶的中年男子走進了副校長室，後面還跟著一個圓臉盤髮，卻穿了完全不搭調的有跟休閒鞋的年輕女人。

「請問你知道台東區谷中有一間叫 RAKKAUS 的雜貨店嗎？」

男人拿出證件，自我介紹說是警視廳下谷警察署的鵜飼，然後便開門見山地問道。

他老實地回答「知道」。
「你知道店主芝原由貴死了嗎？」
「我在電視新聞上看到了。」
新聞上說她的男性友人發現她倒在店鋪裡的住處，立刻叫了救護車，但是她頭部受到重擊，在醫院裡不治身亡。
「五月十九日，你在RAKKAUS見過芝原由貴吧？」
他稍微皺起眉毛。
「十九日的晚上七點左右。」
他歪頭思考著說。
「這是你吧？」
姓今里的女刑警把平板手機拿到胸前，他一看就驚訝得挑起眉毛。螢幕上出現的是他的身影。
「還有這個，和這個。」
女刑警拖曳出其他照片，每一張照片都有他。他還在疑惑時，今里說：
「你知道Lifelog嗎？」（註10）

10 活動軌跡記錄器應用程式。

「是用來記錄日常生活和興趣的東西吧。」

「那就像日記一樣，也可以當作讀書筆記或旅行的記念相本。以前的記錄、整理、保存都需要親手操作，只有很勤奮的人會有這種習慣，到了數位時代有各種機器可以幫人做這些麻煩的工作，所以能保存更多資料。好比說，在膠卷相片的時代，沒有人會去拍拉麵店、咖啡廳或是美食的照片，但現在就不一樣了。這個程式可以自動記錄睡眠時間、體重、血壓、步數這些無趣的數字，並且對生活作息的安排提供建議。」

「是啊。」

他隨口附和著，但他完全不懂對方想說什麼。

「照片能記錄的不只是山光湖色或花草樹木這些東西。就算不做筆記，只要看攝影的日期時間，對照GPS資料就能得知攝影的地點，靠著人臉辨識技術，還能找出拍到特定人物的照片。即使沒有留下文章筆記，光是拍照就能在日後查出何時在哪裡和某人做了什麼。起床的照片、準備好早餐時的照片、對著鏡子化妝、走出家門、到達車站、在客滿電車上……像這樣拍下一天之中的各種時刻，就會變成一個人的行動記錄，每天持續做下去，就會變成一本日記。」

但是有一個困難的地方。雖然數位相機比傳統相機更輕巧，但也不會隨時拿在手上，有時想要拍照，等到拿出相機時已經錯過了按快門的時機，這種缺憾會讓記錄的價值減低，也會讓人越來越沒有興趣繼續做下去。

因此，相機又進一步地改良，輕巧到可以掛在身上，Lifelog 相機就這樣誕生了。它不只可以掛在身上，還可以每隔三十秒自動拍照，可說是近乎完美的行動記錄。」

今里操作著平板手機叫出另一張照片。螢幕上出現一個沒有稜角的正方形白色物體，和放在旁邊做對照的香菸相比，長寬只有濾嘴那麼長，厚度約一公分。他看到照片時，還漫不經心地想著表面上那個小圓孔應該是鏡頭吧，直到看見下一張照片，他才真的了解狀況。

「芝原由貴的身上也帶著 Lifelog 相機。有熟人透露，她覺得市面上的機種不好看，所以自己做了一些裝飾。」

螢幕上又出現了一個沒有稜角的正方形白色物體，厚度將近一公分，白底配上綠葉圖畫，到處貼了圓形的玻璃。

這是由貴一直戴在身上的項鍊墜子，看起來就像市面販售的北歐風格首飾，因為貼了很多圓形玻璃，所以他沒有發現其中一個是鏡頭。他現在終於明白，為什麼由貴就算換了服裝髮型也老是戴著同樣的首飾，不禁噗哧地笑出來。

「這是 Lifelog 相機拍到的照片。」

今里拖曳照片的力道大到幾乎敲破螢幕，大概是被他的笑容激怒了，但他並不是在嘲笑她，而是因為事情太諷刺而覺得好笑。他自以為聰明地利用自動攝影機控制由貴，殊不知對方也用相同的武器回敬了他。

手機又開始用幻燈片的方式播放他的照片。有的怒目橫眉，有的齜牙咧嘴，有的豎起中指，怎麼看都不像是尋常的聊天。還有一張照片是他張大嘴巴好像在吼叫、雙手向前伸出。

「每張照片都是五月十九日晚上七點左右拍的，從照片背景和GPS資料可以確定地點是芝原由貴的住處。芝原由貴的死亡推定也是在這個時間的這個地點。」

今里機械似地繼續操作手機，照片一張一張地掠過。這是靜止影像，沒有聲音，但是在他的腦海裡，那幾分鐘的事情就像影片一樣清晰地浮現眼前。當時那種天崩地裂、有如墜入萬丈深淵的衝擊，是他前所未有的體驗，將來想必也不會再有。

「是我做的。」

他爽快地認罪了。他有想過隱瞞，所以拿走了藏在空調中的攝影機，也擦掉了留在現場的指紋，但他其實早就看開，知道自己不可能一輩子隱瞞這件事。

「你推倒了芝原小姐吧？」

今里以譴責的語氣問道。

「應該吧，我也不太記得了。」

「明明是你自己做的事，怎麼會不記得？」

「我當時太激動了。」

此時他還置身事外地想著，這個年輕刑警一定是急於立功。

「你的動機是什麼？」

「動機……」

他不禁閉上眼睛。當時感受到的衝擊和絕望又浮現在他的腦海中，如同黑暗中的一道彩虹。

親吻良久之後，兩人仍緊抱著對方，由貴用指尖搔著他的耳朵，像在說睡前故事一樣地輕聲說道：

「有一條訊息是〈妳應該是更高貴的女人吧〉。」

「是啊，我打從心底這樣覺得，妳應該和配得上妳的男人在一起，不過我也不敢說自己就是配得上妳的男人。」

「無論是伽耶子或是以前的其他朋友，都不可能覺得我是『高貴的女人』，因為以前的我只是一個臭傢伙。」

他一時之間還聽不懂由貴在說什麼。

「我好不容易鼓起勇氣向伽耶子說出真話，說我喜歡的是男性，所以和女性交往很痛苦，她卻嗤之以鼻，說我只是想甩了她才編出這種彆腳的謊話，我又告訴伽耶子說我是跨性別女性，結果她還是不相信。所以她絕對不會說出那種把我當成女人的話。

我以前認識的人也絕對不會寫出〈只屬於我的由貴〉，由貴是我現在的名字，我本來的名字是良孝。」

「是因為感情糾紛？還是金錢糾紛？還是買賣紛爭？像你這樣有頭有臉的教育家和芝原由貴之間會有什麼問題？」

「今里，不用現在問吧。可以請你陪我們回警局一趟嗎？」

鵜飼制止了性急的年輕刑警，對他說道。

「可以給我一點時間嗎？我想給繼任的人寫一張備忘錄，還要給校方留個口信。」

「請便。」

鵜飼用手機和警察局聯絡，今里為了提防他湮滅證據，還一直站在桌邊監視他。

他偷偷瞟著女刑警，心想她的長相雖然有些抱歉，但那緊繃的西裝長褲所包覆的軀體還挺誘人的。在這種非常時期，他依然想著這些下流的事。

他只把女人視為性對象，是個無人能比的好色之徒。很合理地，他盯上了化身為一頭陰獸的芝原。

他對女人癡迷到無法自已，對男人卻毫無興趣，若是指性愛方面，更該說是厭惡。

因此他才會把芝原由貴當成髒東西似地用力推開。

從非人之戀開始的故事

【非人之戀】（原文《人でなしの恋》）

我嫁給了出身名門的美男子，婚禮半年之後，我卻感到不對勁，丈夫老是半夜偷偷溜出房間，跑進倉庫。某天我偷偷跟去看，竟聽見一對男女在倉庫裡情話綿綿。在嫉妒的驅使下，我等丈夫離開之後進去調查，但是倉庫裡空無一人，也找不到祕密通道……沉靜的短篇恐怖傑作。

1

真庭已經死了三年。

因為那件案子太過離奇，在當時鬧得沸沸揚揚，甚至榮登了搜尋關鍵字第一名，而如今還有多少人記得真庭一騎這個名字呢？人心真是太善變了。

不過，對當事人來說，無論過了三年或十年，時間永遠都停留在那一刻。我要怎樣才能忘記真庭呢？

我曾經試過忘記他，在那段時期，我從早到晚都在說服自己那不是真的，可是真庭還是出現在我的夢中，我無法逃離，最後只能死心，乖乖地為他祈求冥福。

話雖如此，最近我連他每個月的忌日都忘了，或許我心中的齒輪又慢慢地開始轉動了吧。

我們是在錦糸町的啤酒餐廳認識的，當時真庭是廚房的正職員工，而我是週三來打工的外場服務人員。在我們最火熱的時期，即使是工作中我們也以「阿騎」和「愛愛」互稱，主廚和店長還會經常訓話，叫我們要看看場合。結果結婚過了半年、一年，我們之間的互稱就變成「喂」和「你啊」，到底發生了什麼事呢？

不，我們什麼事都沒發生。還是情侶的時候，我們睡在各自的家裡，結婚只不過是住在一個屋簷下罷了，雖然只是個小小的改變，但我們的對話不知不覺地變成了「給我乖乖地做飯，臭女人」、「你怎麼不偶爾帶我出去吃個烤肉啊！沒用的傢伙」，人心的善變實在太奇妙，也太可怕了。

2

「Say cheese！太老套了嗎？那就 cheers！」

按下快門，拉回自拍棒，確認手機上的畫面。

「啊！眨眼了啦。再來一次，cheers！」

這次拍得很完美。以東京鐵塔為背景，阿騎和我緊貼在一起，兩人都笑得很燦爛。

六本木、澀谷、台場、橫濱……兩人的合照又添了一張。

阿騎高䠷的八頭身比例，在每張照片裡都很搶眼，而我只是一百四十五公分的小矮人，完全成了他的陪襯，這一點讓我有些不滿。

他有一雙尾端稍微下垂的細長眼睛，有人說過看起來好猥褻好討厭，但我只覺得看起來既柔和又順眼。他是日本傳統的美男子，撥開蓋到鼻尖的瀏海時，動作也很瀟灑自然，他總是穿著街頭風格的打扮，但和服應該也很適合，到了夏天就一起穿浴衣去看煙火大會吧。

我趁著氣氛熱烈時，鼓起勇氣拜託他讓我去他家玩，我們都交往三個月了，他卻從未邀請我去他家。阿騎老是打扮得很隨興，有時還會戴骷髏戒指或剃刀形的耳環，沒想到個性還挺保守的。

得到了阿騎的允許，下一個週末，我就去了他家。阿騎的住所在惠比壽高地某棟大樓的十二樓，那是有樓中樓的套房，窗外可以看到東京鐵塔，讓我非常驚訝。由於機會難得，我們把椅子搬到陽臺上，一邊喝氣泡酒一邊觀賞風景。

比薩送來以後我們才回到室內，甜點吃的是我買來的蛋糕，然後我們在六十吋的大電視上看電影，又玩了撲克牌。

玩到三勝三敗後，我又贏了一局，阿騎說道：

「我送妳去車站吧。」

咦？現在才十點耶。沒想到阿騎這麼老古板。難道他是玩輸了撲克牌而不高興嗎？當時我不覺得這有什麼大不了的，心想反正今天已經有了很大的進展，於是讓他牽著我的手走到車站，開朗地向他揮手道別。

不久之後，我又有機會去他十二樓的住處。我在澀谷的啤酒餐廳演出了醉酒的戲碼，喊著「好難受」、「走不動了」、「我沒辦法回家」、「讓我去休息嘛」，阿騎只好叫計程車帶我回他家。

阿騎讓我睡在樓中樓的床上，然後立刻轉身下樓，但我緊抱著他的雙腳不放，他只好一起躺在床上，右手伸到我的脖子下。

但是，之後什麼都沒發生。

我把臉靠在他的胸前，感受到他火熱的體溫和快馬奔騰般的心跳。

但我等了很久，都沒有事情發生。

我把頭靠在他的胸口，埋怨似地動著，結果他伸出左手，輕輕拍著我的背，簡直像在哄孩子睡覺。

我推開他的左手，把頭迅速地從他的胸前移到臉上，親吻他的嘴唇。這樣一點都不浪漫，但我沒有其他辦法了。

阿騎的左手又放到我的背後。我不想再讓他把我當成孩子，所以緊緊抱住他，用力親吻他，分開片刻，然後又含住他的下唇，嘴唇像生物一樣地蠕動。

我停了下來，把接下來的事交給他。雖然我是在藉酒裝瘋，但我確實喝了酒，所以後來的事都沒印象了。

醒來時，我發現自己從頭到腳都蓋著棉被，我在棉被裡摸索，卻沒有摸到阿騎的身體。我翻開棉被，還是一片漆黑，天大概還沒亮。

我猜想阿騎是去上廁所了，但是等了又等，他都沒有回來。我又猜他是去沖澡，但豎耳傾聽也沒聽見水聲。

雖然沒聽見水聲，卻聽見悉悉窣窣的說話聲，是從下方傳來的。我爬下床，從樓中樓的欄杆探出上身往下看，沒有看見阿騎的身影，卻聽到微弱的聲音，正下方還透出了一些亮光。

我雙手緊握欄杆，盡量往前傾，想要看清楚樓下的樣子，我的肚臍以上都垂直地掛在欄杆外，頭髮倒豎，很像恐怖電影會有的畫面。

我看到樓下的長椅，阿騎橫臥在上面。那裡只有他一個人，我卻聽到說話聲。他是在自言自語嗎？不，有兩個聲音，一個尖細一個低沉，像是一男一女在說悄悄話。他是用耳機在和女人講電話嗎？我凝神靜聽。

「差不多該回女友身邊了吧。」

尖細的聲音說道。

「她已經睡了，不用管她。」

低沉的聲音說道。

「這樣不太好，我覺得很對不起你的女友。」

「她才不是女友，只是認識的人。」

我的醉意和睡意頓時全消。

「可是你看起來和她很親密。」

「只是照顧一個醉鬼，總不能在這種大冷天把她丟在外面自己回來吧。」

倒吊的狀態已經讓我腦充血了，聽到這些話更是讓我屈辱得幾乎爆血管。而且，在這些殘酷的私語中，我又受到第二次衝擊。

「真實的女人太骯髒了，而且任性、貪心，臉皮又厚，我的女友就只有妳一個人。」

「真的嗎？」

「當然啊，像妳這麼單純的女孩要上哪找？妳是我最愛的人，命中注定的情人。」

「好高興喔！」

阿騎不是在和女人講電話。

他的懷中抱著一個娃娃，高度大概三十公分，有著鮮豔的髮色和誇張的髮型，好像是動畫人物的模型。

「我今天出去一整天，跟妳分開不知道有多寂寞。」

「詩詩也好寂寞喔，達令～」

「改天我們一起去旅行。」

「真的嗎？詩詩想要看雪。」

阿騎變換著聲音，分飾自己和娃娃兩個角色。他有娃娃已經讓我很震驚了，竟然還像四歲小女孩一樣，跟一隻不會說話的塑膠玩偶說話，而且他假扮女人的尖細聲音如同拙劣的腹語術，真是恐怖到無以復加。

真虧我沒有從欄杆摔下去，而且還能忍住不開口大罵。或許只是被嚇得無法動彈吧，我聽到一半就覺得意識恍惚了。

我是什麼時候回到床上的呢？天亮以後，我說了什麼話和阿騎道別呢？我只知道，等我回過神來已經在自己家裡了。

那是在作夢嗎？阿騎曾經透露過他對模型癡迷到這種地步嗎？不，沒有，他甚至沒有提過跟動畫有關的話題。

沒錯，那是夢，一定是在作夢。我只打算醉得恰到好處，結果卻緊張到真的喝醉了。

我發出笑聲，但鏡子反射出來的臉卻沒有笑意。

如果那不是作夢就太噁心了。阿騎會喜歡動畫或美少女模型讓我很意外，但我勉強還能接受。最噁心的他完全沉浸在那個角色中，把它當成有生命的東西。什麼詩詩啊！噁心死了！

除此之外，聽他說的話好像是不把活生生的女人放在眼中，在我面前卻又假裝對模型毫無興趣。太卑鄙了！太過分了！這不只是噁心，簡直是汙辱人嘛！

所以說，那個吻根本吻得心不甘情不願嗎？全身發熱也是演出來的嗎？因為不能坦承自己只愛模型，只好隨便找個女朋友來掩人耳目，而且被他隨便抓來的女人就是我。

我吃不下飯，整天不斷地嘆氣，家人關心我時我還大發脾氣，然後一直窩在床上。那到底是作夢還是現實？如果不先把這件事弄清楚，我什麼都不能做了。

我雖然害怕，還是傳了簡訊給阿騎。我沒勇氣直接問他，所以只寫了想要見面。

二十秒後我就收到了阿騎的回覆，是一個豎著姆指的笑臉。

在刺骨寒風中，我們並肩排隊一個小時吃了鬆餅，然後去遊樂中心，有一臺抓娃娃機的獎品是美少女模型，我向阿騎撒嬌，要他抓給我，他只是笑著說「那麼大的東西就算花一萬元也抓不到」，看不出有半點驚慌，也沒有滔滔不絕地談起模型或動畫。

後來我們去的雜貨店裡也有模型，我一個一個拿起來問他那是什麼角色，他有時歪著頭說不知道，有時回答得很快，反應很自然，即使我沒完沒了地發問，他也沒有露出不耐煩的表情。在表參道合照時，阿騎的笑容也沒有絲毫的厭煩，不管我怎麼看，他都和以前一模一樣，根本無法想像在那正常的外表下藏著迷戀模型的本性。

但是我心中的疙瘩一點都沒有消滅，在表參道拍的照片裡，我的笑容顯得很僵硬。

所以我後來又去了惠比壽，沒有事先告訴他，就在深夜裡突然跑去。

阿騎很驚訝，但他連一句「怎麼了」都沒問就打開大門讓我進去。

一二一三號室的門敞開了，我一看見阿騎的臉，就撲到他身上哭了起來。

「你是不是根本不喜歡我？」

我本來只是假哭，但是演著演著，和阿騎交往的回憶如同走馬燈一一浮現，結果真的掉淚了。淚腺一放鬆，我再也克制不住自己，默默垂淚變成了嗚咽，啜泣變成了號泣，全身顫抖不已。阿騎輕柔地抱住我，像在安撫孩子似的，默默地摸著我的背。

好不容易哭完，呼吸也平靜下來之後，我從他的懷裡退開。

「我的臉很難看吧？」

我知道自己的眼皮一定腫了。

「像熊貓一樣。」

「果然……」

「進去洗把臉吧。」

「光是用水洗不乾淨啦，你可不可以去便利商店幫我買卸妝慕斯。」

「啊？」

「我沒有想到會弄成這樣，所以沒有帶出來。」

「那是化妝品吧？要我去買嗎？」

「我頂著這張臉要怎麼出門嘛。那又不是內褲或生理用品，男人去買又沒關係。好嘛，拜託你嘛。」

「妳說那是卸妝什麼？哪一個牌子？」

「只要有卸妝兩個字就好，不管是卸妝慕斯、卸妝油、卸妝乳都行。哪一個牌子都無所謂。」

把阿騎趕出去之後，我脫掉鞋子走進屋內，當然是為了搜他的家。出門以前，我早就計畫好要假裝哭泣把妝抹花，藉此叫他去便利商店。

連找都不用找，我就發現娃娃了，那東西躺在長椅上。大概是我來得太突然，他才來不及藏起來。

那頭紫色的頭髮像蛇髮魔女美杜莎一樣亂翹，眼睛大到幾乎占據了半張臉，眼珠是藍色的，胸部和屁股鼓得彷彿塞了氣球，腰卻窄得像被老鼠啃過，兩隻腳細得像鉛筆，這分不清是胖是瘦的身體穿著高衩的韻律服，雙腿穿了膝上襪，全身的外漆都快磨光了，還沾上了疑似手垢的汙漬。

我用力揪起娃娃，用手指彈它的頭。

娃娃沒有尖叫，沒有眨眼，也沒有畏縮閃躲，更感覺不到體溫。一想到自己竟然輸給這種玩具，我又忍不住掉淚。

「去死！」

我喊出聲來，掐住娃娃的脖子。這東西比我想像的更硬，一點都沒有凹陷。但我還是不停大喊「去死去死」繼續使勁地掐，阻力突然消失，啵的一聲，娃娃的脖子斷掉了。

丹田裡有一股熱意湧上來。這份成就感更加強了我的狂熱，所以我又折斷了娃娃的左手，連右手和雙腳都扭斷了。

躺在我眼前的是壞掉的玩具，原先美少女模型的影子蕩然無存，如今那只是一堆骯髒的垃圾。

這麼一來這玩意兒就得不到阿騎的寵愛了，真是痛快。我把娃娃的軀幹丟在長椅上，四肢拋在屋內各處，頭部丟在地上，渾身舒坦地走出去。

我搭電梯到一樓，電梯門一開，就看見阿騎站在前面。他的眼睛瞪得很大，不知是因為我們兩人差點撞上，還是因為電梯中的人是我。我推開他走出電梯，筆直走向大門。

「妳的東西！」

阿騎一臉疑惑地搖了搖塑膠袋。

「不用管我，去擔心你的詩詩吧。趕快叫救護車或許還有救。」

我丟下這句話就走了。阿騎沒有追上來，回家的路上也沒有接到他震怒質問的電話。

大概是打擊太大了，真是活該。我雖然得意地笑了，但是看到他竟然這麼愛一個娃娃，我也受到很大的打擊。不管怎樣，都沒有我介入的餘地。

隔天，我因戀情結束的倦怠感一直窩在床上時，手機響了起來。

阿騎這個渾蛋，終於有精神來找我發飆了吧。還是說，他看到殘破的娃娃之後終於清醒了？如果他熱情地告白說「今後會好好對待真實活著的愛愛」，我要接受他嗎？

我懷著搖擺的心情望向螢幕，上面顯示著陌生的號碼。如果是阿騎打來的，畫面上應該會有他的名字和照片。

我一向不接沒有登記在通訊錄的號碼打來的電話，或許是因為某種預感，我還是接聽了這通電話。

是警察打來的。說是發現了阿騎的屍體，他被一條浴巾吊在自家的欄杆上。

親眼目睹阿騎和娃娃談情說愛的時候，我已經覺得是天崩地裂了，聽到他死亡消息的衝擊還比那時候大。只是因為深愛的娃娃被破壞，他竟傷心到跟著自盡。

喂喂？喂喂？聽到警察的聲音，我才回過神來。

「遺體身上的衣服口袋裡放著人偶的碎塊。不是拆開的零件，而是被折斷的。不確定破壞人偶的是他本人還是其他人，總之他是帶著這些東西自殺的。」

警察說或許是別人把東西放進他的口袋，這種行為似乎帶有惡意，因此也得考慮到仇殺的可能性，問我阿騎是不是跟人發生過什麼糾紛，還說要再調查他的手機紀錄。

不是的，警察先生，這不是挾怨報復的凶殺案，而是殉情事件，阿騎是為了追隨死去的情人才上吊自殺的。

如果我這麼說，警察會相信嗎？他們不理我就算了，要是氣得大罵該怎麼辦呢？所以我只回答「不知道」，就把電話掛斷。

之後我才開始覺得恐懼。

殺死阿騎的是我吧？因為我殺了他最愛的詩詩，他才會心碎地走上絕路。殺死她的是我。是我害死了阿騎。

她不是人，而是娃娃，就算法官要判我的罪，頂多只是毀損罪。如果有人因為盤子碎掉而絕望得自殺，打破盤子的人也不會因為害人自殺而被捕吧。

即使我不會被冠上殺人罪，阿騎被我害死卻是千真萬確的事。是我害死了阿騎。雖然沒有刑責，我還是會有罪惡感。我一輩子都得背著這個十字架活下去了。

3

「開什麼玩笑！」

我對著「Game Over」的畫面大罵，差點想把手機摔在地上。

我已經耗費一個月在〈愛的相簿♡〉這個遊戲上了。這是一款戀愛遊戲，可以從遊戲預設的角色之中選擇一人，和他談一場虛擬戀愛。

選擇不同的對話選項和圖片中的道具，會使兩人的關係變好或變差，繼而影響劇情的發展，得到各式各樣的結局。遊戲人物說的話不只是用文字顯示，還有真人配音，所以很容易就能融入情節。

更厲害的是，〈愛的相簿♡〉還運用了AR技術，能夠帶給人真實的虛擬體驗。

AR即是擴增實境（Augmented Reality），這種技術能把虛擬的資訊擴增到現實世界之中，譬如說，可以把手機鏡頭拍到的街景即時加上箭頭或文字訊息，在解說建築物或路線導航的時候更為方便，也有博物館和美術館引進這種技術，為遊客提供更先進的語音導覽。

〈愛的相簿♡〉結合了GPS的位置資訊，只要拿著正在進行遊戲的手機到特定地點，就會啟動AR功能，把遊戲人物的圖片合成在手機拍到的即時風景中，看起來就像虛構的角色出現在真實的世界。而且除了當場觀賞之外，還可以拍成照片保存下來，玩家在這些地點自拍會變成和遊戲人物的合影，如同情侶的紀念照。

能夠啟動AR功能的地點遍布日本全國各地，共有五百處以上。因為玩家必須親自到場才能啟動，千里迢迢地去拍照，感覺就像是情侶一起旅行。這種虛擬的紀念照不是競賽，只是遊戲附加的小樂趣，但網路上還是有不少人在炫耀自己拍了多少照片，或是跑遍了全國四十七都道府縣之類的。

我很喜歡戀愛遊戲，玩過的遊戲不勝枚舉。就算是玩遊戲，也不是想要怎樣就能怎樣，我甚至遇過在聖誕節將近時被好友搶走男友的壞結局，話雖如此，我還是無法接受這次的壞結局。

迷戀娃娃？自殺殉情？逼死他的人是我？就算是創新風格也不必做到這種地步吧？玩遊戲是為了擺脫日常生活的鬱悶，怎麼可以讓人越玩越鬱悶？何止是鬱悶，這根本是心靈創傷，如果我因此自殺了，你們負得起責任嗎？我一定會把這件事寫在遺書裡。

我很憤慨地寫了上萬字的抱怨信寄給遊戲開發公司和出版商，生氣地想著如果回覆不能讓我滿意我就要在網路上大罵。幾個小時以後，我收到一封開頭是「敬啟者」的回信，在一連串像是從商務書信範文集抄來的道歉語句之後，寫了「您經歷的故事情節非常罕見，遊戲發售三個月以來敝公司還是首次收到這樣的迴響，如果您能當作是抽到大獎，真是敝公司的萬幸。信中一併附上可抵遊戲費用的預付卡Pin碼，請您見諒」，總算讓我消了氣。

轉換心情之後，我又從頭玩起〈愛的相簿♡〉，為了找出上次失敗的癥結點，我這次還是選阿騎當情人候補。

遊戲中的時間過了兩個月，我們的關係已經親密到能一起旅行外宿了。這次阿騎的個性相當積極熱情，相簿也已經蒐集到了十幾張照片，戀情發展一帆風順。

沒想到，阿騎騎車載我的時候出了車禍，我只受到輕微擦傷，他卻陷入昏迷。而車禍的另一方因為有黑道份子當靠山，就把肇事責任推給我們，對我做了非常過分的要求，真是亂七八糟的劇情。

只要選錯一個選項又會碰上壞結局，我憂心忡忡地慎重思考接下來的行動，突然間，後腦感到一陣衝擊。

這不是因為遊戲中遭遇了打擊，而是在現實世界真實感受到的痛楚。我回頭一看，丈夫一騎居高臨下地瞪著我。

「你在叫我嗎？我沒聽見。」

「廢話，妳戴著這玩意兒怎麼聽得見？」

一騎把我頭上的耳機摘下。

「因為你在睡嘛，我怕吵到你。」

其實是因為耳機比劣質的手機喇叭聽得更清楚，更能享受遊戲人物的語音。

「妳應該知道我差不多要起床了吧？」

「我沒注意嘛。」

「妳看看妳，玩遊戲玩到忘記時間，難道妳是小學生嗎？每天無所事事的，會不會太好命了？」

他是什麼時候變成了這種嘮叨的男人啊？煩死了。

「什麼無所事事？我明明有洗衣、打掃、照顧小孩啊！」

「那妳有煮飯嗎？」

「都放在冰箱了啊。」

「妳要我吃冷的嗎？」

「用微波爐加熱不就好了。」

「是哪個跟哪個啊？冰箱裡的東西亂堆一通，我怎麼會知道？妳也整理一下好不好！」

「東西擺成這樣我才好拿啊。」

「豬里肌肉都超過保存期限了。」

「東西買得那麼多，多少會有這種情況嘛。」

「注意不要讓食物過期是妳的工作吧？老是丟著工作，只顧玩遊戲，搞什麼嘛！」

一騎洩憤似地把耳機摔在地上，躺在嬰兒床上玩布偶的女兒也嚇了一跳。

「你幹什麼啦！」

「就叫妳快去做飯啊！都要遲到了！」

我按捺著怒氣走進廚房。

之所以在〈愛的相簿♡〉裡選擇阿騎當情人，是因為他的長相、聲音、個人檔案都符合我的喜好，另一個原因是他的名字和我現實生活中的丈夫以前的暱稱一樣。我在遊戲中對阿騎這個名字懷著偏好，在現實生活中也懷著微薄的期待，希望找回我們仍以「阿騎」和「愛愛」互稱時的熱情，但這始終只是個微薄的期待。

熱好飯菜，擺上桌，叫丈夫來吃，之後我又回到客廳拿起手機。都忘記自己玩到哪裡了，真是叫人生氣。

「這是什麼東西？」

我還以為可以回到遊戲中的世界了，卻又立刻被丈夫的聲音拉回現實。

「什麼啊？」

「飯菜也太差了吧！只有冷凍食品和滷菜，這是怎麼回事？」

「昨天下大雨，我沒辦法買菜嘛。」

「開什麼玩笑！下豪雨的時候我還不是去上班！」

「如果我有工作我也會去上班啊。」

「看吧，妳對家事就沒有這麼認真了吧，只會偷懶玩遊戲。」

「雨下得那麼大，我要怎麼帶璃櫻出門啊？」

女兒哭鬧起來，不知是被父母的爭吵嚇到，還是本能察覺到了危險。

「吵死了！」

「不要牽扯到孩子身上。」

「這是我要說的話。別再跟我抬槓了，飯到底要怎麼辦？」

「我都說了沒辦法去買菜，只有這些東西嘛。」

「冰箱裡不是有很多東西嗎？肉雖然過期了但是還沒壞掉，趕快再去弄些什麼吃的。」

「既然你有時間檢查冰箱，怎麼不自己去做？對了，你可是專業廚師，應該比我更會想菜單吧。」

「啊？我每天在餐廳煮得要死要活，連在家裡也要我煮？妳只需要玩遊戲嗎？妳以為自己是誰啊？」

「我又不是自願待在家裡的。」

「那就給我出去工作，薪水都快不夠用了。」

「你去找托兒所啊。」

因為有了孩子而結婚之後，我辭掉餐廳的工作在家待產，現在女兒已經三歲了，我依然在當家庭主婦。找不到托兒所是事實，但是我待在家裡太久，如今也懶得再出去工作了。一騎現在去了另一間餐廳，還升上了主廚，薪水卻和以前沒兩樣。

「那我在家照顧璃櫻，妳出去工作賺錢。」

「你會照顧嗎？」
「只要在家裡陪她玩，沒事帶去公園走走就行了，簡單得很。我的廚藝比妳好，打掃洗衣也沒問題。」
「你以為我出去工作能賺多少錢？連工作都不知道找不找得到。」
「妳也很清楚嘛！」
椅子發出一聲巨響，啜泣的女兒開始哇哇大哭。一騎走進客廳，吼得更大聲了。
「找這麼多藉口，總之妳就是不想要離開現在的糜爛生活吧。」
「不要隨便下結論。」
「不希望我隨便下結論的話，妳就做給我看啊。」
「這件事以後再說。總之你快去吃飯吧，要來不及了。」
「我不快點出去的話妳就沒辦法玩遊戲嗎？」
「我又沒有說……」
「閉嘴！」
一騎踢了嬰兒床一腳，女兒哭得更大聲了。
「這跟孩子有什麼關係？」
我跑過去擋在丈夫和嬰兒床之間。
「我在跟妳談這麼重要的事，妳還拿著手機不放。難道遊戲比我更重要嗎？」

一騎從我的手中搶走手機，用力砸在地上。喀的一聲，手機在薄薄的地毯上彈起。

「你幹麼啦！」

我蹲下去撿手機，卻有一隻大腳把我的手踢開。

我按住手腕，卻看見一騎拿起熨斗。他反手舉高熨斗時，我已經知道他想做什麼了，但是因為手痛，一時之間反應不過來。

熨斗的底板砸在手機上。

手機發出低沉卻刺耳的聲響，迸出了火花。這一擊把液晶螢幕上的玻璃敲出蜘蛛網般的裂痕。

璃櫻哭叫。

我也尖聲驚叫。

一騎毫不留情地敲擊了第二次、第三次。裂痕變成破洞，綠色的電路板曝露在外，四角形的晶片也被打凹了。

阿騎！我心愛的阿騎！還躺在醫院病床上生死未卜的阿騎真的要死了！再也見不到他了！

我喊著不成言語的聲音，整個人撞向一騎。雖然我的體格比他瘦弱，但這出奇不意的衝撞還是讓他一屁股跌坐在地上。

其實遊戲資料都有備份在網路伺服器裡，也就是所謂的雲端服務，就算手機破碎到無法修理，還是可以用其他手機登入帳號，繼續進行遊戲，但是突然被暴徒襲擊的人絕不可能作出冷靜的判斷。

我雙手緊握一騎掉落的熨斗手把，再次朝他衝過去。

4

三年的刑期結束，我又回到了社會。

只被關了三年，是因為案子沒有被認定為謀殺，而是傷害致死。我在攻擊一騎時心裡真的想著「去死！」，但法官認為這只是一時的衝動，沒有明確的殺意，所以判得比較輕。

話雖如此，在高牆中度過的三年還是很漫長，只是無意義地浪費時間、浪費體力、浪費精神、浪費青春。一個很有地位的人鼓勵我說才二十幾歲就回到社會一定可以重新開始，但我根本不知道要重新開始什麼，完全提不起幹勁。

我失去了家人。

璃櫻被一騎的親戚收養了，就算我出獄了，就算璃櫻長大成人了，我也不能再去見親生的女兒。

我的父母在經濟上可以支持我，但他們希望我不要回家，免得被街坊鄰居指指點點。

另一方面，我卻多了一個不認識的家人。

如果繼續用真庭這個姓，很容易被人發現我有前科，這樣出獄後不好找工作，可能還會受到歧視和霸凌，就算恢復舊姓也沒用，因為媒體都報導過我的舊姓了。受刑人支援團體建議我再婚，說改了姓就不會被人發現，所以我很順從地在代理人拿來的結婚申請書上簽名蓋章。

如今我成了砂村結莉愛，在栃木縣的公寓裡和丈夫一同生活。

新婚的第一天，我就後悔和這個人再婚了。

我並沒有被騙，因為我在獄中就聽過他的資料，也看過他的照片。我會答應和他結婚，或許是因為和父母女兒都脫離了關係而自暴自棄，又或許是老聽人說「社會大眾的目光是很刻薄的」所以不得不從吧。

砂村威夫今年七十歲，靠著退休金過日子，沒結過婚，也沒有孩子，憂心地過著獨居的老年生活。

而我則是失去棲身之所，又急需改姓。

對生活懷著不安的男女為了填補各自的缺憾而締結婚姻，這也算是契約吧。

這些事我在洽談的過程中都已經知道了，但我其實沒有真正理解，說不定是害怕認真去想，所以才刻意地不去理解。

等到我親眼看到這位七十歲的老人，我才意識到問題所在。我和真庭一騎雖然以悲劇收場，至少結婚時還是相愛的，但我跟這個老人從一開始就沒有愛。

七十歲和二十七歲，這差距已經大到像祖孫了。如果真的是爺爺，就算他皮膚皺巴巴，走起路來搖搖晃晃，還是會有血濃於水的親情，但這個老人不過是個陌生人，他的皺紋、黑斑和體臭只會讓我感到厭惡。

光是這樣已經讓我很絕望了，而且為了得到新的姓，我還得照顧這個老人的生活。這和照顧一騎或璃櫻不同，這可是在照顧老人。雖然威夫目前還不需要看護，但他有慢性病，走路還得撐拐杖，等到他需要包尿布時該怎麼辦呢？這跟幫璃櫻換尿布是絕對不一樣的。

砂村威夫看起來不像個壞人，姑且不論外貌，他待人十分和善，而且比一騎更通情達理。他不酗酒不賭博，在信用銀行工作了三十八年，也沒有買車或海外旅行那種浪費錢的興趣，所以存款還不少，而且靠他的國民年金就夠兩個人生活了。他還對我說，在我適應外面的生活之前可以安心地待在家裡。

但我很快就在附近的超市當收銀員，因為我受不了日復一日陪著一個素昧平生的人。

形式上的婚姻生活過了兩個月左右，有一天早上，我把只有吐司和香蕉的早餐擺上桌時，威夫對我說：

「是不是作惡夢了？」

我疑惑地歪著頭。

「好像說了些奇怪的夢話。」

「夢話？」

「我去上廁所時經過結莉愛的房間有聽到聲音，大概是四點左右，應該不是在講電話吧？」

「我說了什麼？」

我皺起眉頭，不是因為說夢話而不好意思，而是不喜歡他直呼我的名字。他半夜要起來上廁所三次也讓我倍感壓力，我們目前還是分房睡覺，或許再過不了多久，我就得為了看護他而睡在一起了。

「好像是『沒給沒給』、『惡魔』、『巴掌』什麼的。還聽到了『條子』，是警察的意思嗎？妳現在還會作那種夢啊？」

他可能以為我還對殺死一騎的事念念不忘。

「大概是〈暢談今夜、工作的人們、玫瑰玫瑰、巴掌、惡魔少年〉吧，『條子』指的是〈董事長條子〉。」

我苦笑著回答。

「那是什麼啊？」

「監獄裡的傳說，和都市傳說差不多，聽說念這些咒語就能得到幸福。」

「咒語？」

「我那時每天都像抄經一樣地抄這些咒語，還會念出來，所以才會作這種夢。你先開動吧。」

我回到自己的房間，從壁櫥的紙箱裡拿出破破爛爛的筆記本，翻開第一頁，放在盛著吐司的盤子旁邊。

家人的價值
深夜裡的網球賽、大猩猩
畢業
光是溫柔不算男人
戀愛圖樣、小心火燭
Christmas Eve
快樂晚餐
父親大人、漂流入海、烈火的旅途
理想的男性、Show Time
以為知道的歷史、隅田川煙火大會、另一種愛
娜汀亞、寶寶做做看、花真珠、Tonight、在夢中相逢
愛因斯坦、凜凜、心的燈火、劈哩啪啦碰

完美的單戀、宛如飛翔

時尚快報、戀愛天堂、董事長條子

哆啦A夢

夢幻般的美好旅行、旅館、KuraKura、都市大冒險、卡諾莎的恥辱

演藝花舞臺

暢談今夜、工作的人們、玫瑰玫瑰、巴掌、惡魔少年

「這是什麼？」

威夫扶著老花眼鏡的鏡框說。

「這是我在那裡寫的筆記，聽說只要念這些咒語就能得到幸福。」

「念〈家人的價值〉和〈大猩猩〉能得到幸福？為什麼？」

「不知道。反正受刑人之間都流傳說這些咒語可以招來幸福。」

「〈小心火燭〉、〈快樂晚餐〉、〈理想的男性〉好像還和幸福有點關聯，但是〈烈火的旅途〉和〈劈哩啪啦碰〉跟幸福有什麼關係？」

「沒有什麼意思，只是一些隨便組合的詞彙，看也知道一點用處都沒有，不過我當時太脆弱，除了這種東西也沒有其他依靠了。」

繼續往下翻，每一頁都用小小的字抄著咒語，而且黑筆用完之後，還換了藍色、綠

色、紅色的筆繼續抄寫。

「與其說是抄經，還更像是曼陀羅。」

「為了不浪費紙，我用鉛筆抄完還會用橡皮擦擦掉再繼續抄，不斷地寫了又擦、擦了又寫。」

「這就是寧可信其有吧。」

「我該去上班了。」

我拿著筆記本回房間，簡單地化好妝就出門了。我不喜歡待在家裡，所以連休息日也會出門。

半天的時間很漫長，如果有手機還比較不會無聊，可是以前發生過那種事，我出獄後都不想再碰智慧手機和遊戲，我現在用的是只能打電話和傳簡訊的傳統手機，就是父母會買給孩子的那種。

基於相同的理由，我也不喜歡去網咖，而且這裡不是大都市，沒辦法像以前一樣逛街打發時間，去公園如果看到媽媽帶著孩子，又會想起分隔兩地的女兒，所以我根本沒地方去。

好不容易混到太陽下山才回家，我把昨天的剩飯熱一熱，隨便解決了晚餐之後，威夫叫我把早上那本筆記本拿給他看看。

「這是不是電視節目的名字？這個和這個，這個也是。還有這個和這個。」

威夫指著〈哆啦A夢〉、〈宛如飛翔〉、〈夢幻般的美好旅行〉、〈Tonight〉、〈以為知道的歷史〉。第一頁是抄來當範本的，字寫得比較大，也沒有重複抄寫，看得比較清楚。

「〈哆啦A夢〉我知道，其他的也是嗎？」

「〈凜凜〉好像也有看過，是NHK的晨間連續劇嗎？」

被他這麼一問，我只能猶豫地歪頭。

「這些全都是很久以前的節目。啊，我對〈卡諾莎的恥辱〉這個奇怪的節目名字也有印象。是不是深夜節目？〈在夢中相逢〉好像是年輕的搞笑藝人主持的。」

威夫的臉興奮得發紅，或許是因為很懷念吧。

「但是大部分都沒有看過，或許不是電視節目。〈宛如飛翔〉也有小說，〈哆啦A夢〉可能是指漫畫。我想調查一下，這本筆記本可以借給我嗎？」

「這個嘛……」

這本筆記本裡還寫了一些比較私密的事。

「還是妳影印第一頁給我就好了？」

「好的，明天再給你可以嗎？」

「可以啊。」

「啊，對了，請你直接拿去吧。」

我撕下筆記本的第一頁。

「結莉愛，不可以這樣啦！」

威夫很緊張地說。

「沒關係，不用在意。拿去吧。」

「不行，這麼重要的東西……」

威夫豎起手掌推辭。

「沒什麼，只是想要忘掉的往事罷了。」

隔天真的要上班，我下班回到家沒有看到威夫。難道是病倒了被送去醫院嗎？如果是住院還無所謂，要在家療養的話可就麻煩了。我丟下剛買的食材，心情正黯淡時，玄關大門猛然打開。

「果然是電視節目！」

威夫沒說「我回來了」就直接走進來，拍拍他的斜背包，見我沒有任何反應，他便打開背包拿出一大疊紙，最上面的一張就是我從筆記本撕下來給他的那一頁。

「全部都是，每一個都是電視節目的名字。」

「是嗎？」

「我去圖書館查了報紙的縮影片。有一些是省略的說法，有一些名字寫得和節目表不太一樣，查起來很費工夫，所以才會弄到這麼晚。〈大猩猩〉應該是〈大猩猩・警視廳搜查第8班〉，〈快樂晚餐〉是〈金子信雄的快樂晚餐〉，〈娜汀亞〉是〈冒險少女娜汀亞〉。我應該帶放大鏡去的。」

威夫揉揉眼睛說。他拿出來的紙片上寫了「〈KuraKura〉→〈KURA・KURA〉、〈Christmas Eve〉→〈Christmas・Eve〉、〈隅田川煙火大會〉→〈獨家直播90年隅田川煙火大會〉」。

隔天吃晚餐時，威夫提到他又去了圖書館。

「我查了報紙上的節目表，發現那些大多都是同時期播放的節目。〈宛如飛翔〉是平成二年播放的NHK長篇連續劇，〈凜凜〉也是同一年的年初播放的晨間連續劇，此外還有幾部連續劇，也是同一年播放的。我在想，除了連續劇之外是不是還有其他節目，一查就發現有些節目更久遠，從昭和年代就開始播了，〈哆啦A夢〉現在還能在電視上看到，但是平成二年已經播過了。所以說，這裡的四十三個節目全都是平成二年，也就是一九九〇年播映的。妳覺得呢？」

他還真是拚命，是為了跟娶回家的女人找話題聊吧。當時我只覺得厭煩，沒把這些話當作一回事。

後來他整整十天都沒再提起這個話題，我還以為他看到我沒有興趣就放棄了，第十一天的晚上，我下班回家後，威夫用一雙不靈活的腳跳著步走進家門。我沒有告訴他今天我會比較晚回來，本來以為他會很擔心，但看起來好像不是這樣。

「在監獄裡是不是會使用密碼？」

威夫興奮得脹紅了臉，提出奇怪的問題。

「密碼？」

「譬如受刑人之間要傳遞一些不能被獄警知道的資訊。」

「有些人會用密碼寫下出獄後的聯絡方式，他們用的方法很簡單。」

「分置式嗎？」

「啊？」

「把每行的第一個字和最後一個字連起來讀，就會變成有意義的句子。江戶川亂步把這種加密法歸類在『普通置換法』之中的『橫斷法』。」

「我看到的是在文章裡畫刪除線，用刪除的字數來代表數字，用來記電話號碼。」

「原來是『單純代用法』。那篇咒語會不會也是密碼呢？乍看之下只是電視節目的清單，說不定裡面隱藏著別的意思。」

「不會吧，別人只跟我說這是咒語，沒有提到用特殊方法去讀才能看出意義。」

我脫下鞋子，從威夫的身邊走進飯廳。

「那篇咒語是誰教給妳的？」

威夫跟了過來。

「跟我同房的前輩。」

「咒語是她想出來的嗎？」

「不是，聽說是以前的牢友教她的。」
「那個人是誰？」
「我不知道。」
「如果這是密碼，一定是在一九九〇年左右寫的，因為裡面提到的電視節目都是那一年播放的。妳覺得呢？」
「喔，應該吧。」
「密碼在一九九〇年寫成，而妳在二〇一六年才看到。就算那是密碼，經過這麼多年，本來的內涵可能早就失傳了。也就是說，加密的文章還留著，但是密碼的含意沒有流傳下來。妳覺得呢？」
他幹麼這麼認真呢？
「我猜這是密碼，所以試著去破解。最先嘗試的方法是取出每個節目的第一個字，如同我剛才提到的分置式，也就是『橫斷法』這一類型的密碼。〈家人的價值〉的〈家〉、〈深夜裡的網球賽〉的〈深〉、〈大猩猩〉的〈大〉……連在一起就是〈家深大畢光戀小C快父漂烈理S以隅另娜寶花T在愛凜心劈完宛時戀董哆夢旅K都卡演暢工玫巴惡〉，看不出有什麼意思，倒著讀也沒有。如果不用漢字，而是取出第一個字的第一個音節，就是〈かまごそやれひくたおわほりししすべなではとゆありこぴすとふこだどいほくたかげおはばびあ〉，這樣讀起來也沒有意思。如果不要四十三個節目全部都用，只挑每一行的

第一個字會怎樣？只挑每一行的最後一個字會怎樣？我全都試過了，結果還是不行。」

餐桌上擺滿了大大小小的紙張，有月曆，有診斷明細表，還有區公所的信封，全都寫滿了沒有意義的文字。還有一本貼了圖書館條碼的厚重文庫本《續幻影城》。（註11）我有點不高興，心想這個人未免太閒了。

「到此為止的每個嘗試都失敗了，但我覺得以行為單位應該是個好點子，因為每一行的節目數量都不同。有一行只寫了〈畢業〉這一個節目，有一行卻擠了〈夢幻旅行、旅館、KuraKura、都市大冒險、卡諾莎的恥辱〉這麼多節目，字數差距也太大了。

我先看每一行的節目數量，列出來就是〈121121132354231515〉，這不像是電話號碼，那會不會是什麼帳號的密碼呢？但是密碼不太可能只用數字不用英文。而且數字多達十八個，卻完全沒用到6、7、8、9、0，這樣太不合理了。那是不是該看字數呢？第一行〈家人的價值〉是5，第二行是7和3……」

威夫用指尖劃著被拆開的藥袋背面，上面寫著一長串的數列：〈5。7、3。2。8。4、4。12。4。4、4、5。5、8。7、7、4。3、5、3、7、5。4、2、4、5。5、4。4、4、5。4。8、2、8、5、6。5。4、5、4、2、4。〉

「這樣似乎比較像密碼，但是數字大小差很多，而且看不出基準是什麼。所以我又試

11　江戶川亂步著作，書中提到密碼的分類。

著把每一行的所有節目字數加起來，這樣數字變得比較少，每一行的字數差距也不大。」

威夫拿起一張紙，上面寫著〈5、10、2、8、8、12、4、13、13、18、23、15、9、13、4、29、5、19〉。

「跟我想的一樣，數字的分布很集中，全都是二位數的前半段。這時我突然想到，這種密碼是不是把英文字母換成了數字？A換成1，B換成2，依此類推，Z換成26。這是替換式密碼，或者說是『數字代用法』。可是其中有一個數字超過二十六，不可能是用來代替英文字母。那會不會是用來代替五十音呢？あ換成1，い換成2。」

〈おこいくくしえすすつぬそけすえへおて〉

「看起來不太對。就算是倒著讀，跳一字讀，跳兩字讀，都找不出有意義的詞彙。我本來以為這方法行得通呢……」

威夫閉上眼睛，搖頭嘆氣。我打收銀機打到都快要得肌腱炎了，你竟然一直在搞這些無聊的事？我雖然不滿，心裡卻產生了細微的變化，很想知道這件事會有什麼結果。

「我已經無計可施了，甚至覺得若不找來艾倫圖靈（註12）一定解不開這個問題，但是受刑人想出來的密碼又不可能像Enigma密碼（註13）那麼難。我漸漸覺得自己一開始就錯了，或許這些文字真的只是咒語，不應該把它當成密碼。

---

12 英國計算機科學家、數學家、邏輯學家、密碼分析學家。

13 二次大戰時德軍使用的密碼，被圖靈破解。

我充滿挫敗感，無意識地盯著紙上滿滿的數字，突然又想到一個點子：電視臺也是數字啊！

現在大家都把日本電視臺稱為『日臺』，把朝日電視臺稱為『朝臺』，但以前的人都是講第幾臺。在關東地區，日本電視臺是『第4臺』，朝日電視臺是『第10臺』，雖然朝日電視臺在改成數位訊號之後變成了『第5臺』，但我到現在還是習慣講『第10臺』。」

「改成數位訊號是在我二十歲左右，所以我也記得東京電視臺以前不是『第7臺』，而是『第12臺』。」

我不知不覺地加入了討論。

「所以我又查了這四十三個節目是在哪個電視臺播出的。這些都是一九九〇年的節目，類比電視的頻道總共有1、3、4、6、8、10、12。〈家人的價值〉是『第1臺』的NHK綜合臺，〈深夜裡的網球賽〉也是『第1臺』，〈大猩猩〉是『第10臺』的朝日電視臺，〈畢業〉是『第6臺』的TBS臺。結果就是這樣……」

〈1。1、10。6。12。1、4。6。10。4、10、8。1、1。4、12、1。1、3、4、10、8。8、1、4、3。8、1。12、8、10。10。12、6、10、3、8。3。12、3、8、6、10。〉

「跟剛才一樣，我也試過把每一行所有節目的臺數加起來看看。」

「等一下，如果想出密碼的是大阪人，應該不會用東京的頻道吧？」

「沒錯！我在計算時也想到了這一點。」

威夫開心地拍了手。

「NHK綜合臺在關西是第2臺，在其他地區又是別的號碼，所以我得先確認這是哪個地區的頻道才能算下去。這真是傷腦筋啊，我對著那張撕下來的筆記抱頭苦思，像在念咒語一樣反覆念著那些句子，沒想到咒語真的生效了。」

「咦？」

「〈隅田川煙火大會〉透露了一些事。這是東京電視臺的特別節目，隅田川每年夏天的煙火大會都有現場直播。但是妳想想，這個活動規模再大，也只不過是一個地區的煙火大會，有可能在關西或九州播出嗎？我想到這點，就去問了東京電視臺，他們回答我〈隅田川煙火大會〉只有在關東地區播放，其他地區不會播出。」

「所以用關東的頻道來計算就鐵定沒錯囉？」

「我也問了其他電視臺，朝日電視臺的〈KuraKura〉同樣只在關東地區播放，所以一定錯不了。我放心地繼續計算，結果是這樣。」

〈1、11、6、12、5、6、10、22、2、17、26、16、9、30、10、39、3、39〉

「有些數字超過三十六，但全部都在五十以內，所以我又把數字換成五十音，1換成あ，2換成い。」

〈あさかしおかこにいちはたけほこらうち〉

「怎麼樣？真的破解密碼了吧。」

威夫微笑的臉龐綻放出更燦爛的笑容。
「〈早上、卡西歐、在過去、一是、竹、矛、拉烏拉〉？」
這句子似乎可以讀出意思，但我找不出規則。
「這樣斷句是不行的。一開始是〈あさかし、おか〉。」
「〈あさかし〉？」
「就是埼玉縣的〈朝霞市〉。我已經查過了，朝霞市有一個町叫做〈おか〉，朝霞市岡町。」
威夫攤開影印的街道圖，岡町就在朝霞市的正中央。
「後半段的〈はたけほこらうち〉要斷成〈はたけ、ほこら、うち〉。」
威夫提筆寫下〈畑、祠、裡〉三個字。
「中間的〈こにいち〉看不出來是什麼意思，我本來以為斷句斷錯了，又試了其他的讀法。我後來想到，既然〈朝霞市岡〉是地名，接下來應該是號碼，所以把〈こにいち〉解讀為〈521〉。一定是寫不出濁音，才用〈こ〉來代替〈ご〉吧。〈朝霞市岡町5丁目2番1號〉……5丁目在這裡，2番在這裡。這張地圖的比例尺比較小，所以沒有標出幾號。」
我接過放大鏡一看，上面確實有個2。
「這裡是田地，也就是〈畑〉，那邊應該有一間〈祠〉。這張是街道圖，看不出土地使用分區，所以我又查了國土地理院出版的地形圖。」

威夫攤開另一張影印紙，把兩張地圖並排在一起。

「地形圖沒標出地址號碼，但是拿街道圖對照就知道，朝霞市岡町5丁目2番在這裡。」

威夫的手指在地形圖的某一處劃圈。那裡有兩個記號，看起來像是壓扁的V。

「這是用來表示田地的地圖符號。也就是說，從咒語裡解讀出來的〈朝霞市岡 521〉是真實的地址，那裡也確實有田地，雖然從地圖上看不出那裡是不是真的有〈祠〉。難道這只是巧合嗎？」

威夫兩隻手各舉起一張地圖，像在宣布勝訴一樣。

「原來這真的是密碼……」

我看著引發這一切事端的筆記本內頁，不禁感嘆。

「我五天前就破解到這裡了。」

「這樣啊。」

「好不容易破解出有意義的文字，而且還是真實的地址，我當然很興奮。一點都不誇張，我真的大叫一聲跳起來，椅子都翻倒了，還被圖書館的人白眼。我很想趕快告訴妳，但是冷靜下來以後，我發現了一個問題，怕會讓妳空歡喜一場，所以先不說出來，繼續跑圖書館調查。」

「請問有什麼問題？」
「這也是個問題。」
「啊？」
「我是說妳的用詞。又不是活在古代，幹麼對自己的丈夫使用敬語？雖然我年紀比較大，但夫妻是平等的啊。」
我垂下了眼簾。我並不是尊敬丈夫，而是心裡感到疏遠，所以才表現得那麼客套。
「妳說受刑人之間禁止交換在外面的聯絡方式？」
「是的。」
「既然如此，這密碼會不會是用來記地址的？」
「有可能。」
「但是〈朝霞市岡5-2-1〉應該不是住址，因為後面還接著〈畑〉，這一帶也確實是田地。接下來還有〈祠〉，再怎麼樣也不可能有人住在小廟裡。再來是〈裡〉，難道小廟後面有間小屋嗎？就是這些地方讓我覺得不太對。」
然後我突然想到，或許這不是人的所在地，而是東西的所在地，這密碼要表達的是那間小廟下面藏了某樣東西。既然想出密碼的是受刑人，這東西八成是沒有被查到的失竊物，或是其他的犯罪證據。
這麼說來，這密碼應該不是寫給其他受刑人，而是和自己利害關係一致的人。為了告知監獄外的親人或在逃中的共犯這個祕密地點，所以使用密碼來躲開信件檢查。」

「那密碼為什麼會在受刑人之間流傳呢？這麼大的祕密怎麼可能告訴非親非故的人？」

「唔……或許是草稿被同房的人看到了，被問到『這個是什麼』就隨便說是咒語，對方聽了想要學，這人心想反正也不會被看穿，真的教給對方，結果這篇『咒語』就在受刑人之間傳開了。」

「原來如此，聽起來很有可能。」

「我很好奇，是誰在這裡藏了東西？藏的是什麼？運氣好的話，說不定會有天大的發現，還能把消息賣給電視臺或報章雜誌。但是想要知道真相，就得先知道密碼是誰寫的。結莉愛，教妳咒語的人已經出獄了嗎？」

「是的。」

「我們可以找出這個人，問她咒語是誰教的，再找出那個人，繼續追問來源，但是我行動不方便，也請不起徵信社。雖然我沒有體力和金錢，但我有的是時間，所以我這幾天都在圖書館查舊報紙，從開門待到關門。

密碼用的都是一九九〇年播放的電視節目，可知那人是在一九九〇年前後入獄的。那些是她在牢裡看到的節目？還是回想入獄前看的節目呢？」

「應該是進去之前看的節目吧。在牢裡不是想看電視就能看，關燈之後就不能開電視了，而且想看電視的時候還得先得到室友同意。」

「這麼說來，沒有用到一九九一年之後的節目，就是因為那人當時已經在坐牢了吧。」

「是啊。就是因為靠著回想來寫，才會把〈KURA・KURA〉寫成〈KuraKura〉，或是有〈娜汀亞〉這樣的省略吧。」

「沒錯，我也是這樣想。那人一定是在一九九〇年被逮捕的，所以我就去查一九九〇年的報紙，如果有朝霞市郵局被搶劫之類的新聞，那就值得好好研究了。」

威夫停下來假裝沉思。我不喜歡這樣停頓，於是問道：

「有這類的新聞嗎？」

「妳知道日之本證券案嗎？」

「啊？」

「日之本證券的職員家裡遭強盜入侵的案子。」

「這是一九九〇年的案件嗎？」

「是啊。」

「不知道，那時我還沒出生。」

「是嗎？妳還沒出生啊……」

威夫的表情像是驚訝又像是悲傷。

「一九九〇年二月十八日星期天的晚上，大證券公司的職員一家五口和幫傭都被殺了，凶手還帶走了現金、有價證券、貴金屬和珠寶。這個案子到現在還有人會提起，原因除了凶手的心狠手辣以外，也是因為這件事象徵了時代的改變。前一年大納會（註14）的日經平均股價指數是三萬八千九百五十七元，創下歷史新高，這是平成年代景氣的頂點，而日本經濟最大的推手是證券公司，所以當時最熱門的企業就是證券業。身為天之驕子的證券營業員死於非命，家產全被搶走，就像是在預告不久之後的泡沫經濟崩壞。」

我也害死過一條人命，聽到這番話不由得全身緊繃。

「這個案件不是發生在朝霞市，受害者住在東京池田山的高級住宅區。案件發生在二月，半年後的八月，主犯之一在沖繩被捕，隔年九月另一個主犯也被抓了，十月和十一月又各抓到一個從犯，所有涉案的人都落網了，案件也完結了。

什麼案件都一樣，無論案發時鬧得多大，若不是當事人，經過幾週、幾個月之後就會遺忘了。我還記得日之本證券案在當年搞得多麼轟轟烈烈，不只是有跑馬燈快報，而且各電視臺都緊急推出了特別報導節目，但是半年後抓到其他嫌犯的事我幾乎都忘光了，只是隱約記得在現場直播的畫面中看過最後一個犯人，今天看到報紙，我才想起那是個女人。發現她的住址正是埼玉縣朝霞市時，我還忍不住叫了出來。」

「真的嗎？」

---

14 股市年終收盤儀式。

「真的，害我又被人白眼，以後我不敢再去那間圖書館了。」
威夫從堆積如山的資料裡抽出一張影印的報紙縮影片，用綠色麥克筆圈起來的地方寫著「中根伸江（38），朝霞市溝沼」。
「溝沼在這裡。」
威夫指著朝霞市地圖的某處，那裡離岡町很近。
「她把日之本證券職員家裡搶來的財物埋在田間小廟下？」
「她看到夥伴一個接一個被捕，知道自己很快也會被揪出來，想躲也躲不了，但她不是主犯，不至於被判死刑，所以她藏起這些寶貝，為出獄後的生活做準備。搶來的東西可能不是全都在她手上，但是就算只有一成，價值也很可觀。」
我心悅誠服地點頭，但又立刻問道：
「等一下，她待的監獄不一定和我同一間吧？我記得聽人家說過，全國總共有九間女子監獄。」
「在一九九〇年只有六間。」
「就算這樣，機率還是……」
「跟機率沒有關係，她去的就是那間監獄。」
「媒體有報導過她被關在哪個監獄嗎？」
「一般來說是不會報導的，但中根伸江的情況比較特別。」

「特別？」

「因為她在監獄裡死了，好像是一九九四年的某月。那一則報導提到了她待的監獄。」

威夫在紙堆中翻找。

「是自殺嗎？」

我也屢次考慮過這個選擇。

「是病死的，不過報紙沒提到她生了什麼病。」

他找出的影印紙上，有一小欄報導寫著日之本證券案其中一個犯人在監獄裡死了。上面提到的監獄確實是我不久之前待的那一間。

「接下來全是我的猜測。中根伸江可能發現自己健康狀況出了問題，刑期又那麼久，恐怕沒辦法活著出獄，所以她寫了密碼，把本來想留下來自己用的寶貝託付給外面的某人。然後就像我剛剛說的，其他受刑人看到密碼，她謊稱那是咒語，結果就傳開了。仔細看看這些密碼，就會發現這些節目真是五花八門，從早晨到深夜，從連續劇到卡通，從教育節目到兒童節目，什麼都有。我在想，中根伸江作案之後是不是很怕警察找上門，所以才整天盯著電視？而且〈心的燈火〉是宗教節目，說不定她其實是非常後悔的。」

「這是犯罪史上有名的大案子，經過三十年後如果還能挖掘出祕密，電視和報章雜誌一定會熱烈報導的。」

我也開始心動了。

「或許不只這樣喔。」

「不只這樣？」

「中根伸江確實寫下了密碼，但她真的達到目的了嗎？

說不定，把密碼送出去之前她就死了。

說不定密碼送出去了，對方卻沒看出那是密碼。

說不定對方看出那是密碼，卻不會破解。

說不定她在外面根本沒有熟人，她知道自己死期將近，就把密碼託付給牢友，希望有人可以靠這筆錢重新來過，結果沒有一個人能破解密碼，就這麼過了三十年。

這些情況都有可能，所以那些寶貝搞不好現在還埋在朝霞市岡町5丁目2番1號的小廟下。」

5

我向超市請假，和威夫一同前往埼玉縣朝霞市。途中還要換車，花了兩個小時。

我們搭乘東武東上線，在朝霞臺站下車，從剪票口走出北口，拿著地圖朝東南方前進。站前廣場周遭商業大樓林立的景像看起來很像大都市，但大樓後面就是遍布著老舊民房的住宅區，再下一個街區就有農田，越往外走田地越多，我心中的期待也到達了最高峰。

第一次在〈愛的相簿♡〉跟阿騎發生親密關係的那一夜，我充滿了前所未有的幸福，沉浸在熱吻時，我一點都想不到後來會墜入絕望的深淵，但我更加想不到，三年之後又要再一次經歷從天堂摔到地獄的感覺。

到達朝霞市岡町5-2-1時，我看見了兩棟公寓。

地點沒有錯，所以我們去問過兩邊的住戶，結果問了三個人，三個人都說自己的地址是岡5-2-1，其中的一人還拿郵件給我們看。公寓的門口嵌著一小塊牌子，上面寫著「平成十七年竣工」，也就是說這房子已經蓋在這裡十幾年了。

「這是什麼時候的地圖啊？」

我從威夫的手中搶過地圖來看。

「我沒有確認出版日期。圖書館竟然放了這麼舊的東西，難道是預算不夠嗎？」

「說什麼風涼話嘛！」

威夫氣憤地揮著拳頭。

「田地已經改建成公寓了。」

「不用你說我也知道。為什麼不去找最新的地圖？去看 Google Map 的街景不是馬上就可以解決嗎？」

「街景？」

「網路上的地圖啦。」

「我沒有電腦。」

如果我不是刻意和網路保持距離，一定會先用智慧手機查詢，這麼一來就不會白跑一趟，也不會空歡喜一場了。想到這裡，我更覺得生氣。

「說不定小廟還在。」威夫把枴杖抱在胸前，用下巴指著前方。

「怎麼可能嘛。」

「那是祭祀神佛用的，隨便拆掉會遭天譴的。」

但我們從公寓前的停車場繞到後院，都沒有找到類似的東西。

「小廟會蓋在什麼地方啊？會不會是角落？」

威夫舉起拐杖，緩緩地指向左右。

「問問附近的人吧，那間房子看起來很舊，他們或許會知道。可是查到了小廟以前的位置又能怎麼樣？要開怪手來挖嗎？如果做得到就去做啊。現在去挖一定什麼都找不到，因為蓋公寓的時候這片地已經被挖過了，如果那時發現寶貝早就上新聞了，因為警察一定會搜索日之本證券案的失竊物品。可是你看過這樣的新聞嗎？沒有吧？也就是說，蓋公寓的時候東西已經被拿走了。密碼一定早就傳到監獄外，被人破解了。這裡沒有寶物，什麼都沒有了。」

我噘著嘴巴說個不停，說到一半還伸手戳他，拉著他的手腕猛搖，搖到他幾乎摔倒。

「只是不記得罷了，說不定新聞真的有報過。」

「你還要堅持嗎？那就去查平成十七年或十六年的報紙啊！去你常去的那間圖書館啊！反正你時間多的是！」

我甩開威夫的手腕，蹲了下去，雙手摀住嘴巴。我滿心期待著拿到寶貝之後可以用錢解決這個男人的照護工作，如今美夢已成了泡影。

「雖然可惜，但是也很愉快。」

頭上傳來細微的聲音。

「結婚以來，我們從來沒有一起出過門，連一起購物都沒有過，今天這樣倒是有點像旅行，蜜月旅行。而且我也很高興看到妳表現出真實的感情。」

我呆呆地抬起頭來，和威夫四目交接，我笑了一笑，又把視線轉開。他的眼角刻畫著深深的皺紋，脖子的皮膚鬆弛，到處布滿了淡墨山水般的黑斑。

「回去吧？」

威夫撐著拐杖邁出步伐，我站了起來，拖著腳步跟在後面，然後加速追上他。

「我們找個地方吃飯吧。」

我輕輕勾住丈夫的手。

6

生活拮据的西川次郎一大早就坐在餐桌前喃喃說著。
「真羨慕那個賊。」
他口中的「那個」並非特別指誰，而是每次看到小鋼珠店的兌獎處遭人搶劫、提款機被挖土機破壞的新聞就會說出這句話。他的妻子起初還會笑著回應「就是說啊」，但她最近開始會說些「今天的天氣怎麼樣」來轉移話題，然後急忙轉臺。西川也會開挖土機，她大概是怕丈夫真的會做出傻事。
在泡沫經濟景氣大好的時代，西川在股票和不動產的投資一片長紅，他不到三十歲就住進豪宅，開的是高級進口車，還能在夜晚的六本木砸鈔票點香檳塔。
但泡沫經濟崩壞後，西川變成孑然一身，靠著開卡車、挖馬路，勉強還能維持一家四口的生活，但是小孩的開銷一年大過一年，再這樣下去想必會越來越窮，所以他憑著道聽塗說的知識開始了網路創業，短短一年就榮升富裕階級，結果又因ＩＴ業不景氣的衝擊而摔到谷底，回到了領日薪的生活，目前在下游建設公司混飯吃。
平成十六年十月二十六日，西川去朝霞市施工，那片農家賣出的土地要蓋公寓。
午休時，工人們相偕去了便利商店，但西川一個人留在工地，盤腿坐在防水布上，吃著愛妻準備的飯糰。

工程才剛開始，現在正在挖地基，西川卻發現挖到一半的洞裡有一塊金屬物體。這個地方應該沒有埋瓦斯管或水管，但是為了小心起見，他放下午餐去檢查洞裡的情況。

粉碎的土堆中露出一個小型的手提箱，箱子沒有上鎖，他打開來看，發現裡面有一包用塑膠袋裝起來的東西，塑膠袋總共包了三層，全部打開以後，出現了一疊紙張。西川把東西從塑膠袋裡拉出一半，立刻看出那是每張一萬股的股票，他又把塑膠袋包好，放進手提箱。

他很快地掃視周圍，沒有看到人影，午休才開始十分鐘，同事們都還沒回來。西川坐上挖土機，在原定挖掘地點附近挖了一個淺淺的洞，把手提箱放進去，用土蓋起來。

當天夜裡，西川開自己的車去工地，再用挖土機挖出手提箱，帶回自己家。

西川只說要出去一下，但兩個小時都沒回來，妻子早苗很擔心地走到門口迎接他。

「這是寶物。」

西川把沾滿泥土的手提箱放在腳邊，打開蓋子。

「寶物？」

「幾千萬，不，可能有幾億。」

西川興奮地拿出箱子裡的包裹。

「那些是錢嗎？難道你……」

「別擔心，我沒有去搶劫，這是在工地挖土的時候找到的。」

西川把塑膠袋一層一層地拆開。

「埋在土裡？」

早苗害怕地縮起身子。

「就是做過淨化儀式而拆掉的小廟所在的地方，說不定就是因為埋了東西，才要蓋小廟當作標誌。」

西川在第三層塑膠袋裡摸到紙張，拔刀似地整疊抽出，用兩手捧著，伸到早苗面前。

「股票？」

「讓妳操勞了這麼久，苦日子終於要結束了。」

「你拿了人家埋在地裡的東西？這樣是偷竊吧？」

早苗皺起眉頭低聲說道，大概是擔心還在讀國中和高中的兩個孩子會聽見。

「他們在賣掉土地之前都沒有挖出來，可見根本不知道有這個東西。」

「你這是強詞奪理。埋東西的人可能已經死了，所以家人都不知道這件事。」

「誰叫他不留言交代家人，是他自己不好。這些股票現在不屬於任何人。」

「可是……」

「有了這些錢，孩子們想讀私立的醫學院或是出國留學都沒問題。」

聽到這冠冕堂皇的理由，早苗就不再反駁了。西川把一疊股票放在地上，連他發瘦的雙手也言明了這龐大資產的價值。

「一股五十元，每張一萬股，那麼一張就是五十萬元？而且有這麼多張！」

早苗的聲音開始拔尖。

「到底值多少錢還得看股價的漲跌。」

「這麼說來，一張可能不只五十萬囉？這是很有名的公司耶，日之本證券。」

「日之本證券……」

西川像鸚鵡一樣地複誦著，但他還沒搞清楚狀況。

「這裡總共有多少張？五百張？一千張？」

「日之本證券！」

西川醒悟過來，屈身拿起股票翻看。

每一張都是一萬股的股票，而且全是日之本證券，八年前隱瞞虧損經營失利的日之本證券。在那幾年之間，日本數一數二的大企業一間接一間地倒閉。日之本證券早就不存在了，這些股票也變得一文不值了。最近收廢紙換衛生紙的人都不來了，若說這些東西還有什麼用途，大概只能帶去郊外小酒館亂灑搏大家一笑吧。

「老公啊，我們再來買房子吧？」

看到妻子準備去叫孩子，西川笑著說了一句「開玩笑的」。他的美夢才半天就結束了。

引用、參考文獻

《江戶川亂步全集》（一九三一年～三二年，平凡社）
《江戶川亂步全集》（一九七八年～七九年，講談社）
《江戶川亂步全集》（二〇〇三年～〇六年，光文社文庫）

逆思流
D殺人事件，背後真正的可怕
（原名：Dの殺人事件、まことに恐ろしきは）
作者／歌野晶午　譯者／HANA
發行人／黃鎮隆　副總經理／陳君平
副理／洪琇菁　國際版權／黃令歡
執行編輯／呂尚燁　美術編輯／方品舒
企劃宣傳／邱小祐
發行／英屬蓋曼群島商家庭傳媒股份有限公司城邦分公司　尖端出版
台北市中山區民生東路二段一四一號十樓
電話：（〇二）二五〇〇—七六〇〇（代表號）
傳真：（〇二）二五〇〇—一九七九
中彰投以北經銷（含宜花東）／楨彥有限公司
電話：（〇二）八九一九—三三六九
傳真：（〇二）八九一四—五五二四
雲嘉經銷／威信圖書有限公司　嘉義公司
電話：（〇五）二三三—三八五二
傳真：（〇五）二三三—三八六三
客服專線：〇八〇〇—〇二八—〇二八
南部經銷／威信圖書有限公司　高雄公司
電話：（〇七）三七三—〇〇七九
傳真：（〇七）三七三—〇〇八七
香港總經銷／城邦（香港）出版集團有限公司
香港灣仔駱克道193號東超商業中心1樓
電話：（八五二）二五〇八—六二三一
傳真：（八五二）二五七八—九三三七
E-mail：hkcite@biznetvigator.com
馬新總經銷／城邦（馬新）出版集團　Cite(M)Sdn.Bhd.
E-mail：Cite@cite.com.my
法律顧問／王子文律師　元禾法律事務所
台北市羅斯福路三段三十七號十五樓
二〇二〇年十月一版一刷

■中文版■

郵購注意事項：
1. 填妥劃撥單資料：帳號：50003021戶名：英屬蓋曼群島商家庭傳媒(股)公司城邦分公司。2. 通信欄內註明訂購書名與冊數。3. 劃撥金額低於500元，請加附掛號郵資50元。如劃撥日起 10～14日，仍未收到書時，請洽劃撥組。劃撥專線TEL：(03) 312-4212 ・ FAX：(03) 322-4621。E-mail：marketing@spp.com.tw

國家圖書館出版品預行編目資料

D殺人事件, 背後真正的可怕 /
歌野晶午 著 ; HANA譯 . --初版.
--臺北市：尖端出版, 2020.10
面 ; 公分. --(逆思流)
譯自: Dの殺人事件、まことに恐ろしきは
ISBN 978-957-10-9167-9(平裝)

861.57　　109013232